Hilga Höfkens

DER *verlorene* RITTER

Historischer Roman

Impressum

Erste Auflage Mai 2023

Dieses Buch ist auch als Ebook erhältlich.

© Hilga Höfkens
Wülfrather Str. 303
40822 Mettmann
Alle Rechte vorbehalten
www.hilgahoefkens.de

Lektorat:
Ina Solowij www.kompassundfeder.de

Korrektorat:
Das kleine Korrektorat, Ruth Pöß

Cover-Gestaltung:
Dream Design - Cover and Art, Renee Rott
Verwendete Bildlizenzen:
iStock: DianaHirsch
Shutterstock Andrey_Kuzmin
Shutterstock Arkadi Bulva

Inhaltsverzeichnis

Der Krieg muss um des
Friedens willen geführt werden.

Aristoteles

1 Gefolgsmann des Grafen

Im Jahre des Herrn 1191
bei Gut Rheindorf, Erzbistum Köln

„Der hier lebt noch."

Er hörte die Worte, konnte ihnen jedoch keine Bedeutung zuordnen. Sein Körper verlangte nach Luft und gierig atmete er ein. Sofort schoss ein scharfer Schmerz durch seinen Brustkorb. Auch sein Kopf dröhnte und er konnte kaum einen klaren Gedanken fassen.

„Hilfe", stöhnte jemand kaum verständlich neben ihm.

Er brauchte ebenfalls Hilfe, konnte aber keine Worte hervorbringen, so sehr er es auch versuchte. Atmen, langsam und vorsichtig, das war das Einzige, zu dem er im Augenblick imstande war. Er lauschte auf die Stimmen der Männer, die irgendwo in der Nähe herumgingen. Würden sie ihn bemerken und ihm helfen, oder waren das die Kerle, denen er seinen Zustand zu verdanken hatte? Er ballte seine Rechte zur Faust, dann versuchte er, den Arm zu heben. Unmöglich. Der Schmerz in seiner Brust verdunkelte seinen Geist, aber mit aller Macht kämpfte er gegen die Bewusstlosigkeit. Atmen. Vorsichtig und flach ein- und ausatmen.

Die Reise. Nach und nach wurden seine Gedanken klarer. Er war mit seinem Ritter irgendwohin gereist, dann ein Pfeilhagel, ein Überfall. Sein Pferd hatte ihn abgeworfen und ein weiteres hatte ihn in den Boden getrampelt. Er war von den wirbelnden Hufen überall am Körper getroffen worden. Mehr wusste er nicht.

Bedrückende Stille breitete sich aus. Totenstille. Selbst das leise Keuchen seines eigenen Atems konnte ihr Gewicht nicht durchbrechen. Offenbar waren die Angreifer verschwunden und hatten ihn hier zum Sterben zurückgelassen.

Er wandte den Kopf zur Seite und blinzelte mehrere Male, um seine Sicht zu klären. Neben ihm ertönte wieder dieses schauerliche Stöhnen und etwas weiter entfernt wieherte ein Pferd. Die Männer, die weiter hinten durch den Hohlweg liefen, drehten sich jetzt um und kamen in seine Richtung.

„Hier, der hier hat ein gutes Schwert." Einer bückte sich, und er meinte zu sehen, dass der Kerl etwas vom Boden aufhob.

„Hilfe", erklang es wieder gleich neben dem Mann.

Er lachte. „Dir kann niemand mehr helfen." Dann hob er das Schwert an.

„Nein, bitte …" die Worte endeten in einem Röcheln. Dann war es still.

Er schloss die Augen. Es würde ihm nicht schwerfallen, sich tot zu stellen, denn weit entfernt davon war er ohnehin nicht. Die Männer kamen immer näher und er versuchte, so still wie möglich zu liegen. Einer stand jetzt direkt neben ihm.

„Hier schau mal, was ich gefunden habe."

Sein Herz stolperte. Er hielt die Luft an. Einer der Kerle zerrte an seinem Schwertgürtel und nur mit Mühe konnte er einen Aufschrei unterdrücken, als die Bewegung flammenden Schmerz durch seinen Brustkorb jagte. Der Mann zerrte noch einmal an ihm. Scharf sog er die Luft ein, und trotz aller Anstrengung presste ein unterdrücktes Stöhnen sich aus seiner Kehle.

„Ach sieh an, der lebt auch noch. Ein Edelmann, seiner Kleidung nach."

Er erwog kurz, die Luft wieder anzuhalten, aber das schien sinnlos. Dazu war es nun zu spät. Vielleicht war es auch besser so. Er konnte noch Stunden, wenn nicht gar Tage dauern, ehe der Tod ihn erlösen würde, und auf Rettung wagte er in dieser gottverlassenen Gegend nicht zu hoffen. Besser ein Schwert machte seiner Qual ein schnelles Ende.

„Ein Edelmann? Dann nehmen wir ihn mit. Vielleicht

zahlt ja eine Partei Lösegeld. Was für einer ist es denn?"

„Ein Greif, Geldern oder Mark vielleicht, da kommt es auf die Farben an, aber sicher bin ich nicht. Hab nicht viel Ahnung von den ganzen Zeichen und Farben der hohen Leute."

„Meinst du, der lebt wirklich noch? Der stöhnt ja nicht mal mehr."

Ein Stiefel traf seine Rippen und er schrie auf. Japsend versuchte er, seinen Atem wieder zu beruhigen.

„Da hörst du es, ziemlich lebendig. Pack an und rede nicht."

Seine Beine wurden hochgehoben und sein Körper schleifte über den Boden. Dann wurde er auf einen Wagen geworfen. Als sein Kopf aufschlug, schien er zu zerbersten und augenblicklich wurde es wieder dunkel.

Wachsein und Bewusstlosigkeit wechselten sich ab und er hatte keine Ahnung, wie viel Zeit vergangen war. Er lag auf einer einfachen Strohmatratze in einem halbdunklen Raum, der wie ein Keller wirkte. Drei Wände aus grob behauenen Steinen bogen sich zu einer niedrigen, gewölbten Decke. Sehr weit oben an einer Wand gab es eine kleine vergitterte Öffnung, die Licht hereinließ. Die vierte Wand gegenüber der Luke bestand aus dicken, krummen Holzstämmen, die in Boden und Decke eingelassen waren. Durch die Spalten der nur grob behauenen Stämme erkannte er einen Gang und eine ebensolche Holzwand weiter hinten, vielleicht eine weitere Zelle. Zwischen den letzten Stämmen in der Ecke war eine Gittertür eingelassen, die mit einem großen Schloss versperrt war. Außer dem Stroh, auf dem er lag, gab es nur den nackten, rauen Steinboden und einen Eimer in der Ecke, der wohl für die Notdurft bestimmt war. Die Luft roch modrig und dumpf, als hätte diese Zelle lange keinen Insassen mehr gehabt.

Er fühlte mit der Hand vorsichtig seinen Brustkorb ab und fand an zwei Rippen dicke Schwellungen. Wahrscheinlich waren sie gebrochen. Das unaufhörliche Pochen in seinem Kopf war jedoch viel schlimmer. Er konnte kaum die Augen offen halten oder sich auf die Seite drehen, denn sofort drohte sein Schädel zu zerspringen.

Ein Junge kam herein, brachte ihm Wasser und half ihm beim Trinken. Er erinnerte sich, dass der kleine Kerl das zuvor schon mehrmals getan hatte. Sein Magen war vor Hunger verkrampft, aber zu Essen bekam er nichts. Es war zuvor vollkommen finster gewesen, aber nun drang etwas Licht durch die Luke. Er nahm an, dass es wiederholt Tag und wieder Nacht geworden war, aber Zeit hatte jede Bedeutung für ihn verloren. Er konnte nicht sagen, ob es mehrere Tage waren, die er hier bereits lag, nur dass der Hunger ihn immer stärker quälte.

Irgendwann schaffte er es, sich aufzusetzen, obwohl sein Kopf pochte und Schwindel ihn schwanken ließ. Der Junge kam wieder herein. Barfuß, mit schmutzigem, schmalem Gesicht und einem fadenscheinigen Hemd bekleidet wirkte er wie ein Bettler.

„He, Bursche, danke für das Wasser", sprach er den Kleinen an. Er versuchte ein Lächeln, doch ihm gelang nur ein mühsames Verziehen der Mundwinkel. Vielleicht konnte er von ihm etwas darüber herausfinden, wo er hier gefangen gehalten wurde. Er musste mit ihm reden, damit er nicht gleich wieder verschwand.

„Wie heißt du denn?", wollte er wissen.

„Weiß nich. Sie sagen Bursche, aber meistens Drecks-kerl. Ich weiß aber, dass das kein Name ist." Trotzig presste das Kind die Lippen zusammen und reckte das Kinn vor, was seine Wangen noch schmaler machte und die Augen in seinem kleinen, kantigen Gesicht größer wirken ließ.

„Hast du keine Mutter, die dich beim Namen ruft?"

„Nein, ich habe keine Mutter. Ich gehöre Vinzent, das ist alles." Die Miene des Jungen verschloss sich noch mehr. Er war offenbar ein Leibeigener, der schon als sehr kleines Kind seinen Eltern weggenommen worden war. Der Kleine konnte höchstens sechs Jahre zählen. Es musste schlimm sein, keine Familie zu haben und nie-manden, dem man etwas bedeutete.

„Und wie heißt du?", fragte der Junge unvermittelt. „Und wem gehörst du?"

„Ich ..." Er stockte. Seinen eigenen Namen kannte er natürlich ebenso gut wie den seines Ritters und seiner

Familie. „Ich bin ..." Mit beiden Händen fuhr er über sein Gesicht, rieb die Augen und presste dann beide Handballen auf seine pochenden Schläfen. „Ich bin der Knappe von ... Verflixt, es fällt mir nicht ein. Aber ich gehöre niemandem. Ich bin Knappe und diene meinem Ritter, bis ich selbst zum Ritter geschlagen werde, nächstes Jahr schon, denn dann werde ich einundzwanzig." Er stutzte. Warum wusste er das, aber nicht einmal seinen Namen?

„Schon gut, ich werde dich Evert nennen, das ist ein freundlicher Name, der passt zu dir."

Er nickte vorsichtig, um das Dröhnen hinter seiner Stirn nicht zu verstärken. „Ja in Ordnung, du kannst Evert sagen, bis mir mein richtiger Name wieder einfällt. Wie soll ich dich nennen? Gibt es einen Namen, den du magst?"

„Gero gefällt mir. Ich habe bei den Küchenmädchen eine Geschichte gehört, wo Ritter Evert einen Drachen besiegt und sein Knappe Gero ihm dabei hilft." Der Junge straffte den Rücken, als wolle er sich größer machen, damit er wie ein Knappe aussah und schaute Evert herausfordernd an.

Er nickte. „Gero also. Leider bin ich kein Ritter, nur ein Gefangener, aber der Gedanke gefällt mir."

Gero nickte knapp und wandte sich dann ab. Evert wünschte sich, dass er noch einen Moment bliebe, aber die kurze Unterhaltung hatte ihn schon so sehr erschöpft, dass ihm keine weiteren Fragen in den Sinn kamen. Nach wenigen Minuten ertönten wieder die leisen Schritte von Geros nackten Füßen und der Junge brachte ihm Suppe und Brot. Evert bedankte sich und verschlang beides hungrig, während Gero ihm zusah. Es vergingen weitere Tage, in denen er niemanden außer dem Jungen zu Gesicht bekam, aber immerhin blieb der Kleine jedes Mal, bis er gegessen hatte und schenkte ihm so ein wenig Gesellschaft. Morgens und abends bekam er Wasser und eine Portion Brei oder dünne Suppe, die wahrscheinlich für einen Burschen wie Gero ausreichend gewesen wäre. Für ihn selbst war es nicht einmal genug, um einen Augenblick lang den Magen zu beruhigen. So ließen zwar die Schmerzen in seinem zerschlagenen Körper nach, aber der andauernde Hunger nagte in seinen Eingeweiden und er fühlte sich mit jedem Tag schwächer statt kräftiger.

Es war dämmrig und er ritt an der Spitze der Gruppe neben seinem Herrn durch einen engen Hohlweg. Es war ein besonderes Privileg, das er auf dieser Reise ein eigenes Pferd hatte, aber der Weg war lang und alle in der kleinen Gruppe waren beritten, um schneller unterwegs zu sein. Er war stolz darauf, reiten zu dürfen, auch wenn sein Tier klein und struppig war, im Vergleich zu dem eleganten Schimmel seines Herrn und den kräftigen Pferden der übrigen Reiter. Sie reisten zu fünft, denn sein Ritter war ein wichtiger Mann, der gut beschützt werden musste. Außerdem war es ein bedeutendes Schriftstück, das sie

nach Köln bringen mussten, und zwar so schnell wie mög-
lich. Über den Inhalt wusste er nichts, denn Derartiges
würde man einem Knappen natürlich nicht anvertrauen.
Während sie durch den Wald ritten, fantasierte er, ob es
ein Friedensvertrag, eine Kriegserklärung oder gar eine
Botschaft vom König war, die sie transportierten.

Wie aus dem Nichts hagelte es plötzlich Pfeile auf sie
hernieder und er wurde am Bein getroffen. Sein Blick
raste umher und dann sah er die Bogenschützen in den
umliegenden Bäumen hocken.

„Eine Falle!", brüllte er und wandte sich zu seinem
Ritter um. Er sah gerade noch, wie dessen Schimmel
zusammenbrach und er in den Schlamm geworfen wurde.
Sein eigenes Pferd bockte und stürmte dann kopflos
voran. Im nächsten Moment wurde er ebenfalls abgewor-
fen und landete mit einem Aufschrei in einem Dornenge-
büsch. Er hörte seinen Herrn fluchen und rufen, konnte
sich aber nur mühsam aus den Ranken befreien. Es dau-
erte eine Ewigkeit, ehe er imstande war, auf den Weg
zurück zu kriechen, aufzustehen und sich nach seinem
Herrn umzusehen. Der stand mit gezogenem Schwert in
einem Kreis von vier Angreifern. Er wusste sofort, dass
der Ritter keine Chance hatte, wenn er ihm nicht zu Hilfe
kommen würde. Hastig stolperte er nach vorn, sein ver-
letztes Bein trug ihn jedoch nicht und er stürzte der Länge
nach zu Boden. Als er den Kopf wieder hob, sah er noch,
wie ein Schwert die Brust seines Ritters durchbohrte.

Dann rannte ein reiterloses Pferd in seine Richtung und im nächsten Moment wurde es um ihn dunkel.

Schreiend fuhr er hoch und sah sich hektisch um. Sein Kopf dröhnte und sein ganzer Körper schmerzte. Nein, er war nicht mehr im Wald, sondern im Kerker. Verzweiflung presste seine Brust zusammen. Wenn er schon nicht tot war, so hatte er es auf jeden Fall verdient, im Kerker gelandet zu sein, denn er hatte versagt. Es war die einzig wirklich wichtige Aufgabe eines Knappen, seinem Herrn in der Not beizustehen, an seiner Seite zu kämpfen. Und was hatte er getan? Er war nicht dort gewesen, als die Mörder seinen Ritter angegriffen hatten, er hatte ihn sterben sehen und nichts tun können. Nicht einmal im Tod war er an seiner Seite geblieben.

Mit einem Stöhnen drehte er sich zur Wand und schloss die Augen. Immerhin würde seine Familie nie von seinem Versagen erfahren, denn sie hielten ihn sicher für tot. Aber er war nicht tot, war nicht mit seinem Herrn gestorben. Stattdessen hockte er in diesem Kerker und wusste nicht mehr, wer er war. Er hatte alles verloren, war selbst verloren.

Am nächsten Tag brachte Gero ihm eine kleine Schüssel mit dem üblichen Getreidebrei zum Frühstück und eine Kanne mit Wasser. Als der Junge zurückkehrte, um die Schale wieder abzuholen, begleitete ihn ein riesiger, grimmig dreinblickender Kerl, der ebenso fadenscheinige und dreckige Lumpen trug wie Gero. Er hatte ein hageres Gesicht mit eingefallenen Wangen und tief liegenden Augen und einem schmalen Mund, der zu einem Strich zusammengepresst war. Hinter ihm betrat ein kleiner, rundlicher Mann die Zelle und im schwachen Licht des Fensters erkannte Evert, dass er vornehm gekleidet war und ein Schwert am Gürtel trug. Er betrachtete Evert mit einem abschätzigen Blick.

„So, Kerl ohne Namen, hast deinen Kopf wohl auf dem kölnischen Hohlweg verloren, was? Ist dein Kopf jetzt genauso hohl wie der Weg?" Der Kleine lachte dröhnend über seinen eigenen Witz und sein ganzer Bauch bebte dabei, während der Riese mit dem verschlossenen Blick keinerlei Regung zeigte. Unvermittelt wurde er wieder ernst und sah Evert mit schmalen Augen an, als wäre er ein Rätsel, das es zu lösen galt.

„Die Grafen von der Mark wollen dich jedenfalls nicht mehr. Haben gesagt, ihnen würde niemand fehlen, für den sie etwas bezahlen müssten." Er rieb mit der Hand über seinen kurzen Bart. „Hätten dich vielleicht besser da liegenlassen sollen und nur deine Sachen nehmen, hm? Jetzt haben wir dich einmal hier, aber wenn wir dich nicht verkaufen können, bist du ja nur ein unnützer Fresser."

Evert schluckte. Unnützer Fresser. Die Menge an Essen, die er in der ganzen Zeit bekommen hatte, war sicher weniger, als dieser Mann an einem einzigen Tag aß, wenn man seinen Umfang betrachtete. Der Junge und der finstere Riese sahen auch nicht so aus, als bekämen sie annähernd ausreichend Nahrung, hager wie sie waren.

„Hat ja lange genug gedauert, bis du hochgekommen bist", riss der Mann ihn aus seinen Gedanken. „Ich hatte eine Wette laufen, dass du es nicht schaffst, Namenloser."

„Evert, Herr Vinzent, das ist sein Name", wandte der Junge leise ein.

„Ist das so? Evert? Wie auch immer, heute Abend kommt einer der Leute vom Berg. Vielleicht will der dich ja mitnehmen."

Hoffnung, endlich aus dem Kerker herauszukommen, breitete sich in Everts Brust aus. Aber welches Schicksal erwartete ihn? Er sah von einem zum anderen. „Wenn ich nicht zu denen gehöre, warum sollte er mich nehmen? Ihr habt uns doch angegriffen und alle aus meiner Gruppe getötet. Ihr werdet doch wissen, wer mein Herr ist und wohin ich gehöre."

„Unsinn", gab der Mann zurück. „Ich habe niemanden getötet. Nun ja, vielleicht hat einer meiner Männer für ein oder zwei Verletzte den Weg in den Himmel etwas beschleunigt." Er lachte wieder boshaft und sah Evert dann missbilligend an. „Oder den Weg in die Hölle. Aber ich bin kein Mörder. Ich betreibe ein ehrbares Geschäft mit Arbeitskräften. Der Einzige weniger Ehrbare hier ist Buro, der Totengräber."

Mit dem Daumen wies er auf den finsteren Riesen, der bis jetzt noch kein Anzeichen gegeben hatte, dass er überhaupt zuhörte. Dann fuhr der kleine Mann fort.

„Wenn sich die Gelegenheit ergibt, erleichtern wir die seligen Verstorbenen nur um die Dinge, die sie ohnehin nicht ins Jenseits mitnehmen können. Ab und an verschaffen wir dem guten Buro hier auch ein wenig zusätzliche Arbeit." Er wandte sich grinsend zu dem Hünen um, der mit verschränkten Armen und unbewegter Miene am Gitter stand.

„Im Gegensatz zu dir redet er nicht, und auch du wirst über unseren kleinen Nebenerwerb den Mund halten, wenn der Ritter da ist, verstehen wir uns?"

Evert nickte vorsichtig. Er war sicher, dass dieser Vinzent ihn auf der Stelle umbringen würde, wenn er sich widerspenstig gab. Seinem Ritter und den anderen konnte er dadurch ohnehin nicht mehr helfen.

„Wenn der Berger dich nehmen soll, muss das da weg", erklärte er und wies auf Everts Wappenrock.

Evert hob vorsichtig einen Arm und versuchte, das Kleidungsstück hochzuziehen, aber bei jeder Bewegung war es, als stachen Messer in seine Brust.

Vinzent machte ein paar seltsame Handbewegungen zu Buro und plötzlich stand dieser mit einem gezückten Messer vor Evert. Noch ehe er ausweichen konnte, hatte Buro ihn am Kragen gepackt und das Messer gegen seine Kehle gepresst. Everts Atem stockte und Vinzent lachte erneut, als hätte er einen besonders guten Scherz gemacht, dann machte er ein Handzeichen, und das Messer verschwand wieder von Everts Hals. Mit einem präzisen Schnitt zerteilte Buro daraufhin den Wappenrock vorm Kragen bis zum Saum und das Hemd darunter gleich mit. Dann riss er das zerstörte Gewand von seinem Körper. Ohne hinzusehen warf er es dem Jungen zu.

„Verbrennen", bestimmte Vinzent mit einem Nicken zu Gero und Buro trat mit steinerner Miene wieder zum Gitter zurück.

Evert zitterte, und das rührte nicht nur von der plötzlichen Kälte auf seinem nackten Oberkörper. Was hatte der Mann jetzt vor? Er würde ihn doch wohl nicht umbringen, wenn er ihn verkaufen konnte, oder? Mit seinen verletzten Rippen und dem schmerzenden Schädel war er jedenfalls nicht in der Lage, sich zu verteidigen, nicht gegen Buro. Ohne weitere Erklärungen verließen die drei die Zelle und die Tür schlug hinter ihnen zu.

Es war immer noch hell, so dämmerig hell, wie es in dem Verlies nun einmal wurde. Evert lag zitternd auf dem Strohhaufen, der während seiner Zeit hier immer platter geworden war. Die Eiseskälte des Bodens hielt das Stroh schon lange nicht mehr ab. In den letzten Stunden war ihm allerdings so kalt geworden, dass er fürchtete, völlig steif zu werden und irgendwann zu erfrieren. Seit Vinzents Besuch trug er nur noch die Beinkleider, sein Oberkörper war nackt und die Kälte kroch mit jeder Minute tiefer in seine Knochen.

Er hörte wieder Schritte, die leichten, schnellen des Jungen und schwerere, die nur halb so oft zu hören waren. Buro öffnete abermals seine Zelle, dieses Mal war er ohne Vinzent gekommen. Der Kerl sah ihn mit seiner üblichen steinernen Miene an, und Evert fragte sich, was er wollte. Dann wies Buro wortlos zur Tür. Gero hatte sich hinter dem Hünen hereingeschoben. Sein ausgefranstes Hemdchen und seine dünnen Arme wirkten neben dem Riesen noch armseliger als sonst.

„Du sollst mitkommen", erklärte der Junge.

Evert nickte und drückte sich auf Hände und Knie hoch. Er zitterte inzwischen so sehr, dass ihm die Koordination schwerfiel, aber schließlich schaffte er es, aufzustehen. In seinen Schläfen pochte es und ihm wurde schwindelig, aber er wagte nicht, den Zorn des großen Totengräbers auf sich zu ziehen, indem er stehen blieb. Also wankte er zur Tür und dann den Gang des Kellergewölbes entlang. Der Druck in seinem Kopf schien mit jedem Schritt zu steigen. Schließlich erreichten sie den Ausgang und grelles Sonnenlicht blendete ihn. Erst jetzt bemerkte er, dass Gero die kleine Hand in seine geschoben hatte. Ob er ihn stützen wollte, oder selbst Rückhalt suchte, war Evert nicht klar, aber es war auch gleich. Mit halb geschlossenen Augen und dröhnendem Schädel ging er weiter. Immerhin war es hier draußen deutlich wärmer als im Verlies. Die Sonne schien auf seine nackte Haut und wärmte ihn ein wenig, blendete ihn aber auch, denn er hatte sich zu sehr an die Finsternis des Kerkers gewöhnt. Geros Hand bot ihm den einzigen festen Punkt in der schwankenden und verschwommenen Umgebung. Dann blieb der Junge stehen, und auch Evert hielt an. Er hob den Kopf und blinzelte. Vor ihm stand ein großer, hagerer Mann mit schwarzen Haaren, der mit Wappenrock und Schwert wie ein Ritter gekleidet war.

Neben Evert saßen zwei Männer am Boden, die ausgemergelt und kraftlos wirkten und es war eindeutig, dass sie alle hier draußen vorgeführt wurden. Er sah sie sich so genau an, wie es mit den Kopfschmerzen ging. War jemand von seiner Reitergruppe dabei? Nein, er erkannte keinen von ihnen und sie sahen ihn auch nicht an, als würde er bei ihnen eine Erinnerung wecken. Jeder wurde von einem von Vinzents Männern begleitet und auch die Bewacher waren hager und in armselige, schmutzige Lumpen gehüllt. Es war offensichtlich, dass nur Vinzent selbst von seinem sogenannten ehrbaren Geschäft profitierte und seine eigenen Leute kaum besser behandelte als seine Gefangenen.

„Wen haben wir denn hier? Der hat ja nicht einmal Kleidung. Bist du sicher, dass das einer von uns ist?" Offenbar hatte der Ritter nicht Evert angesprochen, sondern Buro neben ihm. Der reagierte jedoch nicht.

„Ah, hoher Herr. Der arme Mann ist taub und stumm, er kann Euch nicht antworten. Ich gebe ihm aus Mitleid eine Arbeit, aber mein gutes Herz wird mich noch ruinieren. Ich sehe, Ihr habt euren jungen Gefolgsmann schon gesehen", klang von hinten die bekannte Stimme von Vinzent.

Evert war sich bewusst, dass er nur deshalb noch atmete, weil Vinzent ein Lösegeld für ihn erwartete. Würde das niemand zahlen wollen, wäre es mit seinem Leben recht schnell vorbei. Natürlich hatte der Leichenfledderer nicht damit gerechnet, dass er sein Gedächtnis verlieren und sich nicht einmal an seinen Namen erinnern würde. Es schmerzte ihn zusätzlich, dass ihn unter den Herren der Mark, zu denen er anscheinend gehörte, niemand vermisste. Er musste doch eine Familie haben, Eltern, die ihn suchten. Zumindest die Familie des Ritters, dem er gedient hatte, musste ihn doch kennen und würde ihn möglicherweise auslösen, auch wenn dieser den Angriff selbst nicht überlebt hatte.

„Wir wissen seinen Namen nicht. Er nennt sich Evert, aber er hat seine Erinnerung verloren, der Ärmste." Vinzents Stimme klang übermäßig mitleidig, so wie schon zuvor bei der Erwähnung von Buro.

Wenn er an die Behandlung in der letzten Zeit dachte und den schlechten Zustand der Männer, die Vinzent dienten, konnte er über diesen Ton allerdings nur lachen.

„Ist es nicht eine Schande, dass man ihn einfach auf dem Weg liegengelassen hat?" Er redete noch weiter, aber Evert hörte nicht mehr zu. Sein Kopf wollte platzen und er konnte sich kaum noch aufrecht halten.

„Der kippt ja gleich um. Sein Brustkorb hat auch einiges abbekommen, so wie das da aussieht." Der Ritter wies auf die Schwellungen auf Everts Rippen und die Haut an Brust und Bauch, die inzwischen alle Farben des Regenbogens aufwies. „Was habt ihr mit ihm gemacht? Und was ist mit seiner Ausrüstung? Da müssen doch die Wappen seiner Familie oder seines Herrn drauf sein?"

„Wir haben ihn in diesem schrecklichen Zustand gefunden. Seine Sachen haben ihm sicherlich schon diese schlimmen Leichenfledderer entwendet", gab Vinzent vor und ein abfälliges Schnauben brach unwillkürlich aus Evert hervor.

Er behauptete weiter: „Wir haben ihm bis jetzt die beste Pflege zukommen lassen, er wäre sicher sonst nicht mehr am Leben. Aber wenn er ganz sicher keiner von euren Leuten ist, können wir ihn Euch wohl als Leibeigenen verkaufen. Wenn niemand Anspruch erhebt und wir kein Lösegeld bekommen, müssen wir ja trotzdem eine Entschädigung für unsere enormen Aufwendungen und unsere Umstände haben."

Evert unterdrückte ein weiteres Schnauben, als er an die gute Pflege und die enormen Aufwendungen zurückdachte. Er würde sicher nicht aussagen, dass er vielleicht von der verfeindeten Grafschaft stammte, denn dann würde der Ritter ihn gar nicht mitnehmen und sein Schicksal wäre besiegelt. Es sollte ihm eigentlich völlig gleich sein, unter welchem Ritter er diente. Loyalität für den Herrn, dem er bisher gedient hatte, würde ihn jetzt nicht retten. Er war schließlich tot, und niemand hatte nach ihm gesucht. Es schmerzte fast mehr als die Wunde an seinem Kopf, dass seine Familie und die seines Ritters ihn einfach so aufgegeben hatten. Was band ihn noch an eine Vergangenheit, an die er sich nicht erinnerte und an Menschen, denen er offenbar nicht wichtig war? Wenn der Mann, der vor ihm stand, ihn nur mitnehmen würde, er wäre schon aus Dankbarkeit ein ehrenhafter Gefolgsmann.

Everts Knie gaben nach, und er sank zu Boden. Der Ritter trat einen Schritt zurück, aber Gero blieb neben ihm und hielt immer noch seine Hand. Evert kämpfte darum, trotz des Nebels und des grauenhaften Drucks in seinem Kopf bei Bewusstsein zu bleiben. Hier entschied sich jetzt sein Schicksal. Würde er eine Chance bekommen, sein Können zu Pferd und an den Waffen als freier Mann zu beweisen? Oder würde er in Zukunft jemandes Besitz sein, der dann nach Gutdünken über ihn bestimmen konnte? Dann gab es noch die Möglichkeit, dass Vinzent ihn einfach umbrachte, wenn er kein Geld einbrachte. Er kämpfte sich wieder in eine kniende Position und senkte den Kopf.

„Ich habe meinem Ritter treu gedient, auch wenn ich seinen Namen nicht mehr weiß", presste er mühsam hervor. Flach atmend kämpfte er gegen die Dunkelheit, die sich in seinem Geist ausbreitete. Er musste sich von der besten Seite zeigen. „Ich bin in der Schwertführung, mit der Lanze und der Streitaxt geschult. Ich kenne die Werke der Kriegskunst und habe Unterricht in den Sprachen Französisch und Latein bekommen." Er holte tief Luft und stöhnte auf, als ein scharfer Stich von seinen gebrochenen Rippen ausging. Evert wusste nicht, warum diese Details zu seiner Ausbildung plötzlich in seine Erinnerung sprudelten. Für diese Frage war jetzt allerdings nicht die passende Zeit. Sobald er wieder zu Atem gekommen war, fuhr er fort. „Ich werde Euch ein guter Knappe sein. Im nächsten Jahr bin ich einundzwanzig Jahre alt und majorenn, dann kann ich zum Ritter geschlagen werden. Ich werde Euch als Ritter Gefolgschaft geloben und stets an Eurer Seite kämpfen." Er japste, als wäre er in vollem Tempo gerannt, aber Schwäche breitete sich in ihm aus und er sank zur Seite, ohne etwas dagegen tun zu können. Gero schlang seine dünnen Ärmchen um ihn und schaffte es irgendwie, ihn aufrecht zu halten.

„Schon gut, du hast offensichtlich die Ausbildung eines Adeligen genossen, das hört man schon an deiner Ausdrucksweise. Ich denke, du gehst als einer der Knappen des Grafen von Berg durch", bestätigte der Ritter. „Mein Name ist Rainald von Hövel. Ich werde eine Aufgabe für dich finden, bis der Graf beschließt, was weiter mit dir geschehen soll." Dann wandte er sich an Vinzent. „Für drei Silber nehme ich ihn mit. Wir wissen immerhin nicht, wer er wirklich ist."

„Bei den Schwertern des Königs, der Bursche ist von Adel, das sieht man doch gleich. Wenn ihr erst seinen Namen herausgefunden habt, wird seine Familie ein Vermögen für seine Rückkehr bezahlen. Unter zehn Silber kann ich ihn Euch nicht überlassen."

Der Ritter von Hövel – seinen Rang hatte er nicht genannt – lachte dröhnend. „Soeben wolltet ihr ihn noch als Leibeigenen abgeben. Er ist groß und kräftig gebaut, aber noch ist er verletzt und zu nichts zu gebrauchen. Ich gebe Euch vier Silber, aber dafür kommt der kleine Bursche mit. Der kann ihn dann in der Burg erst mal gesund pflegen."

Evert spürte, wie Geros Hand sich fest in seinen Oberarm krallte und der Junge sich zitternd gegen ihn drückte. „Oh ja bitte", flüsterte er kaum hörbar. „Ich möchte bei dir bleiben."

„Also wirklich", gab Vinzent zurück, der jetzt direkt hinter ihm stand. „Ihr seid ein harter Verhandlungspartner. Ich weiß das zu schätzen. Der Junge kostet allerdings ein Silber extra."

Der Ritter feilschte schließlich noch mit Vinzent um die beiden anderen, die er als Pferdeknechte gebrauchen konnte. Dann zahlte er den vereinbarten Preis und Evert wurde zusammen mit Gero und den beiden Leibeigenen auf einen von Ochsen gezogenen Wagen geladen, wo Evert in sich zusammensank und darum kämpfte, bei Bewusstsein zu bleiben. Der Junge hockte neben ihm, klammerte sich wieder an seine Hand und sah ihn mit großen Augen an.

„Darf ich wirklich bei dir bleiben? Bin ich jetzt dein Knecht?", flüsterte der Junge an seiner Schulter.

„Du gehörst ab sofort dem Grafen von Berg. Vielleicht kann ich dich in meiner Nähe behalten, aber ich kann es dir nicht versprechen."

Gero nickte tapfer. „Ich werde dir gut dienen, du bist ein ehrenhafter Ritter", gab er zurück.

Evert lächelte. Er nahm sich fest vor, den Burschen zu beschützen. Sie hatten immerhin einiges gemeinsam. Beide hatten sie weder Familie noch ein Zuhause. Verloren und wurzellos wie ein ausgerissenes Grasbüschel fühlte Evert sich in diesem Moment. Aber immerhin konnte er sich um Gero kümmern, das war eine Aufgabe, die er ernst nehmen würde. Der Wagen rumpelte gemächlich über den Weg und Evert wusste, dass jetzt sein neues Leben begann. Ob als Leibeigener oder als Knappe und später vielleicht sogar als Ritter, auf jeden Fall war er ab sofort ein Gefolgsmann des Grafen von Berg.

2 Für unseren König

*Im Jahre des Herrn 1198 im Juni
in der freien Stadt Aachen*

Mit schnellen Schritten hastete Insa durch die Straßen, um den wertvollen Inhalt ihres Korbes schnell und unauffällig zur Stadtmauer zu bringen. Trotz aller Eile musste sie vorsichtig gehen, denn der kurze Sommerregen hatte das Kopfsteinpflaster rutschig gemacht. Die Hitze, die sich zwischen den Häusern staute, war durch den Schauer nur wenig erträglicher geworden und feine Schweißperlen standen auf Insas Stirn. Prunkvolle hohe Häuser mit verzierten Fassaden und spitzen Giebeln fassten am Markt die Straße ein. Je näher sie der Mauer kam, desto niedriger und einfacher wurden die Gebäude jedoch. Sie hielt sich abseits der Jakobstraße, die schnurgerade vom Marktplatz zum Jakobstor verlief, und nutzte lieber die schmalen Gassen zwischen den hohen Häusern. Trotzdem hörte sie dumpf die Geräusche der Schlacht von der anderen Seite der Barbarossamauer.

Es waren nun schon zwei Wochen, seit die welfischen Truppen unter König Otto angerückt waren, und seitdem wurde die Stadt belagert. Immer wieder griffen die Ritter und Fußleute die Mauern an und an manchen Tagen waren die Kampfgeräusche sogar bis zu ihrem Haus am Markt zu hören. Insa konnte den Gedanken an die Abscheulichkeiten, die dort geschahen, kaum noch ertragen. Sie schlief nur noch schlecht und am Tage zuckte sie bei jedem lauten Geräusch zusammen. Das Klirren der Waffen, Wiehern der Pferde und Brüllen der Männer wurde deutlicher, als Insa kurz vor der Mauer angekommen war. Schwach klang zwischen all dem Lärm ein Ruf nach Hilfe und ein eiskalter Schauer fuhr trotz der Hitze über ihren Rücken. Wer auch immer dort rief, ihm würde niemand helfen, er würde sterben. Der Ruf verklang und Insa lehnte sich keuchend an die kühle Mauer eines Hauses. Sie wollte nicht hier sein, wollte das alles nicht hören. Menschen schlugen mit Schwertern und anderen Waffen aufeinander ein, Bogenschützen schossen Pfeile auf die Angreifer, Ehemänner, Väter, Söhne wurden verletzt und starben. Auch Brüder, auch ihr Bruder.

Sie durfte nicht darüber nachdenken und zwang sich mit klopfendem Herzen, auf das Schlachtgetümmel zuzugehen. Viel lieber wäre sie in die entgegengesetzte

Richtung gelaufen, fort von all dem Schmerz und dem Tod, aber das durfte sie nicht.

Von einem Meldejungen hatte sie vor einer Stunde erfahren, dass gerade erneut ein Trupp der welfischen Reiter das Jakobstor angriff. Sie kannte die Stadt und die Tore wie ihre eigene Nähstube und wusste, dass so ein Angriff ein sinnloses und lebensgefährliches Unterfangen war. Die Bogenschützen würden jeden niederstrecken, der sich auf Schussweite näherte. Vielleicht hatten die welfischen Ritter auf einen schnellen Durchbruch gehofft, aber gerade das Jakobstor mit seinem flachen Dach, auf dem die Bogenschützen sogar in doppelter Reihe stehen konnten, bot den Verteidigern die besseren Möglichkeiten.

Ihr Vater hatte die Verteidigungsanlagen des Tores erst vorgestern ausführlich mit ihrem Bruder Thies besprochen und Insa hatte den beiden sehr genau zugehört. Alle männlichen Bürger der Stadt mussten bei der Verteidigung ihren Dienst leisten und waren durch die Schützengilden gut im Gebrauch von Pfeil und Bogen sowie im Werfen von Speeren ausgebildet. Aachen war eine stark befestigte Stadt, die viel auf ihre Freiheit und Unabhängigkeit von den umgebenden Landesfürsten hielt. Natürlich musste eine solche Freiheit zuweilen verteidigt werden, und schon seit Jahrzehnten gab es die Gilden, die sich um diese Dinge kümmerten. Jedes Tor und der dazugehörige Mauerabschnitt hatte eine feste Belegschaft an Schützen, und zu Friedenszeiten gab es freundschaftliche

Wettkämpfe, die alle Gildenschützen zu regelmäßigem Training anspornten.

Insas Bruder Thies war einer der Besten der Jakobsgilde und sie war stolz auf ihren Bruder. Zu Friedenszeiten war sie zumindest stolz gewesen. Heute wollte sie nicht darüber nachdenken, wie viele Männer Thies wohl getötet hatte und wie groß die Gefahr für ihn selbst war.

„Schwesterherz, da bist du ja", begrüßte ihr Bruder sie mit einem erleichterten Seufzer, als sie endlich die verabredete Ecke am Fuße des Tores erreichte. Mit prüfendem Blick sah sie an ihm herab. Er war unverletzt, Gott sei Dank. Zitternd lehnte sie sich an die Hauswand, während er mit gierigen Schlucken eine der Wasserblasen leerte und in das frische Brot biss, das sie mitgebracht hatte.

„Du solltest schnell wieder zurückgehen. Heute ist es schlimm", brummte er zwischen zwei Bissen. „Und ich danke dir, mein Herz. Ich wüsste nicht, was ich ohne dich täte." Das Brot in der einen Hand und die Wasserblase in der anderen beugte er sich vor, um ihr einen schnellen Kuss auf die Wange zu geben. Dann zog er sie in seine Arme und drückte sie kurz, aber fest an sich.

Insa nickte stumm. Sie wusste genau, was er ohne sie täte. Er würde bis Einbruch der Dunkelheit an der Mauer seinen Schützendienst leisten. Wie die meisten anderen Schützen müsste er das ohne irgendwelche Verpflegung tun, ganz gleich, wie heiß der Tag war und wie trocken die staubige Luft. Viele der anderen Bogenschützen, die auf den Zinnen standen, um die Stadt gegen die heranstürmenden Welfen zu verteidigen, traf es noch härter. Ihr Bruder hatte immerhin noch vor Morgengrauen ein ordentliches Frühstück bekommen. Das war etwas, wovon die ärmeren Männer auf der Mauer nur träumen konnten.

Kein Händler war mehr in die Stadt eingelassen worden, seit König Ottos Heer vor den Toren lag. Die Vorräte gingen zur Neige und trotz Zwangsenteignung sämtlicher Nahrungsmittel war für die Fußtruppen, die die staufischen Ritter in die Stadt mitgebracht hatten, der Hunger ein ständiger Begleiter.

Insa lehnte sich kurz gegen die breite Brust ihres Bruders. Er war fast einen Kopf größer als sie, und seine kräftigen Schultern und seine unerschütterliche Ruhe erschienen ihr wie ein Fels in dem ganzen Kriegsgetümmel.

Ein Krachen ertönte von der Mauer und plötzlich drückte die Angst wieder ihre Kehle zu. Auf der anderen Seite der Mauer wurde das Hufgetrappel lauter und die aus heiseren Kehlen hervorgestoßenen Befehle hektischer.

„Wo ist Vater?", stieß Insa hervor.

„Beim Befehlshaber."

Insa schlug die Hand vor den Mund. „Oh Himmel! Das ist doch dieser Walram, der Sohn des Herzogs von Limburg, oder? Was will der Mann von ihm? Steckt er in Schwierigkeiten? Was hat er nun wieder getan? Diese Staufer dürfen ihn nicht ..." Sie redete wieder wie ein

Wasserfall, wie so oft, wenn sie Angst hatte und sie hatte große Angst um ihren Vater Sebastjaan, den sie alle kurz Bas nannten. Thies unterbrach ihren Redeschwall.

„Halt, lass mich auch zu Wort kommen", ihr Bruder grinste. „Es ist alles gut, Schwesterherz. Er muss nur ein Schreiben aufsetzen. Dieser Limburger ist an der Hand verletzt und kann daher nicht selbst schreiben. Sie haben gesagt, Vater wäre auf der Mauer ohnehin nicht zu gebrauchen."

Insa war überhaupt nicht nach Scherzen zumute, aber ein schmales Lächeln zuckte dennoch um ihren Mund. Ihr Vater war Händler und kein Kämpfer. Zudem war er groß, aber recht hager und zu schwerer körperlicher Arbeit tatsächlich nicht gut zu gebrauchen. Thies wirkte neben ihm wie ein Baum, breit und kräftig gebaut. Mit seinem gewinnenden Lächeln und den hellen Haaren war er der Schwarm aller Mädchen in der Stadt. Er war auf der Mauer sogar sehr gut zu gebrauchen, was ihn in unaussprechliche Gefahr brachte. Insa presste die Lippen zusammen, um all die Worte einzusperren, die schon wieder hinausdrängten. Thies musste hier weg, durfte nicht vom Jakobstor herab auf die Welfen schießen. Etwas würde geschehen, etwas Schlimmes. Sie zwinkerte, um die Tränen zurückzuhalten, und hatte das Gefühl, platzen zu müssen, wenn sie Thies nicht überreden könnte, mit ihr zu kommen. Aber sie wusste, dass es zwecklos war, und biss hart auf ihre Unterlippe, statt den Mund zu öffnen. Ihr

Bruder würde seine Gildenbrüder niemals im Stich lassen, nur um sich selbst nicht in Gefahr zu begeben.

„Bas ist in Sicherheit. Die Kommandostube ist ein gutes Stück weg von hier. Du gehst besser auch schnell wieder nach Hause." Thies´ große Hand lag auf ihrer Schulter und schob sie sanft auf die Jakobstraße zurück. „Danke Schwesterherz", rief er ihr noch nach, als sie sich mit Tränen in den Augen wieder auf den Weg machte.

Sie kannte sich gut aus in der Stadt, obwohl sie in Maastricht aufgewachsen war und erst seit zwei Jahren in dem großen Bürgerhaus hier am Markt lebte. Ihr Vater hatte sie schon früher oft mit nach Aachen genommen, wenn er seinem Bruder Piet de Jong die Stoffe für das Tuchgeschäft lieferte.

Die fremde Sprache und die andersartige Kleidung der Menschen hatten sie damals fasziniert und so hatte sie den Reisen immer voller Freude entgegengesehen. Der Bau der Stadtmauer war ein Ereignis, das sie ebenfalls schon als Kind fasziniert hatte. Bei jedem Besuch waren sie durch das Königstor gefahren, und jedes Mal war das Tor größer und die Mauer höher geworden. Gebannt hatte sie abends gelauscht, wenn die Männer vom Bau der großen Mauer gesprochen hatten.

Kaiser Friedrich Barbarossa hatte verlangt, dass ein kompletter Ring um die Stadt gebaut werden sollte. Die Arbeiten hatten sich natürlich über die Jahre hingezogen und so konnte Insa bei jedem Besuch die Befestigung der

Stadt wachsen sehen. Sie war ihrem Vater glücklich in die Arme gesprungen, als er erklärt hatte, dass sie nach Aachen umsiedeln würden. Maastricht war eine offene Siedlung ganz ohne Stadtmauer, und der Gedanke, dass Aachen stark und wehrhaft wie eine Burg war, hatte ihr sehr gefallen.

Insa nahm ihren Korb in den anderen Arm, der jetzt nur noch das bunte Tuch und die leere Wasserblase enthielt. Wenn sie damals gewusst hätte, was in Aachen geschehen würde, wäre sie vielleicht lieber bei ihrer Tante in Maastricht geblieben. Aber sie liebte ihren Vater und ihren Bruder zu sehr, außerdem brauchten die beiden sie, um den Haushalt zu führen und zu nähen. Nein, sie hätte sich immer für die Familie entschieden. Niemals könnte sie sich vorstellen, anderswo zu leben als ihre beiden liebsten Menschen.

Die Zahl der Bettler, die bereits zu normalen Zeiten stets am Kirchenportal und um den Marktbrunnen herum hockten, war erschreckend angestiegen. Seit dem Beginn der Belagerung hatten die Bürger der Stadt kaum noch genug für sich selbst und somit nichts zu verschenken. So waren diese Plätze noch mehr als sonst ein Bild des Elends und der Hoffnungslosigkeit. Den Blick starr auf den Boden vor ihren Füßen gerichtet, eilte Insa an den ausgemergelten Gestalten vorbei, Mitleid presste ihr Herz zusammen, doch sie konnte natürlich die letzten Lebensmittel der Familie nicht einfach so verschenken. Niemand wusste, wann die Belagerung zu Ende sein würde, wann wieder mit Lebensmittellieferungen zu rechnen war und wie lange Insas Familie mit den Resten im Keller noch auskommen musste.

Schnell erreichte sie ihr Zuhause gegenüber dem Rathaus. Es war eines der wenigen Gebäude mit drei Stockwerken und die schöne Fachwerkfassade hatte viele geschnitzte Verzierungen. Das große Bürgerhaus hatte ihre kleine Familie vom Onkel geerbt und dann auch die Bürgerrechte der Stadt gekauft. Ihr Onkel Piet de Jong hatte mit den Stoffen aus Maastricht, die Insas Vater früher geliefert hatte, in den vergangenen Jahren gute Geschäfte gemacht. Dann war er ganz plötzlich verstorben und Insas Vater hatte das lukrative Tuchgeschäft hier in Aachen übernommen.

Neben der Eingangstür stand eine Bank und die unteren Fensterbänke waren mit Blumenkästen versehen. Es sah so hübsch aus, dass Insa die zusätzliche Arbeit gern erledigte, die das Gießen der Blumen mit sich brachte. Alles Wasser musste vom Marktbrunnen geholt werden, zum Kochen, für Tee und auch zum Gießen. Wichtiger als die Blumen war natürlich der kleine Kräuter- und Gemüsegarten auf der Rückseite des Hauses, aber der bekam meist genug Feuchtigkeit vom Regen und dafür musste sie nur selten zusätzliches Wasser schleppen.

Die geschnitzte Holzbank war Lennes Lieblingsplatz. Die Köchin der Familie saß bei gutem Wetter sehr häufig hier, putzte Gemüse zum Einwecken, schälte Nüsse oder Kastanien oder erledigte andere Dinge, die einige Zeit in Anspruch nahmen. Sie liebte es, sich dabei mit Passanten und Nachbarn zu unterhalten und den neuesten Tratsch auszutauschen. Es konnten zwei Personen auf der Bank sitzen und oft gesellte sich Insa zu ihr, wenn sie feinere Stickarbeiten zu erledigen hatte oder einfach nur die Sonne genießen wollte. Vor der Bank stand noch ein alter Hocker auf dem Lenne die Töpfe oder Schüsseln bei der Arbeit platzierte, aber als Insa ankam, war sie nicht draußen.

Kaum hatte sie die schwere Eichentür geöffnet, humpelte die alte Köchin ihr im Flur entgegen.

„Kind, da bist du ja endlich wieder. Wenn ich besser laufen könnte, würde ich dich nicht auf die Straße lassen in diesen fürchterlichen Zeiten", lamentierte sie.

„Schon gut Lenne, ich bin doch vorsichtig und am Tage sind alle Staufer ja an der Mauer. Ich muss Thies zwischendurch etwas bringen, wie soll er sonst den Dienst auf der Mauer aushalten? Und Vater ist beim Kommandanten. Ich sollte dort auch noch hingehen und ihm etwas zu essen …"

„Nein Kind, bleib lieber hier. Du weißt doch, was sie gestern beim Bäcker Eckhard getan haben. Einfach so einzudringen und alles mitzunehmen! So dreist, einfach so! Kannst du dir das vorstellen?"

Insa konnte sich sogar sehr gut vorstellen, was der

Duft von frisch gebackenem Brot bei den ausgehungerten Männern ausgelöst hatte. Wenn man darüber nachdachte, war es verwunderlich, dass dergleichen nicht schon früher passiert war.

„Lenne, sie haben kaum noch etwas zu essen und die versprochenen Nachschublieferungen sind ausgeblieben, seit König Otto uns belagert. Vater hat gesagt, sie erwarteten Hilfe vom Herzog von Schwaben, aber bis jetzt ist er nicht gekommen. Ob er überhaupt noch kommt, weiß niemand. Aber was sollen die Leute essen?"

Die alte Frau wischte ihre Bemerkung mit einer Handbewegung davon. „Sie hätten eben bleiben sollen, wo sie hergekommen sind, dieses staufische Gesindel. Wir haben sie nicht gebeten, in unsre Stadt einzudringen. Und jetzt müssen wir sie auch noch unter unserem Dach wohnen lassen."

Insa nickte nur und biss wieder auf ihre Unterlippe. Dieses Thema hatte sie mit Lenne schon zu oft debattiert, um noch weitere Worte zu verschwenden. Sie hatten beide Wichtigeres zu tun. Sie stellte den Korb ab und zog sich in ihre Nähstube zurück. Lenne hatte ja recht. Aachen war einfach nur zwischen die Fronten geraten, ohne dass die Stadt für oder gegen eine Seite Partei ergriffen hatte.

Staufische Ritter und ihr Gefolge hatten die Stadt schon vor Wochen besetzt. Die einfachen Kämpfer lagerten in Zelten auf dem Münsterplatz vor dem Dom. Die adeligen Ritter jedoch hatte man in den Häusern der wohlhabenderen Bürger einquartiert. Den Stadtoberen war daran gelegen, friedlich und ohne Zwangsenteignung von Wohnhäusern mit den Besatzern auszukommen. Daher war jedes Bürgerhaus aufgefordert worden, einigen Rittern ihre Gastfreundschaft anzubieten und so ein friedliches Zusammenleben zu ermöglichen. Auch im Haus ihres Vaters waren drei Staufer eingezogen. Heinrich, Gosbert und Frerich wohnten nun im Obergeschoss, aber immerhin waren sie am Tage außerhalb des Hauses beschäftigt und kamen erst abends zum Essen zurück.

Mit so vielen zusätzlichen hungrigen Mäulern waren natürlich die Preise für Lebensmittel sofort angestiegen. Die Händler konnten kaum noch schnell genug nachliefern und so waren Brotgetreide und Fleisch bereits teuer geworden, ehe König Otto vor die Stadt gezogen war.

Seit Ottos Truppen vor den Toren standen, war die Stadt völlig vom Nachschub abgeschnitten und alle Vorräte waren nach kurzer Zeit aufgebraucht. Nur die Reichen und die besonders Umsichtigen hatten sich zeitig größere Reserven anlegen können, so dass ihre Keller noch gefüllt waren.

Insa hatte sich bereits seit dem Tod ihrer Mutter vor vier Jahren um den Haushalt gekümmert. Die Mutter hatte ihr beigebracht, von den Grundnahrungsmitteln stets reichlich Vorräte im Keller zu lagern. Man konnte ja nie wissen, wann irgendetwas knapp werden würde. Wenn sie das auch früher immer für eine seltsame Marotte gehalten hatte, jetzt war sie sehr froh darüber. In ihrem Vorrats-keller gab es noch Roggen und Gerste, Hülsenfrüchte und Geräuchertes für mindestens zwei Wochen. Die drei bei ihnen einquartierten staufischen Ritter durften davon natürlich nichts erfahren, damit die Lebensmittel nicht konfisziert wurden. Sie hatten sich nicht nur bei ihrer Familie eingenistet wie ein Kuckuck im fremden Nest, sondern sahen es auch als selbstverständlich an, gut ver-pflegt zu werden. Ihre Vorräte würde sie sich nicht stehlen lassen, daher hielt Insa den Kellerschlüssel stets bei sich und holte das Essen immer nur in Tagesportionen herauf.

Evert saß auf einem Holzstapel, den Blick auf die Aache-ner Stadtmauer gerichtet. Da sich nun die Dunkelheit senkte, wurde die Hitze des Tages etwas erträglicher. Noch immer rührte sich kein Lufthauch, auch wenn sich am Horizont bereits Wolken zusammenschoben und die untergehende Sonne das Land in ein dunkles, beinahe dro-hendes Rot tauchte. Die Felder waren immer noch grün, da es in den Nächten oft regnete, aber die unbarmherzige Sonne sog die Feuchtigkeit am Morgen viel zu schnell auf. Tagsüber blieb nur flirrende Hitze und Staub, der sich auf die verschwitzte Haut legte und in die Lunge kroch.

Sein Knappe Gero hatte das Pferd versorgt und setzte

sich nun schweigend neben ihn. Seit sieben Jahren dienten sie beide nun schon dem Grafen von Berg. Zuerst war Evert ein Leibeigener gewesen, ebenso wie Gero. Der Graf hatte jedoch recht bald erkannt, dass Evert in seinem vorherigen Leben eine gute Ausbildung an den Waffen, in Gefechttaktik und im Reiten erhalten hatte. So hatte er bald die Pflichten eines Knappen übertragen bekommen, lebte aber immer noch bei den Leibeigenen in einer kleinen Schlafnische im Gesindehaus. Nach einem ersten Probejahr hatte der Graf bestimmt, dass Evert wegen seiner offensichtlichen Fertigkeiten die Aufgaben eines Ritters übernehmen sollte, auch wenn er wegen seiner fraglichen Abstammung nicht zum Ritter geschlagen werden konnte. So hatte er zwar weiterhin den Status eines Leibeigenen, bildete jedoch die Fußleute des Grafen an den Waffen aus und unterrichtete die jungen Knappen im Reiten.

Bei verschiedenen Auseinandersetzungen im Gebiet des Grafen von Berg und den jährlichen Turnieren der Ritter hatte Evert sich einen Ruf als ernstzunehmender Kämpfer erarbeitet. Trotzdem fühlte er sich im Kreis seiner Freunde, der anderen Burgmannen des Grafen, immer als Außenstehender. Sie alle hatten eine Familie, eine Herkunft, Wurzeln eben. Ihnen oder ihren Vätern gehörte Land, Dörfer, kleinere Burgen, Wohnsitze, zu denen sie sich zurückziehen konnten, die sie ihr Zuhause nannten.

Er selbst wohnte immer noch im Gesindehaus der Burg Berge. Ein anderes Leben kannte er nicht und auch für seine Zukunft sah er nichts als den Frondienst eines Leibeigenen. Natürlich wusste er, dass er irgendwo anders aufgewachsen war, wahrscheinlich in einer adeligen Familie, aber echte Erinnerungen an diese Zeit waren nie zurückgekehrt. Wilde Albträume hatte er häufig, auch nach all den Jahren noch. Aber sie ergaben keinen Sinn, brachten ihm kein Wissen um seine Vergangenheit. Sie füllten sein Herz nur immer wieder mit dem Gefühl versagt zu haben, seinem Herrn nicht gut genug gedient zu haben, so dass dieser an jenem verhängnisvollen Tag, der auch ihn selbst fast das Leben gekostet hatte, gestorben war. Der Tag, an dem Evert verloren gegangen war und auch sich selbst verloren hatte.

Er war nicht mehr heimatlos, seit der Graf sich seiner angenommen hatte, aber immer noch ohne Wurzeln. Sein Bursche Gero war tatsächlich der einzige Mensch, der etwas Ähnliches wie eine Familie für ihn darstellte. Für Evert war Gero nicht ein Bediensteter, den man nach Belieben ausnutzen und ebenso freizügig ersetzen konnte. Für den Burschen fühlte er sich in besonderer Art verantwortlich, als wäre er eher ein jüngerer Bruder. Gero war inzwischen vierzehn Lenze alt, wenn man annahm, dass er sechs oder sieben Jahre gezählt hatte, als die beiden sich trafen. Genau wussten sie das natürlich beide nicht, und im Grunde war es auch nicht wichtig.

Everts Freund Rainald von Hövel trat jetzt ebenfalls aus dem Stallzelt, in dem die Pferde der Ritter untergebracht waren. Sein Gang war schleppend, seine Schultern hingen herab und er machte schon von Weitem den Eindruck, er wolle am liebsten auf der Stelle zusammenbrechen. Nachdem Rainald ihn erreicht hatte, ließ er sich wortlos neben Evert auf den Holzstapel fallen. Sie kannten sich schon so lange, dass es keine Worte mehr brauchte. Evert wusste genau, was seinen Freund bedrückte. Sie saßen eine Weile schweigend da und schauten auf die Mauern der Stadt, die sie morgen wieder angreifen sollten. Die Abenddämmerung senkte sich über Felder und Mauern.

„Wenn ich nicht zurückkehre, nimm mein Pferd und meine Sachen, sie sollen dir gehören", begann Rainald zögerlich.

„Du kehrst mit mir gemeinsam zurück. Ich wüsste nicht, was ich sonst deinen Eltern sagen sollte", gab Evert in barschem Ton zurück, ohne den Blick von der Stadt abzuwenden.

„Sie würden es verstehen. Ich werde zu meiner Elisabeth gehen und zu dem kleinen Karl."

„Nein, du wirst wieder neuen Lebensmut finden, mein Freund. Auch Elisabeth würde nicht wollen, dass du ihr so bald folgst." Evert wandte sich jetzt zu Rainald und sah ihn an. Sein Gesicht war schmaler geworden in den letzten Wochen, Bart und Haare ungepflegt und struppig. Die

Augen lagen tief in den Höhlen, von dunklen Ringen umgeben. Sie waren stumpf, ohne das Feuer, das Rainald einmal ausgezeichnet hatte, ohne Lebenswillen. Seit er seine Frau bei der Geburt seines Sohnes verloren hatte, war er nur noch ein Schatten seiner selbst. Sein kleiner Sohn war nach wenigen Tagen seiner Mutter in den Tod gefolgt.

„Du kannst mich nicht im Stich lassen, Rainald. Du bist der einzig wahre Freund unter all dem hochherrschaftlichen Volk hier." Rainald durfte sich nicht aufgeben. Allerdings schien Everts erprobtes Argument, auch dieses Mal nichts zu nützen.

Rainald schüttelte den Kopf. „Das Leben ist mir eine Last geworden. Ich hätte nichts dagegen, es im Kampf zu verlieren. Du kommst ohne mich zurecht, das bist du immer."

Evert wusste nicht, was er dazu sagen sollte. Er sah, wie sein Freund sich quälte, dass er an dem Verlust seiner Liebe zerbrochen war. Er hatte andererseits auch die Zeit zuvor gesehen. Rainald war von Elisabeth bezaubert gewesen, als er sie zum ersten Mal erblickte. Nur zwei Wochen hatte er um sie gefreit, dann hatte sie ihn erhört. Ihr Vater war nicht gleich einverstanden gewesen, aber die Familien hatten sich schließlich einigen können. Drei Jahre lang hatten die beiden in ihrer Liebe geschwelgt, das Kind wäre der Höhepunkt ihres Glücks gewesen.

Evert selbst kannte solch große Gefühle nicht.

Selbstverständlich hatte es junge Damen gegeben, die ihn interessiert hatten, aber ebenso selbstverständlich konnten diesen jungen Damen ihn als Ehemann nicht in Betracht ziehen. Er war bis vor Kurzem nicht einmal ein freier Mann gewesen, hatte kein Lehen gehabt, kein Einkommen, kein Haus. Es wäre ihm gar nicht möglich gewesen, einer Ehefrau ein Heim zu bieten, denn sie könnte ja kaum in den Gesindequartieren der Burg mit ihm wohnen. Er hatte sich nie einem der Mädchen oder jungen Frauen genähert, denn eine Abfuhr wäre unvermeidlich gewesen. Außerdem verdiente er das Glück einer Familie nicht. Sein Ritter war tot. In der ersten wichtigen Prüfung seines Lebens hatte er versagt und dieses Versagen lastete wie ein Fluch auf ihm. Er konnte niemanden beschützen. Keine Frau würde ihr Leben in seine Hand legen wollen und kein Vater würde ihm seine Tochter anvertrauen. Völlig zurecht.

Erst wenige Tage vor dem Abritt nach Aachen hatte der Graf ihm ein eigenes Lehen gegeben, was ihn immer noch erstaunte. Es waren auf den Tag genau sieben Jahre treue Dienste, die ihm das Mannlehen über eine kleine Wasserburg nebst dazugehörigem Dorf und Land eingebracht hatten. Der bisherige Herr der Burg Düssel war ohne Nachkommen verstorben, und der Graf zu Berg hatte ihm Land und Namen verliehen und ihn in einer kurzen Zeremonie ohne große Feierlichkeit zum Ritter geschlagen. So hieß er nun Evert von Düssel, aber daran hatte er sich noch nicht recht gewöhnt. Auch seine neue Wohnstatt hatte er bisher nicht zu Gesicht bekommen, denn dazu war bis zur Abreise keine Zeit mehr geblieben.

König Otto hatte Unterstützung für seinen Zug nach Aachen angefordert, und der Graf hatte ihm fünfzehn seiner Ritter gesandt. Evert war als einer der Männer ausgewählt worden und mit ihnen aufgebrochen, kaum dass die Urkunden über die Ritterwürde und das Lehen von Düssel unterzeichnet waren.

Da er nun Land und ein Zuhause besaß, konnte er eine Ehefrau wählen, aber durfte er das wirklich? Er war immer allein gewesen, hatte auf die harte Art lernen müssen, dass er sich nur auf sich selbst verlassen konnte. Was die Liebe mit einem Mann anrichten konnte, das sah er nur zu klar an Rainald. Nein, er hatte sich mit dem Alleinsein abgefunden. Auch Düssel würde daran nichts mehr ändern. Wenn er Rainalds Schicksal betrachtete, war es auf jeden Fall besser, unverheiratet zu bleiben. Nur wenn die anderen Männer von ihren Ehefrauen, ihren Kindern und ihren übrigen Familienmitgliedern sprachen, dann legte die Einsamkeit sich wie ein Fels auf Everts Brust und machte das Atmen schwer.

Er stand auf und klopfte Rainald auf die Schulter. „Komm, lass uns hinein gehen. Es wird kalt und nach dem Abendmahl soll der Angriff noch einmal besprochen werden."

„Hm hm", brummte der, erhob sich und folgte Evert.

„Ich werde morgen neben dir reiten, ich werde dich nicht an die Staufer verlieren. Und du wirst kein unsinniges Risiko eingehen. Hörst du mir zu?"

„Hm hm." Damit schien die Unterhaltung für Rainald beendet zu sein, denn er folgte Evert nicht zum Versammlungsplatz, sondern wandte sich wieder seinem eigenen Zelt zu.

Evert machte sich ernste Sorgen um seinen Freund, doch er musste sich mit den übrigen Männern wegen des Kampfes besprechen. Rainald würde er auf jeden Fall im Auge behalten, das wäre morgen seine wichtigste Aufgabe. Er lief die Straße entlang, von der aus sich rechts und links das Lager erstreckte. Die meisten Ritter hatten ihre eigenen Zelte mitgebracht, in denen sie mit ihren Knappen schliefen. Wimpelstangen zeigten an, wem jedes Zelt gehörte, und auch die Tuche der Zelte selbst waren oft farbig und verziert. Der Teil des Lagers wirkte beinahe festlich, wie bei einem der Ritterturniere, an denen er hin und wieder teilgenommen hatte.

Das einfache Volk kampierte im Freien. Die Reisigen und Fußknechte, die den größten Teil der Gefolgsleute Ottos stellten, waren zumeist Leibeigene oder Söhne von freien Bauern, die von ihren Herren in den Kampf für den König geschickt worden waren.

Die Fußknechte überstanden lange Reisen oder lange Belagerungen nur schlecht. Das war nicht verwunderlich, wenn man ihre unzureichende Unterkunft und Verpflegung sah. Aus Berichten vergangener Feldzüge, vor allem der Kreuzzüge, wusste Evert, dass sich mit jeder Woche der kriegerischen Auseinandersetzung die Zahl der kampffähigen Männer halbierte. Krankheiten und Auszehrung forderten dabei ebensoviele Opfer wie Schwerter und Pfeile. Das war einer der Gründe, warum Otto immer wieder die schier uneinnehmbaren Mauern der Stadt angriff. Je länger die Kämpfe sich hinzogen, desto unwahrscheinlicher wurde ein Sieg. Die Aachener litten sicherlich unter der Belagerung, aber den Truppen hier vor der Stadt erging es nicht sehr viel besser. Immerhin war es Hochsommer und das Wetter warm und tagsüber trocken. Bei schlechteren Witterungsverhältnissen wären die Verteidiger der Stadt in ihren schützenden Häusern deutlich im Vorteil. Die draußen kampierenden Truppen würden dann noch wesentlich schneller dahinschwinden, als es ohnehin schon der Fall war.

Evert erreichte den Versammlungsplatz und sein Blick fiel sofort auf die kleine Gruppe der bergischen Ritter. Diederich von Altena war der ranghöchste Adelige aus der Grafschaft und damit der Hauptmann der bergischen Truppe, so dass ihm die Aufgabe zufiel, die Anweisungen des Königs weiterzugeben und seine Einheit entsprechend der Kampfstrategie zu führen.

„Die begüterten Ritter folgen mir in mein Zelt. Dort werden wir die Lage besprechen", verkündete Diederich.

Evert wollte sich abwenden, als sein Mitstreiter Konrad von der Mark seinen Arm fasste und ihn mit einem Grinsen in Richtung Zelt zog.

„Gewöhn dich dran, du bist jetzt einer von uns", stellte Konrad fest.

Evert nickte. „Du hast recht." Obwohl er nun seit einer Woche ebenfalls zu den Rittern mit eigenem Land und Gut zählte, würde er niemals einer von ihnen sein. Das wusste Konrad genauso gut wie er selbst, aber dies war nicht der rechte Zeitpunkt, darüber zu sprechen. Also folgte Evert den anderen zu Diederichs Zelt, um die Angriffspläne für den nächsten Tag zu besprechen.

Er blieb in der Nähe des Eingangs stehen, aber trotzdem bemerkte Diederich ihn und verengte die Augen. Er öffnete den Mund und Evert erwartete schon den üblichen herablassenden Kommentar, aber der Graf besann sich und wandte sich ab. Von allen Männern des Herzogs von Berg war Diederich derjenige, der Evert anscheinend am meisten verabscheute. Stets bohrte er in der alten Wunde, dass er keine Familie und keine gesicherte Abstammung hatte, und somit kein Recht auf Ritterwürde oder Lehen. Dass er beides trotzdem erhalten hatte, schien Diederich sehr zu ärgern, denn seitdem waren die Kommentare noch bissiger geworden. Sicher wollte er ihn auch heute aus dem Zelt werfen, aber das konnte er nun nicht mehr. Wie Konrad schon gesagt hatte, gehörte Evert jetzt dazu, ob es Diederich gefiel oder nicht.

„Die Ramme wird mit zwanzig Männern ausgestattet und in der Mitte der beiden Torflügel angreifen. Das Tor selbst wird zu stark sein, aber wir hoffen, dass wir die Riegel durchbrechen können. Deshalb muss die Spitze gut ausgerichtet sein", begann Diederich zu erklären.

Das Belagerungsgerät glich von weitem einem kleinen Haus auf Rädern. Um die Fußkämpfer vor Pfeilen zu schützen, war es mit einem großen Dach ausgestattet. Der eigentliche Rammbock war drunter an langen Ketten aufgehängt.

Zunächst musste es an das Tor herangeschoben werden, dann wurden die Räder blockiert, so dass es einen festen Stand erhielt, und schließlich konnte der lange Eichenstamm mit der metallenen Spitze von den Männern gegen Mauer oder Tor geschwungen werden.

„Die gepanzerten Ritter werden so dicht an der Mauer entlang Patrouille reiten, wie es ihre Rüstung erlaubt. Geht kein Risiko ein, aber macht den Staufern deutlich, dass ein Ausfall nicht möglich ist." Nach diesen Worten wies Diederich jeweils zwei Rittern einen bestimmten Mauerbereich zu. Evert war froh, dass er gemeinsam mit Rainald eingeteilt war. Sie sollten den Abschnitt unmittelbar rechts vom Tor abreiten.

„Geschwindigkeit ist von größter Bedeutung. Das Dach der Ramme hält nicht ewig, vor allem, wenn sie brennendes Pech verwenden. Als Reserve werden zwanzig weitere Fußkämpfer hinter der Ramme gehen und zum

Schutz Holzschilde über ihre Köpfe halten. Sie sollen die Männer an der Ramme verstärken, sobald das Gerät steht und geschwungen werden kann." Er ließ seinen Blick über die anwesenden Adeligen gleiten. „Jeder von euch hat seine Aufgabe. Die Ritter links und rechts der Mauer greifen hart durch, wenn Fußkämpfer sich von der Ramme entfernen. Fahnenflüchtige werden mit dem Tode bestraft, sofort. Dieser Angriff wird der Wendepunkt in unserem Kampf sein. Wir müssen morgen in die Stadt eindringen und jeder Ritter ebenso wie jeder Fußkämpfer muss alles geben."

Evert sah sich um, während Diederich weitersprach, und mit abgenutzten Sprüchen von Pflicht, Ehre und König versuchte, die Männer anzuspornen. Zu seinem Erstaunen sah er auf den meisten Gesichtern eine wilde Begeisterung für den geplanten Angriff. Diese Männer schienen nur für den Krieg zu leben und es als größte Ehre zu sehen, für ihren König zu sterben. War das wirklich so, oder spielten sie Diederich diese Rolle nur vor? Fühlten sie sich, ebenso wie er selbst, nur dazu verpflichtet die Faust zum Kampfruf zu heben?

„Für unseren König! Nunquam retrorsum! Niemals zurück!", riefen sie alle gemeinsam den Wahlspruch der Welfen.

Damit war die Versammlung beendet und nachdenklich ging Evert zu seinem Lager zurück. Er fühlte sich leer, wie abgetrennt von seinen Waffenbrüdern und Unter-

gebenen. Wenn er nur wüsste, wohin er wirklich gehörte –
woher er kam, könnte er vielleicht auch eine ähnliche
Überzeugung empfinden. Vielleicht gäbe es dann auch für
ihn ein Ziel, für das es sich lohnte, das eigene Leben aufs
Spiel zu setzen.

3 Was vor der Mauer geschieht

Insa nähte weiter an dem Kleid, dass die Frau des Bürgermeisters bei ihrem Vater bestellt hatte. Völlig vertieft in ihre Arbeit vergaß sie alles um sich herum und zuckte erschrocken zusammen, als die Türglocke geläutet wurde.

Eilig sprang sie auf und öffnete die Tür ihrer Nähstube, nur um sie dann schnell wieder zu schließen. Lenne war bereits an der Haustür und dort standen die drei staufischen Ritter, die von ihrem blutigen Tagwerk zurückkehrten.

Insa wollte ihnen auf keinen Fall begegnen, horchte aber mit angehaltenem Atem, als Heinrich im Flur begann, den anderen beiden Anweisungen zu erteilen.

„Gosbert, du kümmerst dich gleich nach dem Essen draußen vor dem Jakobstor um die Toten. Heute bist du an der Reihe. Frerich, du gehst jetzt zuerst zu Walram von

Limburg und erstattest ihm Bericht. Danach kannst du essen und dann begleitest du Gosbert."

Eine andere Stimme, Insa war sicher, es war Frerichs, antwortete empört. „Diese Arbeiten da draußen vor dem Tor können die Fußleute auch allein tun. Dafür brauchen sie uns nicht." Heinrich schnitt ihm das Wort ab.

„Du weißt doch, wenn da Ritter oder deren Knappen unter den Toten sind, müsst ihr ihnen die Waffen und Rüstungen abnehmen. Die können wir schließlich gut gebrauchen. Außerdem muss einer von uns kontrollieren, ob die Welfen jemanden lebend zurückgelassen haben. Die Verantwortung können wir nicht den Fußleuten überlassen."

Insa wurde schon wieder übel. Wenn ein Gegner verletzt auf dem Schlachtfeld gefunden wurde, warfen sie ihn in den Hungerturm, der bereits vor der Belagerung als Gefängnis der Stadt gedient hatte. Sie hatte gesehen, wie sie vor drei Tagen einen welfischen Fußsoldaten dort hinein gezerrt hatten. Schwer verletzt, mit zerrissenen Kleidern und kaum imstande zu stehen, hatte er um Gnade gebettelt, doch die schwere Eichentür war zugeknallt und hatte seine Rufe erstickt. Insa war sicher, dass niemand ihm Essen oder Wasser gebracht, geschweige denn seine Verletzungen behandelt hatte. Zwei Tage danach war sie ausgerechnet in dem Augenblick am Hungerturm vorbeigegangen, als zwei Männer seinen leblosen Körper wieder heraus schafften. Vielleicht war er einfach verblutet oder verdurstet, oder er war an Wundfieber gestorben. Wie auch immer, sie hatten ihn elendig und ganz allein dort drinnen sterben lassen. Die Erinnerung daran ließ ihre Knie weich werden, auch wenn das nicht der erste Tote war, den sie in ihrem Leben zu sehen bekommen hatte. Mit einem Seufzer lehnte sie sich innen gegen die Nähstubentür und schloss die Augen, um das Bild des leblosen, zerschundenen Körpers wieder aus ihrem Kopf zu verbannen.

Die Ritter verließen den Flur und Insa vermutete, dass Heinrich und Gosbert vor dem Essen ihre Räume aufsuchten, um sich zu waschen und umzukleiden, während Frerich wohl wieder gegangen war, um wie befohlen Bericht zu erstatten.

Für die drei Adeligen war das Stadthaus mit seinen großzügigen Räumen und der gemütlichen Einrichtung sicherlich eine angenehme Abwechslung zum Leben im Feldlager. Heinrich wurde von den anderen beiden meist mit 'Herr' angesprochen und war entweder der Lehensherr von Gosbert und Frerich oder nur ihr Kommandant. Er war zu ihr und ihrer Familie immer höflich und hatte auch schon mehrmals angeboten, ihr mit dem Feuerholz oder den schweren Wassereimern zu helfen. Als einziger von den Dreien war er Insa einigermaßen sympathisch, auch wenn er oft mit einem finsteren Gesichtsausdruck ins Leere starrte und dann recht unheimlich wirkte. Mit seinem dichten Vollbart, den schwarzen Haaren und den dunklen Augen sah er ohnehin schon düster aus. In

Maastricht und auch hier war Insa hauptsächlich von blonden Menschen umgeben, die schmalere Gesichter hatten, weniger dichten Bartwuchs und blassere Haut. Heinrichs fremdländisches Aussehen faszinierte sie ebenso, wie es ihr Angst einjagte. Insgeheim bedauerte sie es, dass sie sich unter diesen unsäglichen Umständen getroffen hatten, denn manchmal wünschte sie sich, sie könnte ihn näher kennenlernen.

Frerich allerdings hatte Insa schon häufig auf eine Art angesehen, die ihr Angst machte. Die drei hielten sich normalerweise nur zum Essen und Schlafen im Haus auf und waren bis jetzt höflich und zurückhaltend. Wann immer es ihnen ihre Pflichten erlaubten, erschienen sie auch pünktlich zu den Mahlzeiten, denn immerhin kam hier noch ordentliches Essen auf den Tisch. Im Feldlager, wo die einfachen Männer verköstigt wurden, waren die Rationen inzwischen so knapp, dass es schon tagelang nur noch dünne Suppe und streng rationiertes Brot gab.

Soweit Insa das von ihren Nachbarn gehört hatte, gestaltete sich in anderen Bürgerhäusern das Zusammenleben mit den Besatzern der Stadt nicht so freundlich. Daher war sie sehr froh über die gepflegten Umgangsformen der drei Ritter und gab sich selbst ebenfalls Mühe, freundlich zu sein. Sie war den dreien gegenüber besonders höflich, wenn sie ihnen begegnete, aber am liebsten ging sie den Männern einfach aus dem Weg.

Um Lenne beim Auftragen des Essens zu helfen,

musste Insa schließlich doch in die Küche. In der Mitte stand der lange Tisch, an dem zehn Personen bequem Platz finden konnten und am hinteren Ende des Raumes brannte das Feuer in dem großen Herd, der gleichermaßen zum Kochen und Heizen diente. Über der Feuerstelle hing der Topf mit dem Linseneintopf und im ganzen Haus duftete es nach dem gebratenen Speck, den Lenne eben erst dazu gegeben hatte. Heinrich und Gosbert saßen schon am Tisch und erhoben sich bei ihrem Eintreten sofort, um sie höflich zu grüßen, ganz den Gepflogenheiten des Adels entsprechend. Insa nickte den Rittern mit einem schmalen Lächeln zu und umrundete den Tisch. Dann trug sie schweigend für die beiden Männer die Schalen mit Linseneintopf und den Korb mit Brotstücken auf.

Als die beiden Ritter die Mahlzeit fast beendet hatten, kam auch Frerich in die Küche, grüßte sie mit einer angedeuteten Verbeugung, setzte sich aber nicht sofort hin. Mit einem übermütigen Grinsen umrundete er den Tisch, schnallte seinen Schwertgürtel ab und ließ ihn scheppernd zu Boden fallen.

Erschrocken fuhr Insa herum und plötzlich stand der Mann direkt vor ihr. Er legte seine Arme um ihre Mitte und zog sie an seinen Körper, küsste mit offenem Mund ihren Nacken und drängte sich mit einem schamlosen Stöhnen gegen ihre Hüfte. Erschrocken schrie sie auf und wand sich in seinem festen Griff.

Heinrich sprang sofort auf und sein Stuhl fiel krachend nach hinten. Mit einer schnellen Bewegung löste er Frerichs Arme von ihr und drehte sie auf seinen Rücken.

Insa stolperte nach vorn und konnte sich gerade noch an der Tischkante halten, um nicht der Länge nach hinzufallen. Mit der anderen Hand hätte sie beinahe den heißen Topf über der Feuerstelle berührt. Hektisch wich sie in die Ecke neben dem Herd zurück und als sie sich umwandte, sah sie Heinrich, der Frerich so fest gepackt hatte, dass der protestierend aufschrie. Schweigend schob Heinrich den Mann vor sich her, aus der Küche durch den Flur bis nach draußen. Mit hartem Krachen fiel die Haustür ins Schloss und Insa hörte bis in die hinterste Küchenecke sein lautes Brüllen vor dem Haus.

Wie versteinert stand sie immer noch in der Ecke, den Blick zum Fenster gerichtet, als Heinrich die Küche allein wieder betrat. Mit gesenktem Kopf stand er vor ihr und suchte offenbar nach Worten, dann verbeugte er sich tief.

„Meine Dame, es tut mir sehr leid", begann er zögerlich. „Ich bin für meine Männer verantwortlich und werde sicherstellen, dass dergleichen nie mehr geschieht."

Insa wollte ihm nicht ins Gesicht sehen, aber er trat einen Schritt vor und erschrocken hob sie den Blick.

Er sah sie mit einem zerknirschten Gesichtsausdruck an und schluckte hart. „Bitte habt keine Angst", würgte er hervor und wich seinerseits zurück. „Verzeiht bitte. Eure Schönheit hat ihm offenbar die Sinne vernebelt."

Insa zitterte am ganzen Körper. Sie schüttelte nur den Kopf, aber dann brachen all die angestauten Worte aus ihr heraus. „Ihr wollt ein Ritter sein? Ritterlich? Jeder Gemeine benimmt sich besser einer Dame gegenüber. Es nützt gar nichts, dass Ihr mich immer ‚meine Dame' nennt, wenn Ihr mich nicht wie eine Dame behandeln könnt. Ich soll keine Angst haben? An Euren Händen klebt das Blut ungezählter Männer. Wie viele Welfen tötet ihr jeden Tag und wie viele Staufer werden auf Euer Geheiß in den sicheren Tod geschickt? Ich soll keine Angst haben? Der Teufel persönlich wäre mir als Bewohner in diesem Haus lieber als Ihr. Ich wünschte, Ihr würdet nicht jeden Abend wieder hierher kommen. Ich wünschte, ihr würdet mit all den anderen Mördern da draußen sterben." Sie schnappte nach Luft und plötzlich wurde ihr klar, was sie gesagt hatte. Ihre Zähne klappten hart zusammen, sie schlug beide Hände vor den Mund und ihre Augen weiteten sich vor Schreck. Wie konnte sie diese Ritter derart beschimpfen? Wie konnte sie jemandem den Tod wünschen? Damit war sie selbst keinen Deut besser als diese Männer. Ohne ein weiteres Wort drehte sie sich herum und rannte die Treppe hinauf zu ihrer Kammer.

Heinrich war hinter ihr aus der Küche in den Flur getreten und stand unten am Treppengeländer. Als sie sich beim Öffnen ihrer Kammertür herumdrehte, sah er zu ihr hinauf, als wolle er sie noch einmal um Verzeihung bitten.

Hastig wandte sie sich ab und schlug die Tür hinter sich zu.

Sie lief in ihrem Zimmer auf und ab, sah aus dem Fenster, ging wieder zur Tür, aber nichts konnte sie beruhigen. Arbeit war das Einzige, was sie von allem ablenken konnte, also musste sie sich zusammenreißen und nach unten gehen.

Sie stand einen Moment vor der geschlossenen Zimmertür, ehe sie ihren Mut zusammenkratzte und sie öffnete. Sie hätte es erwarten können, erschrak aber trotzdem, weil Heinrich noch immer am Fuß der Treppe stand. Sie hatte keine Ahnung, wie sie ihm je wieder in die Augen blicken sollte. Mit einer Hand am Geländer blieb sie stehen und sah auf den Ritter hinunter, der nun vom Fuß der Treppe zurückwich, als wolle er für sie Platz machen.

„Dieser Vorfall vorhin, es tut mir leid, das sagte ich bereits", begann er, ohne den Blick von ihr abzuwenden. „Dieser plumpe Angriff ist nicht zu entschuldigen und ich verstehe, dass dies Euer Vertrauen nicht gerade gestärkt hat. Aber Ihr dürft in uns keine Feinde sehen, wir sind nicht hergekommen, um der Stadt oder den Bürgern zu schaden, das müsst Ihr mir glauben."

Insa schnaubte leise, presste aber die Lippen zusammen, um nicht wieder völlig unangebrachte Dinge auszusprechen. Sie wartete angespannt, ob er nun endlich gehen würde, da ja alles gesagt war.

„Ich kann Euch eure harschen Worte und auch die Beschimpfungen nicht verdenken. Natürlich seid Ihr wütend und habt Angst. Wenn es irgendetwas gibt, was ich tun kann, damit Ihr Euch sicherer fühlt …" Er ließ den Satz unbeendet und seufzte aus tiefster Seele.

Insa fragte sich, was nun wirklich der Anlass für diese Unterhaltung war. Was wollte er von ihr hören? Warum war es ihm so wichtig, dass sie sich mit ihm sicher fühlte? Langsam begann sie die Treppe hinunter zu gehen, denn in diesem Moment hatte sie keine Angst mehr. Er wirkte zerknirscht, freundlich, bemüht um … ja um was eigentlich?

„Wenn Ihr im Nähzimmer arbeitet, singt Ihr so wunderschön. Eure Stimme hat einen besonderen Zauber und ich muss zugeben, dass ich schon oft im Flur gestanden und Euch einfach nur zugehört habe."

Insa blieb unvermittelt stehen. Im Grunde schmeichelten ihr seine Worte, aber die Vorstellung, dass er vor ihrer Tür stand, nur um ihr zuzuhören, fand sie äußerst unheimlich, aber auch irgendwie liebenswert. Heinrich senkte den Kopf und wirkte nun gar nicht mehr wie der große und einschüchternde Mann, sondern eher wie ein Bittsteller.

„Von ganzem Herzen wünschte ich, wir hätten uns unter anderen Umständen kennengelernt und ich hätte eine Möglichkeit, um Euch zu werben."

Insa blieb die Luft weg. Das war es also. „Ich … ähem

... also ..." Ihr Gesicht glühte und sie hatte keine Ahnung, was sie antworten sollte. Das kam sehr selten vor, aber diese Offenbarung hatte ihr tatsächlich die Sprache verschlagen. Ohne aufzusehen redete Heinrich weiter. Offenbar hatte er gar keine Erwiderung erwartet. Vielleicht wollte er sie auch nicht zu Wort kommen lassen, damit sie ihn nicht sofort abweisen konnte.

„Ich möchte Euch von mir erzählen, damit Ihr versteht, woher ich komme und warum ich hier bin. In meinem Land bin ich der Erbe des Titels und der erheblichen Ländereien meiner Familie. Hier hat das keine Bedeutung und ich verstehe, dass das für Euch keinen Unterschied macht, aber ich könnte gut für eine Ehefrau und für eine Familie sorgen, sehr gut."

Insa nickte. Natürlich war dergleichen wichtig, aber würde sie nach diesen äußeren Gegebenheiten einen Ehemann wählen? Ihre Eltern hatten sich geliebt und so hatte sie selbst auch davon geträumt, eine solche Ehe zu führen. Sie wollte jemanden, der ihr mehr gab, als nur ein Dach über dem Kopf und genug zu essen. Auch sie selbst wollte mehr sein als bloß die Frau, die das Haus in Ordnung hielt und die Kinder zur Welt brachte. Sie wünschte sich eine wahre Partnerschaft, jemanden, dem ihre Meinung wichtig war, jemanden, den sie liebte und der sie lieben würde. Das war nicht, wie es in den meisten Familien aussah, aber war das deswegen zu viel verlangt?

Heinrich hatte weitergesprochen, ohne dass sie

zugehört hatte. Was er sagte, war ihm wichtig und sie sollte ihre Aufmerksamkeit wieder auf seine Worte richten.

„Ich habe schon vor drei Jahren meine Heimat bei Genua verlassen. Mein Vater gehört zu den Ghibellinen und ist damit ein Unterstützer der Staufer. Natürlich hat er mich als Ritter zu Kaiser Heinrich geschickt. Als dieser im vorigen Herbst starb, erbte als nächster Staufer Philipp von Schwaben die Gefolgschaft der lombardischen Ghibellinen und damit auch meine Treue als Ritter." Heinrich hielt inne und sah sie mit leicht schräggelegtem Kopf an. „Seid Ihr mit der Politik in diesem Maße vertraut?"

„Ja natürlich. Ich weiß, wer der Kaiser war und was zu diesem Streit zwischen Staufern und Welfen geführt hat. Ihr sagt, Ihr seid eigentlich gar kein Gefolgsmann von König Philipp?", fragte Insa mit einem Kopfschütteln.

Heinrich schnaubte. „Doch, das bin ich wohl durch meine Herkunft. Der Streit um die Krone hat mich nach Aachen gebracht, so weit weg von meiner Heimat. Ich kämpfe hier für einen König, den ich noch nie gesehen habe, mit Untergebenen, die nicht meine eigenen Leute sind und gegen einen anderen König, den ich ebenso wenig kenne. Nicht einmal der Papst hat bis jetzt eine eindeutige Position zur einen oder anderen Partei bezogen, aber ich bin durch das Wort meines Vaters gebunden. So werde ich also für König Philipp kämpfen, wenn es so sein soll bis zum Tod."

Insa hatte plötzlich das Bedürfnis, sich für ihre unbeherrschten Worte zu entschuldigen. Natürlich wünschte sie Heinrich nicht den Tod, und da sie ihn nun etwas besser kannte, erschien er ihr sogar recht freundlich. Er war also auch nur unwillentlich zwischen die beiden Könige geraten, so wie sie selbst und alle Bürger der Stadt.

Es klopfte an der Haustür und Heinrich öffnete. Frerich stand draußen und Insa kämpfte hart gegen den Drang, sofort wieder nach oben zu laufen. Frerich trat schweigend ein, ohne sie anzusehen. Er blieb mit gesenktem Kopf vor Heinrich stehen.

Der zögerte kurz, aber dann nickte er. „Ich sollte dich direkt zur Arbeit vor die Mauern schicken. Versprich mir, dass derartige Ausfälle nie wieder passieren, dann ab in die Küche mit dir. Ohne dein Abendessen solltest du nicht gehen", grollte er. „Schließlich kann man in diesen Zeiten nicht sicher sein, wann es die nächste Mahlzeit gibt und ob wir überhaupt eine bekommen werden." Er nickte kurz zur Küchentür und Frerich schlich mit hängenden Schultern hinein.

„Ich verspreche es", murmelte er, ehe er die Tür hinter sich schloss.

„So etwas würde ich niemals tun", stieß Insa hervor. Dachte Heinrich wirklich, sie wäre derart niederträchtig, dass sie den Rittern ihr Essen vorenthalten würde?

„Ich danke Euch für die Gastfreundschaft und Eure

Nachsicht, meine Dame. Auch wenn wir das nicht alle verdient haben", antwortete Heinrich mit einer angedeuteten Verbeugung. „Ich glaube nicht, dass diese Reue echt ist. Achtung vor dem weiblichen Geschlecht oder seinem Mitmenschen insgesamt ist Frerich leider fremd", fügte er leise hinzu. „Meine körperliche Überlegenheit und mein höherer Rang haben ihn davon abgehalten, Euch weiter zudringlich zu werden, aber ich traue ihm nicht weiter, als ich ihn sehen kann. Bitte seid vorsichtig in seiner Nähe."

Insas Herz klopfte nun wieder in ihrem Hals und es breitete sich der unsinnige Drang in ihr aus, sich in Heinrichs Arme zu flüchten. Stattdessen trat sie einen Schritt von ihm zurück. War es das, was er mit seinen Worten beabsichtigt hatte? Wollte er als ihr Beschützer auftreten und sich so in ihr Herz schleichen? Die Bemerkung, dass er um sie werben wollte, konnte sie nicht vergessen. Um das Thema zu wechseln, stellte sie eine andere Frage.

„Was tut Ihr überhaupt so spät noch draußen? Es greift doch in der Dunkelheit niemand an, oder?" Nach dem, was sie zuvor gehört hatte, verstand sie zumindest zum Teil, was sie dort draußen taten, aber wie immer wollte sie es ganz genau wissen.

„Das nicht, aber wir müssen im Schutze der Dunkelheit nach draußen vor das Tor gehen. Ihr wollt das nicht wirklich wissen, meine Dame, das ist kein Thema für eine zarte junge Frau."

Insa fuhr auf. „Das kann ich wohl selbst entscheiden,

oder könnt Ihr eine so einfache Frage nicht beantworten?"
Wieder ärgerte sie sich, dass Heinrich wie alle anderen
Männer offenbar glaubte, dass er darüber bestimmen
konnte, was sie wissen durfte und was nicht.

„Es ist eine grauenvolle Aufgabe, aber leider notwendig, die Gefallenen nach Waffen zu durchsuchen",
erklärte er zögerlich und sah sie skeptisch an.

„Und weiter?", fragte Insa mit einem giftigen Unterton.

„Die Fußleute erledigen danach das Verbrennen der
Toten, aber es sind immer einige Ritter dabei, um sie zu
beaufsichtigen."

„Verbrennen?", hauchte sie. „Das ist dieser schreckliche Geruch in der Nacht?"

„Ja, meine Dame, um die Ausbreitung von Seuchen zu
verhindern. Es werden jeden Abend nach Einbruch der
Dunkelheit, wenn die Angreifer sich aufgrund der feh-
lenden Sicht zurückziehen, die Toten vor den Toren der
Stadt verbrannt."

„Aber sie sind doch sicher nicht alle tot, oder?", fragte
Insa mit vor Grauen zitternder Stimme, obwohl sie eigentlich gar nichts mehr über die Vorgänge vor der Mauer
hören wollte.

„Beinahe alle. Natürlich will niemand gefangen
genommen werden, aber nicht jeder schafft es, sich am
Ende des Kampfes zurückzuziehen. Bei der Kontrolle der
Gefallenen finden wir sehr selten einmal einen

Überlebenden, der von seinen Waffenbrüdern zurückgelassen wurde. Wir bringen die Fußleute und einfachen Schützen in das Gefängnis der Stadt. Ihr nennt es Hungerturm, glaube ich."

Insa nickte. Die Vorgänge im Hungerturm waren grausam und seine Erklärung genügte ihr vollkommen. Aber Heinrich sprach immer weiter, als wolle er sich all die grauenhaften Geschehnisse von der Seele reden.

„Die meisten von ihnen sterben dort an ihren Verletzungen. Natürlich ist für die Gegner hier kein Essen übrig. Wir haben ja nicht einmal genug für unsere Leute. Zeit für die Pflege feindlicher Verletzter kann auch niemand erübrigen. Wenn wir einmal einen Ritter fänden, das wäre natürlich etwas anderes. Den könnte man gegen einen der eigenen Leute oder vielleicht sogar gegen Verpflegung austauschen, wenn er denn überlebte."

Insa stand wie eingefroren am Fuß der Treppe. Vieles von dem, was er sagte, hatte sie bereits gewusst. Alles andere hatte sie tatsächlich nicht so genau hören wollen. Damit hatte Heinrich recht behalten. Trotzdem hatte sie das Gefühl, jetzt besser zu verstehen, was um sie herum geschah. Sie nickte knapp, aber weitere Antworten wollte sie heute Abend nicht mehr. Mit dem Gehörten hatte ihr Verstand erst einmal genug zu tun.

Gosbert und Frerich traten aus der Küche in den Flur und Heinrich wandte sich zur Haustür. Mit hängenden Schultern folgte er den beiden anderen Männern in den

Abend hinaus und Insa eilte in ihre Nähstube. Sie wollte sich nicht vorstellen, was nun dort vor der Mauer jetzt geschehen würde, und stürzte sich mit Inbrunst in ihre Arbeit, um das alles wenigstens für kurze Zeit zu vergessen.

4 Ich werde bleiben

Evert gab seinem Pferd die Sporen und preschte vor. Auf dem Schlachtfeld vor der Stadt gab es wie erwartet keinen Widerstand. Leicht konnten er und Rainald bis an die berühmt berüchtigte Barbarossamauer heranreiten. Sie hielten sich in einem Abstand, der den Bogenschützen nicht erlaubte, sie selbst oder ihre Pferde ernsthaft zu verletzen. Sein Brauner streckte sich und sprang mühelos über eine schmale Senke, obwohl er unter der dicken Schutzdecke ebenso klatschnass geschwitzt war wie Evert in seiner wattierten Unterrüstung und dem schweren Kettenhemd. Er galoppierte weiter, bis er schließlich wieder bei den übrigen Männern des Grafen von Berg angelangt war.

Die trockene Hitze der vorherigen Tage war schwüler Luft gewichen, denn heute bedeckten Wolken den

Himmel und die Feuchtigkeit des nächtlichen Regens hing schwer in der Luft. Er sah nach oben, wo graue Wolken sich türmten und den Tag finsterer erscheinen ließen als alle bisherigen. Würde ihnen Regen helfen, oder war es ein schlechtes Zeichen, dass ausgerechnet heute das Wetter umschwang? Nein, an irgendwelche Zeichen glaubte er nicht. Aberglaube war etwas für ungebildete Menschen. Er wandte sich wieder seiner Aufgabe zu und verdrängte den bedrückenden Gedanken.

Evert hatte den ihm zugewiesenen Mauerabschnitt abgeritten und kehrte nun mit Rainald zurück zu den Männern mit der Ramme. Hinter ihnen standen Ottos Bogenschützen und zielten auf die Mauerkrone und das Dach des Jakobstors. Sie versuchten, mit ihren Pfeilen die staufischen Bogenschützen hinter die Zinnen zu treiben, so dass diese nicht auf die Ramme schießen konnten. Auf das Zeichen von Graf Diederich rückten die Fußleute vor. Mit aller Kraft schoben sie das schwere Gerät, so schnell es ihnen möglich war, zum Tor. Pfeile hagelten von oben herab und die Berittenen erhielten den Befehl zurückzubleiben. Wenn das Tor zerborsten wäre, würden sie eilig hindurchpreschen und wie ein wilder Sturm in die Stadt einfallen. Bis dahin mussten sie sich vor den Bogenschützen in acht nehmen. Ohnehin konnten sie den Männern an der Belagerungsmaschine nicht helfen. Der schwere Widder, wie die Ramme auch genannt wurde, bewegte sich unter Knarzen und Ächzen vorwärts. Die Räder waren nur halb so groß wie an einem normalen Karren und holperten daher hart in jedes Schlagloch und über jeden Stein. Unter dem steilen Dach waren die Männer fast unsichtbar verborgen, und das war gut so. Die Bogenschützen auf dem Dach des Torhauses und auf der Mauer taten alles, um das Vorrücken des Widders zu verhindern. Evert sah, dass die Pfeile den Männern nichts anhaben konnten, noch nicht. Je näher sich das Gerät an die Verteidiger heranschob, desto besser konnten die Schützen aber seitlich unter das Dach zielen. Inzwischen stand der Widder direkt vor den schweren, eisenbeschlagenen Torflügeln. Die Schützen auf der Mauer begnügten sich nun nicht mehr mit normalen Pfeilen. Auch Speere wurden auf die Ramme geworfen und das Dach litt schwer unter dem Ansturm.

Plötzlich trafen zwei Speere zugleich auf eine Kante des Dachs und mehrere Bretter splitterten. Evert sah, dass einer der Fußkämpfer von einem Speer durchbohrt worden war und zur Seite kippte. Drei seiner Kameraden flohen daraufhin und rannten laut schreiend von der Ramme fort. Die Ritter machten sich bereit, die Fahnenflüchtigen aufzuhalten, aber vom Dach des Torhauses hagelten gut gezielte Pfeile auf die Männer herab. Einer nach dem anderen wurde getroffen und nach wenigen Augenblicken lagen alle drei bewegungsunfähig am Boden. Sie waren nicht tödlich verletzt, konnten sich aber auch nicht mehr in Sicherheit bringen. So verbluteten sie einen Steinwurf von der Mauer entfernt, während ihre Kameraden mit der Ramme unter dem schützenden Dach weiter auf das Tor eindrangen.

Evert konnte die Männer unter der Ramme nicht gut sehen, aber es schien ihm, als wären inzwischen viele von ihnen durch schräg geschossene Pfeile verletzt. Die Räder wurden jetzt mit großen Holzkeilen blockiert, damit die Ramme gegen das Tor geschlagen werden konnte, nun begann endlich der eigentliche Angriff. Alle Fußsoldaten zogen den schweren Stoßbalken mit gemeinsamer Kraft nach hinten, dann ließen sie ihn los und der an Ketten aufgehängte Baumstamm schoss nach vorn. Die scharfe Spitze stieß weniger wie eine herkömmliche Ramme, sondern eher wie ein riesiger Speer gegen das Holz des Tores, um es in der Mitte zu spalten. Lautes Krachen kündete vom ersten Schlag gegen die Verteidigung. Dann zogen die Fußkämpfer den Stamm wieder zurück, um ihn erneut gegen das Tor schlagen zu lassen. Angespannt beobachtete Evert die Szene und sein Pferd tänzelte unruhig unter dem Sattel.

Es begann zu regnen und er zog unwillkürlich die Schultern hoch. Die Tropfen würden Abkühlung bringen, aber auch den Boden nass und rutschig machen, was für die Männer an der Ramme fatal sein konnte. Tatsächlich sah er, dass der gut geplante Angriff zu scheitern drohte. Immer mehr Fußkämpfer starben im seitlichen Pfeilhagel und das schützende Dach war unter der Wucht der Speere bereits zur Hälfte zersplittert. Die Bogenschützen zielten auf die Beine der Fußkämpfer und hatten damit erschreckenden Erfolg. Es war gar nicht nötig, die Leute zu töten, es reichte völlig aus, die Kraft und Geschwindigkeit des Rammbocks zu mindern. Evert hatte bei dieser Belagerung der Stadt schon viel zu viele Männer sterben sehen, aber dies hier war ein Gemetzel, das seine schlimmsten Befürchtungen überstieg.

Plötzlich lösten sich auf einer Seite der Ramme beide Radblockierungen. Mit dem nächsten Schlag gegen das Tor schlitterte das Gerät auf dem nassen Pflaster weg und drohte in den Graben neben der Straße zu rutschen. Der schwere Stoßbalken schwang zur Seite und mähte die Männer nieder, die direkt daneben standen. Vielstimmiges Schmerzgeschrei erfüllte die Luft, als Verletzte sich am Boden wanden und, vom Dach nun nicht mehr geschützt, durch die Bogenschützen niedergemetzelt wurden.

Auch das Tor war bereits zum Teil zersplittert und Evert konnte die Leute sehen, die auf der inneren Seite versuchten, die Balken wieder zusammenzunageln. Ein schmaler Durchgang war entstanden, aber die Staufer waren eilig damit beschäftigt, ihn zu schließen. Sie mussten das Tor jetzt durchbrechen, eine zweite Chance würden sie nicht bekommen. Noch ehe Diederich den Befehl zum Angriff geben konnte, preschte Everts Pferd vor.

Einige der Bogenschützen nahmen ihn nun ins Visier.

Seine Rüstung verhinderte, dass er tiefere Verletzungen davontrug. Zwei Pfeile trafen ihn jedoch in die Brust und blieben im Kettenhemd stecken, ganz in der Nähe seines Herzens. Das dicht gewirkte Metall hatten sie nicht vollständig durchstoßen können, aber ihre Spitzen waren tief genug in die Panzerung eingedrungen, dass er einen scharfen Schmerz spürte. Mit einer Bewegung seines Arms streifte er die Pfeilschäfte ab. Sein Pferd wurde von der dicken Decke aus vielen Stofflagen vor den prasselnden Pfeilen geschützt und am Kopf trug es eine neu geschmiedete Rossstirn, an der die Angriffe ebenfalls abprallten. Zumindest hoffte er das, denn wenn sein Pferd fallen würde, wäre das für ihn selbst ebenfalls ein Todesurteil.

Die Ramme stand nun schräg vor dem Tor und zahllose Körper lagen unter und neben dem schweren Stamm. Evert ließ einen schnellen Blick über das Grauen gleiten und erkannte, dass alle Fußkämpfer dem Pfeilhagel zum Opfer gefallen waren. Es waren junge Burschen darunter, halbe Kinder, kaum älter als sein Knappe Gero. Ihn schauderte, als der Gedanke aufblitzte, dass er den Jungen in einer derartigen Schlacht verlieren könnte. Evert zwang sich, den Blick abzuwenden. Ihnen konnte er nicht mehr helfen, aber wenn er das Tor durchdringen könnte, wären sie zumindest nicht umsonst gestorben.

Er konzentrierte sich auf die Lücke im Holz. Die Verteidiger der Stadt hatten die losen Balken hastig gesichert und der Durchlass war für einen Berittenen schon zu schmal. Evert parierte sein Pferd, um abzusteigen, sein Schwert zu ziehen und die Verteidiger zu Fuß anzugreifen. In dem Augenblick hörte er Rainald hinter sich seinen Namen rufen und drehte sich im Sattel um. Unvermittelt machte sein Pferd einen Sprung nach vorn und brach dann auf der Stelle zusammen. Evert wurde aus dem Sattel geschleudert und ein Pfeil schrammte über seine Wange. Er schrie auf, doch dann wurde alle Luft aus seinen Lungen gepresst, als er direkt vor seinem Reittier auf den Boden krachte. Beim Aufschlag hatte er den Helm verloren und einen Augenblick lang blieb er nach Atem ringend liegen. Everts Blick glitt zu dem Pferd, das ihm schon so viele Jahre treu gedient hatte. Der große Braune lag mit verdrehtem Hals vor ihm, die stumpfen Augen blicklos zum Himmel gerichtet. Die Unterseite des Halses war aufgeschlitzt und ein Speerschaft ragte aus der Brust des Tieres. Aus der klaffenden Wunde rann das Blut zu Boden und mischte sich mit Regenwasser und dem Blut der Menschen, die hier bereits ihr Leben gelassen hatten.

Everts Gesicht brannte wie Feuer, dort, wo der Pfeil seine Wange aufgerissen hatte, und vom harten Sturz schmerzte seine gesamte Seite. Aber er musste sofort aufstehen und sich aus der Nähe der Mauer zurückziehen, sonst wäre er verloren.

Mühsam keuchend kam er auf die Beine. Im gleichen Augenblick fühlte er einen scharfen Schmerz oben auf seinem Kopf. Sofort riss er schützend die Hände hoch, doch schon spürte er die Wunde mitten auf dem Scheitel. Erleichtert atmete er durch. Die Pfeilspitze hatte nur die Kopfhaut aufgeschlitzt, aber das Blut rann ihm über die Stirn und in seine Augen. Er konnte kaum noch etwas sehen, als er sich wieder herumdrehte, weil er hinter sich Rainald wieder rufen hörte.

Im nächsten Augenblick bohrte sich eine Lanze durch das Kettenhemd in seine Schulter. Die Welt schien wie eingefroren stillzustehen, während Evert seinen eigenen Atem zischend entweichen hörte.

Einen schier unendlichen Moment lang stand er da wie erstarrt, unfähig, sich zu bewegen oder klar zu denken, während der Schmerz wie ein glühendes Eisen durch seinen Körper schoss. Dann spürte er einen Stoß im Rücken und immer noch außerstande zu reagieren, kippte er wie ein gefällter Baum nach vorn. Das Ende des Speerschaftes bohrte sich in den Boden, trieb die metallene Spitze noch tiefer in sein Fleisch. Dann splitterte das Holz und brach ab.

Keuchend lag Evert im Matsch, halb besinnungslos vor Schmerz und versuchte verzweifelt, seine Gliedmaßen wieder unter Kontrolle zu bringen. Nach mehreren Versuchen gelang es ihm immerhin, seine Beine unter den Körper zu ziehen. Dann schaffte er es auch, sich mit einer Hand abzustützen und so den Oberkörper aufzurichten. Während der Kampf um ihn herum tobte, kniete er am

Boden und versuchte blinzelnd, seine Umgebung zu erkennen.

Mit Schrecken sah er, dass ein Berittener direkt auf ihn zu preschte. Noch ehe er sich zur Seite werfen konnte, brach das Tier allerdings in vollem Lauf zusammen. Der Reiter stürzte von seinem Pferd und prallte wie ein feindliches Wurfgeschoss gegen Everts Brust. Der Aufprall warf ihn mit Wucht nach hinten und als er auf den Boden aufschlug, entwich wieder aller Atem aus seinen Lungen. Heißer Schmerz jagte durch Rücken und Schulter und er glaubte, augenblicklich zu ersticken.

Der gestürzte Reiter stöhnte auf und ruderte kurz mit Armen und Beinen, dann erschlaffte der Körper und blieb reglos wie ein Fels auf Everts Brustkorb liegen. Verzweifelt japsend und keuchend rang er nach Luft und schließlich brachte er unter dem Gewicht des anderen Körpers einige flache, hechelnde Atemstöße zustande. Bei jeder kleinen Bewegung schien die Speerspitze sich noch tiefer in seine Schulter zu bohren und das Atmen noch unmöglicher zu machen.

Er verlor jedes Zeitgefühl, während er unter der Last des toten Mannes versuchte, Luft in seine Lungen zu zwingen, und sich die Speerspitze scheinbar immer weiter in ihn hineinfraß. Mit seinem Blut rann die Lebenskraft langsam aus ihm heraus und jeder qualvolle Atemzug war schwächer als der vorherige. Er hörte, wie seine Kameraden sich zurückzogen und der Kampflärm nach und nach verebbte. Verzweifelt versuchte er zu rufen, ein Lebenszeichen zu geben, damit seine Waffenbrüder ihn nicht zurückließen. Nur ein schwaches Gurgeln brachte er zustande und natürlich hörte ihn niemand.

Ein seltsames Gefühl von Gleichzeitigkeit überkam ihn. Er war schon einmal hier gewesen, hatte genau dies schon einmal erlebt. *Déjà vu* nannten es die Franzosen, aber er wusste nicht, ob es in seiner Sprache etwas Vergleichbares gab. Seltsam klar erkannte er, dass er seinen Körper nicht mehr spüren konnte. Schmerz sollte in seiner Schulter brennen, aber alles, was er empfand, war das dumpfe Gefühl, sich nicht bewegen zu können. Er kämpfte verbissen gegen die Schwäche, die seine Gliedmaßen in ihrem kalten Griff hielt.

Es gab etwas Wichtiges, dass er nicht vergessen durfte. Sein Name. Er war Evert, Evert von Düssel, Evert, Evert, wiederholte er immer wieder, und sein Geist krallte sich an diesem einen Gedanken fest.

Als es um ihn herum bereits totenstill war, konnte er die Augen nicht länger offen halten. Gegen seinen Willen sanken die Lider herab und es wurde dunkel. Auch in seinen Gedanken breitete sich Dunkelheit aus und erdrückte ihn. Er wehrte sich, wollte nicht aufgeben, aber seine Lebensflamme glomm nur noch schwach und die Dunkelheit schloss ihn schon bald völlig ein. Er riss noch einmal die Augen auf. Sein Blick irrte hilflos umher, doch er konnte seine Umgebung nicht mehr erkennen. Alles

versank in Finsternis. Schließlich schloss er die Lider und
war sicher, dass dies das Ende war.

Insa arbeitete an diesem Abend an dem Kleid, das die
Frau des Bürgermeisters in Auftrag gegeben hatte. Sie
hatte das Nähen von ihrer Mutter gelernt und diese von
ihrer Mutter. Keine von ihnen war je bei einem richtigen
Zunft-Schneider in der Lehre gewesen. Diese nahmen
ohnehin fast nur männliche Lehrlinge an. Da Insa aber
zusammen mit ihrem Vater die Bürgerrechte erworben
hatte und die Schneider in Aachen ihn als Lieferanten
ihrer Stoffe schätzten, hatte der Zunftälteste ihr wider-
willig den Status einer Freimeisterin zugesprochen. Sie
durfte also offiziell dem Handwerk nachgehen und ihre
Waren verkaufen, war jedoch nicht berechtigt, selbst
Schneiderlehrlinge auszubilden. Trotz dieser Einschrän-
kung hatte sich ihre Kunstfertigkeit in Aachen schnell
herumgesprochen und es kamen mehr Aufträge herein, als
sie allein fertigstellen konnte. Die Frau des Bürgermeisters war eine regelmäßige Kundin, zahlte stets pünktlich
und lobte die Kleider bei jeder Gelegenheit, was wieder
neue Kunden einbrachte. Insa arbeite gern für sie, und so
war sie auch mit diesem dunkelblauen Samtstoff besonders sorgfältig.

Plötzlich hörte sie Stimmen im Flur und schrak hoch. Frerich und Gosbert waren hereingekommen und sie diskutierten mit ihrem Vater. Insa hielt es nicht mehr auf ihrer Nähbank, sie trat zur Tür und spähte hinaus.

Die drei Männer standen im Flur und sprachen erregt aufeinander ein. Frerichs Gesicht war auf der einen Seite geschwollen und das Auge war blutunterlaufen. Er bemerkte sie an der Tür und grinste böse.

„Guck ruhig genauer hin, das war dein Heinrich", zischte er in einem scharfen Ton. Sie spürte die Wut, die Frerich ihr mit diesen Worten entgegenschleuderte wie einen Schlag und wäre am liebsten direkt wieder in ihrem Arbeitszimmer verschwunden. Andererseits war sie natürlich neugierig, was die Männer da so heiß diskutierten, und trat schließlich aus dem Nähzimmer in den Flur.

Auf dem Boden der Eingangshalle lag ein völlig blut- und dreckverschmierter Mann in einem wattierten Gambeson, den die Ritter unter der Metallrüstung trugen. Das Kettenhemd, Helm und Handschuhe hatten sie ihm offensichtlich schon abgenommen. Die Augen waren geschlossen und kein Atemzug hob seinen Brustkorb. Entsetzt wandte Insa sich ab und fragte sich, warum sie nun einen Toten ins Haus brachten, aber als Frerich verächtlich mit dem Fuß gegen seine Schulter trat, zuckte der Körper und ein schwaches Keuchen war zu hören.

„Der wird es sowieso nicht schaffen, ich weiß auch nicht, warum wir ihn nicht einfach mit den Toten verbrannt haben", stellte Frerich gleichgültig fest.

Bei der Vorstellung, einen lebendigen Verletzten auf den Berg der Toten zu werfen und anzuzünden, musste Insa würgen. Dieser Frerich war wirklich der abscheulichste Mensch, den sie je getroffen hatte.

Gosbert fiel ihm ins Wort. „Aber wenn er überlebt, können wir ihn vielleicht als Pfand für einen unserer Leute eintauschen. Wenn sie uns nichts für ihn geben wollen, können wir ihm ja immer noch das Licht auspusten."

Insas Vater schüttelte den Kopf. Er wollte offensichtlich nichts mit der Sache zu tun haben. „Wir können jedenfalls hier im Haus nicht auch noch einen Gefangenen unterbringen. Wer soll ihn denn bewachen, wir haben ja kein Zimmer mehr frei, das wir verschließen könnten. Der richtige Ort für Gefangene ist der Hungerturm, bringt ihn dort hin."

Insa riss entsetzt die Augen auf. Wenn sie den Mann in den Turm warfen, würde sich sicher niemand weiter um ihn kümmern. Dass er dort überhaupt eine Chance hätte zu überleben, schien Insa unvorstellbar. Er würde dann der nächste werden, der leblos aus dem Turm gezerrt und achtlos weggeworfen wurde, aber heute hatte sie die Chance, dieses grausame Schicksal abzuwenden. Eilig fiel sie ihrem Vater ins Wort.

„Allzu lange wird er ja nicht hierbleiben und essen wird er wohl auch nicht viel. Ich denke, dass wir ihn hier unten in der Nähstube unterbringen können. Er kann sich ja ohnehin kaum bewegen und muss sicher nicht bewacht werden und außerdem …"

Ihr Vater sah sie nur kurz an und schnitt ihren Redefluss mit einer knappen Handbewegung ab. „In deiner Nähstube, bist du sicher? Du wirst bei deiner Näharbeit allein mit ihm sein und ihn auch noch pflegen müssen. Thies und ich werden dir nicht viel helfen können, wir sind ja am Tage nicht da." Er sah sie durchdringend an.

Sie presste kurz die Lippen aufeinander und nickte. „Der Doktor kann ihn ja anschauen und …"

„Nein!", unterbrach Frerich sie sofort. „Der Doktor ist mit unseren Männern beschäftigt. Für Gefangene hat er keine Zeit, und wer soll es auch bezahlen? Der Kerl schafft es entweder allein – oder eben nicht." Wieder stieß er mit dem Fuß gegen den Mann, aber dieses Mal regte er sich nicht mehr. War er nun doch schon tot, oder hatte er nur das Bewusstsein verloren?

Insa holte Luft, um Frerich zu widersprechen, aber ihr Vater hob wieder die Hand. Er seufzte noch einmal auf, gab sich dann aber geschlagen. „Gut, ich bin einverstanden, er kann erst mal in der Nähstube bleiben. Aber sobald es ihm besser geht, bringt ihr ihn in den Turm. Ich kann meine Tochter nicht einer solchen Gefahr aussetzen." Frerich und Gosbert nickten wortlos und hoben den Verletzten an, um ihn in den angewiesenen Raum zu tragen.

„Mein Kind, ich muss noch einmal zum Grafen von Limburg. Heute Abend muss noch der Bericht über den Tagesverlauf geschrieben werden. Ich bin ja jetzt sein Schreiber, bis er die verletzte Hand wieder gebrauchen kann." Ihr Vater sah sie besorgt an. „Thies ist auch nicht im Haus. Ich lass dich nicht gern mit dem Gefangenen allein. Denkst du, dass du zurechtkommst?"

„Natürlich, Vater, er ist ja gar nicht bei sich und kann mich wohl kaum attackieren. Ich werde mir seine Verletzungen ansehen und ihn verbinden. Mehr kann ich ohnehin nicht tun." Sie nickte, straffte ihren Rücken und lief in die Küche.

„Bring Lappen, heißes Wasser und Verbände", wies sie der Köchin mit knappen Worten an. Dann folgte sie den Rittern in die Nähstube.

„Eine Liege haben wir nicht mehr, ihr müsst ihn erst einmal auf den Boden legen. Ich werde später sehen, was man als Bett verwenden kann." Frerich und Gosbert ließen den Verwundeten unsanft auf den Boden fallen, woraufhin dieser wieder zu zittern begann und sehr schwach keuchte.

„Meine Dame, macht Euch nicht die Mühe, der ist so gut wie hinüber", meinte Frerich. Er fasste ein Handgelenk des Mannes, hob es an und ließ es wieder los. Ungebremst fiel der Arm hinab und landete mit einem dumpfen Klopfen auf den Boden. „Seht ihr, er rührt sich schon gar nicht mehr."

Insa öffnete den Mund, um Frerich für sein grobes Verhalten zurechtzuweisen. Gerade rechtzeitig unterdrückte sie den Impuls und presste die Lippen aufeinander. Dieser abscheuliche Kerl war ohnehin schon schlecht auf sie zu sprechen, ihn weiter zu reizen, grenzte an Wahnsinn.

Im Hinausgehen berührte Frerich wie zufällig ihre Hand und sah sie wieder mit diesem verlangenden Blick an, der sie ängstlich zusammenzucken ließ. Eindeutig war dieser sogenannte ehrenwerte Ritter für sie eine größere Gefahr als der Gefangene. Sie wandte sich barsch ab und als Gosbert die Nähstube hinter sich geschlossen hatte, blieb sie einen Moment mit dem Rücken an die Tür gelehnt stehen.

Dann holte sie tief Luft und wandte sich dem Gefangenen zu. Direkt neben ihm kniete sie sich auf den Boden, um sich die Verletzungen näher anzusehen.

„Oh Herr im Himmel, Euer Gesicht und Eure Kleidung sind so von Blut und Schlamm verschmiert, dass ich kaum Eure Wunden sehen kann", murmelte sie mehr zu sich selbst als zu dem Verletzten, der offenbar immer noch bewusstlos war. Es half ihr, die wild rasenden Gedanken zu ordnen, wenn sie redete, und so zählte sie einfach auf, was sie sah. „Eure Haare starren vor Dreck und sind voller Erdklumpen, aber sie wären sonst wohl hellbraun und sind so lang, dass sie Euch bis zur Schulter reichen. Aber Eure Augen liegen so tief in den Höhlen und Eure Haut ist unter dem Schmutz so bleich, wie ich es noch nie zuvor bei einem Lebenden gesehen habe."

Sie stockte in ihrer Beschreibung. Sollte sie wirklich laut aussprechen, dass er wie ein Toter aussah? Nein, sie kaute auf ihrer Unterlippe und besah sich seine Gestalt schweigend. Seine Atemzüge waren so flach, dass sie kaum erkennen konnte, ob der Brustkorb sich tatsächlich noch bewegte. Sie hatte selbst das Bedürfnis, tief zu atmen, als könne sie ihm dadurch helfen und musste sich erst einmal sammeln, bevor sie entscheiden konnte, was zu tun war.

„Ihr habt viel Blut verloren und schon viele Stunden draußen vor der Mauer im Regen gelegen." Sie nickte, um sich selbst in ihrer Aussage zu bestätigen. „Die Nässe und Kälte ist neben den Verletzungen wahrscheinlich Euer größtes großes Problem. Bei Blutverlust muss man außerdem viel trinken, das weiß ich von der Kräuterfrau Heske." Nervös stand sie auf und ging einige Schritte auf und ab. Das innerliche Zittern, das sie ergriffen hatte, flaute etwas ab und die Bewegung beruhigte sie. Schließlich wandte sie sich dem Verletzten wieder zu und nickte.

„Ja, Heske wird helfen, auch wenn Frerich nicht will, dass ein Doktor sich um Euch kümmert. Allein schaffe ich das nicht, ich habe ja nicht wirklich viel Erfahrung in der Betreuung von Verletzten. Aber mit Heskes Hilfe werde ich es vielleicht schaffen, Euch am Leben zu halten." Ihre Stimme zitterte, als ihr die Bedeutung ihrer Worte klar wurde. Es lag an ihr, sein Leben zu retten. Das innerliche

Zittern war wieder da und breitete sich aus, jetzt bebten sogar ihre Hände. Sie hatte noch nie solche Angst gehabt. Davor, der Aufgabe nicht gewachsen zu sein, Angst um ihn.

Hastig stand sie wieder auf und lief in die Küche. Wärme, das war das Erste, was sie für ihn tun konnte, und vor allem musste sie ihn dazu noch nicht anfassen. Natürlich war ihr klar, dass das notwendig war, wenn sie ihm helfen wollte, aber im Augenblick war sie noch nicht dazu bereit. Sie schob zwei der Ziegel in die Glut, die sie im Winter stets zum Wärmen der Betten benutzte und brühte eine frische Kanne Kräutertee auf. Tee würde ihn hoffentlich von innen her wärmen und viel Flüssigkeit war bei Verletzungen immer wichtig, damit hätte sie schon zwei Dinge auf einmal erledigt.

Mit zitternden Händen füllte sie ein wenig Tee in einen Becher, kniete sich neben ihn und hob vorsichtig seinen Kopf an.

„Hier, dies wird Euch helfen. Ihr müsst nur schlucken, dann wärmt der Tee Euch und Eure Haut wird weniger blass sein." Sie wusste, dass sie Unsinn redete, aber je größer ihre Angst und Sorge war, desto weniger konnte sie die Worte aufhalten, die herausdrängten. So plapperte sie einfach weiter, während die lauwarme Flüssigkeit langsam zwischen seine Lippen rann. Nach wenigen Augenblicken schluckte er tatsächlich und sein Atem wurde schneller. Er begann wieder am ganzen Körper zu beben und seine Lider flatterten, aber die Augen öffnete er nicht. Sie füllte den Becher noch einmal zur Hälfte und gab ihm zu trinken. Er schluckte mit geschlossenen Lidern und sein Atem ging schnell und flach. Dann legte sie seinen Kopf vorsichtig wieder ab und das Zittern verschwand. Still und reglos wie zuvor lag er da, kaum konnte sie die Bewegung seines Atems noch erkennen. Ihr Herz zog sich zusammen. Vielleicht hatte Frerich ja recht und er würde ohnehin jeden Augenblick sterben. Sie holte entschlossen Luft. Auf keinen Fall würde sie ihn einfach so liegen lassen. „Vielleicht kann ich Euch nicht viel helfen, aber ich werde alles tun, was möglich ist und um Euer Leben kämpfen, so gut ich es eben kann. Also werde ich jetzt Eure Wunden versorgen und dann müssen wir abwarten, ob Ihr die Nacht übersteht. Auf jeden Fall werdet Ihr nicht allein sein, was auch immer passiert." Tränen brannten in ihren Augen bei dem Gedanken, dass sie ihn vielleicht – wahrscheinlich gar nicht retten konnte, aber entschlossen blinzelte sie sie fort und beugte sich nach vorn, um ihn zu untersuchen.

Zuerst sah sie sich seinen Kopf näher an und stellte fest, dass eine klaffende Wunde schräg über den Scheitel lief. Die Verletzung war inzwischen angetrocknet, aber wahrscheinlich kam von dort das ganze Blut in seinem Gesicht. Dies war jedenfalls nicht die Ursache für seinen schlimmen Zustand, also musste sie weiter suchen.

Vorsichtig versuchte sie, den klatschnassen Gambeson

am Hals zu öffnen, während sie unaufhörlich weiterredete und jeden ihrer Handgriffe erklärte. Sarrock nannte man die wattierte Unterrüstung hier in Aachen. Sie selbst nutzte für Kleidungsstücke noch immer die Namen, die sie von ihrer Momie in Maastricht gelernt hatte, als kleines Mädchen, das unter deren Nähtisch herumgekrochen war. Die Schnallen am Hals waren noch leicht zu lösen, aber wie sollte sie ihm den Gambeson ausziehen, er hatte ja keine offene Vorderseite wie eine Jacke oder ein Wams. Ein Ritter schlüpfte normalerweise von unten hinein und beim Entkleiden im Stehen half der Knappe. Im Liegen war es ganz und gar unmöglich. Sie sah keinen Weg, die Kleidung unbeschadet zu entfernen und ein Blick in das Gesicht des Verletzten sagte ihr, dass sie auch nicht viel Zeit hatte, darüber nachzudenken. Sie musste die Wunde finden, vielleicht waren es sogar mehrere und wahrscheinlich verlor er immer noch Blut. Mit einem bedauernden Seufzen nahm sie ihre größte Schneiderschere zur Hand und begann das dick wattierte Gewand vom Hals hinab aufzuschneiden. Sie schnitt gerade und genau in der Mitte und plante währenddessen schon, wie sie die Kleidung später reparieren konnte, nur um ihren Geist beschäftigt zu halten, während sich die Schere durch die nassen Lagen Stoff und Wolle arbeitete. Schließlich konnte Insa die Vorderseite auseinanderklappen. Darunter trug er nichts, was zu erwarten war, denn in diesem heißen Sommer war selbst das Gambeson normalerweise viel zu warm. Angetrocknetes Blut bedeckte auch die Brust des Mannes, aber hier fand sie nur zwei oberflächliche Schnitte. Als sie die Rüstung jedoch weiter zur Seite zog, sah sie frisches Blut unterhalb seiner Schulter. Es rann aus einer Wunde, die noch halb unter der Kleidung verborgen war, doch sie konnte den Stoff nicht weiter öffnen. Wieder nahm sie die Schere zur Hand und versprach ihm hoch und heilig, dass sie all den Schaden später sorgfältig reparieren würde.

Endlich lag die Wunde frei und entsetzt stellte Insa fest, dass ein Stück Eisen direkt unterhalb seiner Schulter im Körper steckte. Fast eine Handbreit Metall hatte sich unter dem dicken Stoff verborgen.

„Oh gütiger Himmel. Wie tief steckt der Rest von diesem Ding wohl im Fleisch? Ich werde jetzt vorsichtig versuchen, das Metallstück herauszuziehen." Ihre Hände zitterten und ihr Herz raste, aber sie musste es selbst tun, denn es war schließlich niemand anderes da. „Wenn es zu sehr schmerzt … natürlich werdet Ihr es mir nicht sagen können. Wie auch immer, ich beginne jetzt."

Sie berührte das Metall mit den Fingern, noch nicht bereit, es fest zu packen. Ein fester Atemstoß, der wohl ein Stöhnen hätte werden sollen, zog den Brustkorb des Mannes zusammen. Sacht legte sie beide Hände neben der Wunde auf seine Brust.

„Verzeiht, ich wollte es nicht noch schlimmer machen. Beruhigt Euch, ich beruhige mich auch", beschloss sie mit bebender Stimme und strich vorsichtig mit beiden Händen über seine kalte Haut. Sie konnte seinen Herzschlag schwach und flatternd unter ihren Händen spüren. Angst schnürte immer stärker ihre Kehle zu und machte das Denken schwer. Sie hatte keine Worte mehr, denn sie wusste nicht, was richtig und was falsch war. Das Metallding musste heraus, aber was dann? Was, wenn es nicht aufhören würde zu bluten oder wenn sie ihn beim Herausziehen noch mehr verletzte? Sie schloss die Augen, presste beide Hände fest auf seine Brust und versuchte, ruhig und gleichmäßig zu atmen. Sie wartete darauf, dass auch sein Herz ruhig und gleichmäßig schlug, so dass sie beide Kraft hätten für diese schreckliche Prozedur. Dann holte sie tief Luft, fasste das Metallstück fest mit beiden Händen und zog. Ein krampfartiges Zittern lief durch seinen Körper und mit einem deutlichen Stöhnen wölbte sein Rumpf sich auf wie eine Brücke. Erschrocken wollte Insa gerade loslassen, als sich mit einem Ruck die lange Klinge aus seiner Schulter löste.

„Das ist es. Wir haben es geschafft. Ihr habt es geschafft. Es ist draußen. Draußen ist es. Ich fasse es nicht." Schaudernd starrte sie das Metall an, während sie überschäumend vor Erleichterung wieder drauflos plapperte. „Es ist riesig. So groß. Es ist ein Wunder, das Ihr das überlebt habt. Es hat ja fast vollständig in Eurem Fleisch gesteckt."

Mit immer noch zitternden Händen legte sie die Klinge

auf den Boden und in dem Moment kippte sein Kopf zur Seite. Panik erfasste sie, als sein Körper schlaff und leblos vor ihr lag. Hatte sie ihn jetzt umgebracht? Tränen liefen über ihre Wangen, während sie ihn anstarrte und ein Stoßgebet zum Himmel schickte.

„Nein, nein! Bitte, edler Ritter, ihr dürft jetzt nicht aufgeben. Herr im Himmel, hilf mir. Ich kann das nicht allein. Bitte, bitte, verschone sein Leben. Wenn ich einen Fehler gemacht habe, lass ihn nicht sterben. Herr, ich flehe Euch an." Wieder presste sie ihre Hand auf seine kalte Haut, auf der Suche nach seinem Herzschlag.

Nichts.

Die Tränen benetzten inzwischen ihr ganzes Gesicht, aber sie hatte keine Zeit, sie abzuwischen. In ohnmächtiger Wut presste sie beide Hände auf seine Rippen.

„Lebt weiter. Ihr könnt jetzt nicht sterben. Ihr müsst bei mir bleiben. Verflixt noch einmal. Kämpft gefälligst. Das ist schließlich Eure Aufgabe. Ihr seid zum Kämpfen da, nicht zum Aufgeben." Noch einmal stemmte sie sich mit beiden Händen hart auf seinen Brustkorb, als könnte sie in der Tiefe vielleicht doch noch einen Herzschlag spüren. Sein Brustkorb gab nach und Insa stellte mit Entsetzen fest, dass sie gerade die Luft aus seinen Lungen presste. Sie fuhr zurück und starrte in sein bleiches Gesicht. Seine Rippen schienen sich zu heben, dann bewegten sie sich aber nicht mehr weiter.

Er musste atmen. Warum atmete er denn nicht?

Zwischen Wut und Verzweiflung schwankend drückte sie wieder mit aller Kraft und die Luft entwich. Insa zitterte. Konnte sie ihm helfen zu atmen, wenn er dazu zu schwach war? Oder war er bereits tot? Berührten ihre Hände den Körper einer Leiche? Seine Haut war so kalt. Aber nein, es konnte nicht vorbei sein, durfte nicht. Schluchzend sog sie die Luft in ihren viel zu engen Brustkorb.

Nein!

Sie kannte den Unterschied. Sie hatte vor zwei Jahren selbst dabei geholfen, den Körper ihrer Mutter für das Begräbnis vorzubereiten.

„Ihr seid nicht tot, noch nicht, und Ihr werdet zum Teufel noch einmal auch nicht in meiner Nähstube sterben!", rief sie zwischen verzweifelten Schluchzern, als könne sie damit das Unausweichliche aufhalten. Noch einmal stemmte sie sich auf seine Rippen und presste die Luft aus seinem Körper und dann noch einmal. Plötzlich hob sich sein Brustkorb mit einem zitternden Atemzug. Unregelmäßig und stoßweise atmete er schließlich weiter. Mehr Tränen schossen ihr in die Augen, dieses Mal vor Erleichterung und sie strich mit bebenden Händen über seine Wangen und seine Brust, in dem Impuls, sich für sein Atmen zu bedanken.

„Na also, ich wusste es. Ihr seid ein Kämpfer. Ihr werdet es schaffen. Ich wusste es die ganze Zeit", flüsterte sie. Seltsamerweise erinnerten diese Berührungen sie an ihren Bruder, der als kleiner Junge oft krank gewesen war und dem sie dann stets Kräutersalbe auf Brust und Hals gerieben hatte. Die vertrauten Bewegungen füllten ihr Herz mit Fürsorge für diesen Fremden, der sie nun brauchte, wie ihr Bruder sie damals gebraucht hatte. Dieses Gefühl breitete sich in ihrem eigenen Herzen aus, und sie rieb in langen, langsamen Zügen über seine kalte Haut, während sie ihn weiter für seinen mutigen Kampf und seine Stärke lobte. Es beruhigte sie und es schien auch ihn zu beruhigen, denn seine Atemzüge wurden wieder gleichmäßiger. Er fühlte sich noch immer so schrecklich kalt an, dass sie erschauerte und das Gefühl hatte, der Tod wäre noch nicht vollständig von seiner Seite gewichen. Doch er atmete weiter und mit ihrer flachen Hand konnte sie den matten Herzschlag in seiner Brust jetzt wieder spüren.

Endlich kam auch die Köchin mit dem heißen Wasser, Tüchern und Verbänden und den heißen Ziegelsteinen herein. Als sie den Verwundeten und die blutige Klinge am Boden liegen sah, keuchte sie auf, bekreuzigte sich erschrocken und verschwand sofort wieder aus der Näh-stube.

Insa musste trotz allem lächeln. Lenne verbarg eine zarte Seele unter ihrem barschen Auftreten und war zudem noch furchtbar abergläubisch. Sie würde keine Hilfe sein, das hatte Insa von Anfang an gewusst. Ein wenig war sie stolz auf sich selbst, dass sie ganz allein geschafft hatte, zu tun, was nötig war. Aber der Kampf war noch nicht vorbei.

Sie nahm ein Leinentuch und tauchte es ein. Vorsichtig drückte sie es aus, denn das Wasser war noch sehr heiß. Mit dem warmen, feuchten Lappen säuberte sie zuerst den Bereich um die Wunde in der Schulter. Ein feines Rinnsal Blut quoll mit jeder seiner Atembewegungen hervor und Insa wusste, dass sie sich beeilen musste, die Schulter zu verbinden. Zuerst musste sie aber noch die Kleidung von seinem Arm ziehen und entschlossen setzte sie wieder die Schere an. Nachdem der Arm endlich frei war und sie den gesamten Bereich mit dem warmen Wasser gewaschen hatte, verband sie die Schulter, so gut sie konnte. Dazu hatte sie seinen Oberkörper mehrmals hin und her rollen müssen, was anstrengend war und die Wunde sicherlich weiter reizte. Insa hoffte inständig, dass die Blutung durch den Druck des Verbandes endlich zum Stillstand kommen würde. Danach entfernte sie die kläglichen Überreste seines Gambeson. Gott sei Dank konnte sie am Oberkörper keine weitere Verletzung finden. Ihr Blick glitt weiter nach unten und unvermittelt wurden ihre Wangen heiß. Sie wusste, dass sie feuerrot geworden war, bei dem Gedanken, ihm die Beinkleider zu entfernen.

„Verzeiht mein Herr, das kann ich nicht tun", flüsterte sie verlegen. „Eure Hosen sind zwar schmutzig, aber nicht blutig. Ich denke, dass Ihr dort nicht schwer verletzt sein könnt. Später werde ich meinen Bruder fragen, aber jetzt kümmere ich mich erst um die anderen Wunden."

Als Nächstes sah sie sich also den Schnitt auf dem Kopf näher an. Mit einer kleineren Schere entfernte sie einige seiner hellen Haare, die völlig mit Blut und Dreck verklebt den Riss bedeckten. Dann reinigte sie die Wunde und den übrigen Kopf, so gut es ging. Anschließend legte sie auch dort einen Verband an.

Nachdem nun beide Verletzungen versorgt waren, richtete sie sich auf und sah sich das Metallstück noch einmal genauer an. Es musste sich um eine abgebrochene Lanzenspitze handeln. Beim Betrachten der langen und breiten Klinge stellte sie sich vor, welche Schmerzen ein solches Ding verursachte, wenn es im Körper stecken blieb. Bei dem Gedanken drehte sich ihr der Magen um. Inständig hoffte sie, dass er nicht schon zu viel Blut verloren hätte und dass er diese furchtbare Wunde überlebte.

Das Wasser war nur noch lauwarm, und Insa stand auf, um die Schüssel in die Küche zu tragen.

„Lenne, ich brauche noch mehr heißes Wasser", sagte sie, ohne die Köchin anzusehen, denn zu sehr waren ihre Gedanken noch mit den Verletzungen des Gefangenen beschäftigt.

„Jawohl, Mefrouw, ich habe hier noch etwas im Kessel, aber ich gehe da nicht mehr hinein.", gab Lenne entschieden zurück.

Insa hob erstaunt den Kopf und sah gerade noch, wie sich die Köchin noch einmal bekreuzigte. Dass sie die

Anrede aus der alten Heimat wieder benutzte, verwunderte Insa. Offenbar hatte der Anblick in der Nähstube sie tief erschüttert. „Es ist schon gut, mach noch einmal den Kessel heiß, dann hole ich es mir, wenn ich es später noch brauche", antwortete sie.

„Der Tod wartet bereits dort drinnen, ich habe ihn gesehen", flüsterte die alte Frau bedeutungsschwer. Dann wandte sie sich ab und schüttete das heiße Wasser vorsichtig in die frisch ausgespülte Schüssel.

Sie selbst sollte ebenfalls Angst haben, dachte Insa. Stattdessen spürte sie Wut in sich aufsteigen. „Er wird ihn nicht bekommen", antwortete sie giftig. Dann biss sie sich auf die Unterlippe, griff hastig nach dem Wasser und lief aus der Küche.

Während sie durch den Flur eilte, fürchtete sie, die Köchin würde recht behalten. Aber als sie bei dem Verletzten ankam, stellte sie fest, dass er immer noch atmete. „Der Tod wird Euch nicht holen, nicht solange ich bei Euch bin. Nein, er bekommt Euch nicht ", beschloss sie noch einmal. Dann kniete sie sich wieder neben ihn und machte sich daran, auch Brust, Hals und Arme vom Schmutz zu befreien und dann wieder trocken zu reiben. Zum Schluss wischte sie mit dem warmen Lappen auch das angetrocknete Blut von seinem Gesicht. Er war ein sehr gut aussehender Ritter, stellte sie fest, auch wenn er immer noch totenblass war und die dunklen Ringe um seine Augen dem Gesicht etwas Gespenstisches gaben. Es fühlte sich erschreckend persönlich an, als sie über seine blassen Lippen strich. Noch nie hatte sie einen Mann so berührt, natürlich nicht. Wieder wurden ihre Wangen heiß, aber sie tauchte entschlossen den Lappen wieder in das Wasser und machte weiter.

Durch die Wärme des feuchten Tuches und das Reiben bekam seine Haut wieder etwas von ihrer natürlichen Farbe zurück, und die schreckliche Kälte wich ebenfalls. Schließlich wagte Insa es auch, ihn vorsichtig auf eine Seite zu drehen, um den Gambeson unter seinen Rücken herauszuziehen und eine dicke Decke unter seinen Körper zu schieben. Als seine Haut schließlich überall sauber und trocken war, legte sie ein Kissen unter seinen Kopf, wickelte die beiden warmen Ziegelsteine in saubere Lappen und legte sie rechts und links neben seinen Brustkorb. Schließlich legte sie die Arme auf die Wärmesteine, deckte ihn zu und goss noch etwas Tee in den Becher. Vorsichtig ließ sie die Flüssigkeit wieder zwischen seine Lippen laufen und er schluckte zu ihrer Freude alles hinunter.

Plötzlich riss er die Augen auf und sein Blick irrte hektisch umher. Sein Atem ging keuchend und als er versuchte, sich zu bewegen, entfuhr ihm erneut ein mattes Stöhnen.

Insa erschrak, aber sofort fasste sie sich wieder. Sie drückte eine Hand auf seinen Brustkorb und mit der anderen strich sie über seine Wange.

„Bitte bewegt Euch nicht. Ihr seid hier sicher, der Kampf ist vorüber."

Sein Blick fand ihr Gesicht und er starrte sie an, schien aber nicht zu verstehen, was sie gesagt hatte. Insa blinzelte. Natürlich verstand er sie nicht, wahrscheinlich hatte sie schon die ganze Zeit niederländisch gesprochen.

„Es ist vorbei, Ihr seid hier sicher", wiederholte sie langsam in ihrem besten Deutsch. Sie strich wieder sacht über seine Wange und seine Stirn und allmählich entspannte sich sein Körper. Mit einem Seufzer drückte er sein Gesicht gegen ihre Hand und schloss für einen Moment die Augen. Dann sah er sie wieder an und wollte offenbar etwas sagen, brachte aber nur ein Keuchen hervor. Sie legte einen Finger auf seine Lippen.

„Nicht sprechen, nur still liegen. Möchtet Ihr noch etwas trinken?" Er schloss kurz die Lider und bewegte kaum sichtbar den Kopf, was wohl ein Nicken andeuten sollte. Insa füllte den Becher wieder und hielt ihn an seine Lippen. Ohne den Blick von ihrem Gesicht abzuwenden, trank er den Tee.

„Danke", flüsterte er so leise, dass sie ihn kaum verstehen konnte. Fahrig suchend fuhren seine Finger über den Boden und Insa nahm seine Hand. Sein Griff war kraftlos, aber sie spürte deutlich, dass er sie festhalten wollte.

„Ihr müsst Euch jetzt ausruhen. Ich werde zu Heske der Kräuterfrau gehen und sehen, ob ich etwas gegen Eure

Schmerzen und das Wundfieber bekommen kann", erklärte sie.

Seine Hand schloss sich ein wenig fester und er atmete mit einem seltsamen Ton aus. Seine Augen weiteten sich, als ob der Gedanke ihn erschreckte.

„Geht nicht weg, bitte", brachte er unter größter Anstrengung hervor. Mit einem Nicken setzte sie sich bequemer hin und legte ihre freie Hand auf seinen Brustkorb.

„Gut, ich werde bleiben, bis Ihr eingeschlafen seid." Seine Finger strichen über ihre und er nickte. Dann schloss er zögerlich die Augen. Schon nach wenigen Augenblicken wurde sein Atem wieder ruhiger und sein Arm glitt herab. Insa deckte ihn mit einer weiteren dicken Wolldecke zu und schlich leise aus dem Zimmer.

5 Jetzt einen Kräutertee

Der kurze, aber heftige Regen vom Morgen hatte die Luft deutlich abgekühlt, inzwischen war die Feuchtigkeit aufgesogen worden, und den Nachmittag über hatte die Sonne nur ab und an zwischen den Wolken hervorgelugt. Derweil war ein leichter Wind aufgekommen und Insa wünschte sich, sie hätte ein Tuch um ihre Schultern gelegt.

Die Kräuterfrau Heske stand vor ihrem kleinen Geschäft und Insa wunderte sich, dass sie so spät noch draußen war. Heske beschwerte sich lautstark, kaum dass sie Insa auf der Straße herankommen sah.

„Mädchen, es ist furchtbar. Alle Welt braucht Medizin, aber niemand kann bezahlen. Es ist alles ausverkauft und ich habe nichts mehr übrig." Die ältere, hagere Frau überragte Insa ein wenig, sie war beinahe so groß wie Insas

Vater. Mit ihren streng zurückgebundenen grauen Haaren und den Runzeln um Augen und Mund wirkte sie stets abweisend und streng. Sie nickte bei ihrer Tirade bedeutsam in Richtung Marktplatz, sah sich noch einmal prüfend um und schüttelte den Kopf. „Wirklich furchtbare Zeiten, mein Mädchen. Ich weiß nicht, wie das weitergehen soll." Nach einem weiteren Blick über den Platz nickte sie zufrieden und wandte sich wieder zu ihrer Ladentür um. „Komm herein, drinnen ist es zumindest etwas angenehmer, auch wenn ich sonst nichts für dich tun kann."

Insa war verwundert, mit einem solch seltsamen Verhalten hatte sie nicht gerechnet. Natürlich hatte es bei den Kämpfen der letzten Tage viele Verwundete gegeben. Hinzu kamen jetzt auch noch die Plünderungen durch ausgehungerte Fußleute der Staufer. Es kam immer häufiger vor, dass hungrige Soldaten durch die Stadt zogen und sich in den Geschäften und auf dem Markt einfach bedienten. Medikamente und Kräuter wurden seit Beginn der Kämpfe natürlich besonders häufig benötigt, aber Heske hatte bereits im Frühjahr und Frühsommer eine gute Ernte geliefert bekommen und viele ihrer saisonalen Kräuter lagerte sie in Mengen für das ganze Jahr ein. Das konnte doch unmöglich alles schon aufgebraucht sein. War dies alles nur eine Flunkerei?

„Komm schon herein, Kind", raunte Heske dann noch einmal und Insas Verdacht erhärtete sich. Ein Ablenkungsmanöver. Heskes Hand fuhr in die Tasche, die auf dem Bauch ihrer abgegriffenen blauen Schürze aufgenäht war und Insa lächelte. Immer hatte die Kräuterfrau kleine Leckereien für die Kinder in dieser Tasche und Insa zählte für Heske immer noch zu den Kindern, auch wenn sie schon zweiundzwanzig Jahre alt war. Sie trat in den Eingang und mit einem leisen „Schht" steckte Heske ihr ein kleines Kügelchen in die Hand. Sofort steckte Insa die kleine hellgelbe Kugel in den Mund und der Geschmack aus Honig, Eibisch und Minze breitete sich süß und kühl zugleich auf ihrer Zunge aus. Heske bereitete diese Leckerei selbst zu, die bei Kindern und Erwachsenen gleichermaßen beliebt war und die sie nach dem französischen Wort für Eibisch *Guimauve* nannte.

Zu dem Kräuter- und Gewürzladen musste man von der Straße drei Stufen nach unten gehen. Der Raum war nicht größer als Insas Nähstube und bis aufs Äußerste vollgestopft mit großen und kleinen Kisten und Säcken, Kommoden mit vielen Schubladen und Regalen mit unzähligen Flaschen und Tiegeln. Trockensträuße hingen von der Decke und in der Ecke stand eine lange Stange mit einem Haken, um die benötigten Kräuter von ihrem luftigen Lager herunter zu holen. Der unbeschreiblich süße, scharfe und aromatische Geruch war in seiner Strenge zuerst nicht einmal unangenehm, nur zu stark und verwirrend für die Sinne. Als Heske die Tür abgeschlossen hatte, drehte sie sich zu Insa um.

„So, mein Kind, was brauchst du denn?" Insa grinste

verschwörerisch.

„Danke für das Guimauve, es schmeckt wundervoll wie immer. Aber sag mal, du machst so ein Gewese, damit die Soldaten deinen Laden nicht plündern, oder?" Heske lächelte.

„Na, so offensichtlich sollte das nicht sein, sonst durchschauen sie mich noch. Natürlich habe ich von allem noch genug da, aber ich verkaufe nur an zahlende Kunden. Ich muss schließlich auch leben und zu verschenken hab ich nichts."

Insa atmete auf, sie konnte also bekommen, was sie brauchen würde. Die Sorgen um das Leben des Gefangenen ließen sie sofort wieder ernst werden.

„Ich benötige Medizin gegen Wundfieber und gegen Schmerzen und großen Blutverlust und mangelnde Lebenskraft und ..."

„Warte, Kind. Ist deinem Vater oder Thies etwas geschehen?", fragte Heske besorgt.

Insa schüttelte den Kopf. „Dem Himmel sei Dank nicht, aber es gibt einen fremden Ritter, der nun bei uns ist und ich ... ich weiß nicht, ob er überleben wird. Er ist so schwer verletzt. Ein langer Speer. Ich bin doch kein Doktor, aber der Doktor darf nicht helfen. Ich hatte gehofft, dass du etwas für mich hast." Heske nickte bedächtig und hörte sich den ungeregelten Wortschwall in Ruhe an. Insa riss sich zusammen und versuchte ihre Worte so weit zu ordnen, dass sie Sinn ergaben und Heske verstand, was auf dem Spiel stand. Sie beschrieb, wie der Ritter in ihr Haus gebracht worden war und welche Verletzungen sie an ihm gefunden hatte.

„Besonders die große Wunde in der Schulter macht mir Sorgen. Er hat viel Blut verloren und starke Schmerzen. Es geht ihm sehr schlecht. Ich weiß nicht einmal, ob er es überhaupt schaffen kann. Ohne Hilfe würde er das sicher nicht überleben." Tränen liefen schon wieder über ihr Gesicht und ärgerlich wischte sie mit dem Ärmel über ihre Wange. „Ich kann ihn doch nicht einfach da in meiner Nähstube liegen und sterben lassen. Es ist doch ganz egal, ob er ein Aachener, ein Staufer oder ein Welfe ist. Wir haben doch früher da auch keinen Unterschied gemacht." Sie schniefte und wischte noch einmal über ihr Gesicht. Es war ihr unangenehm, vor der alten Frau zu weinen, aber die Ereignisse des heutigen Abends hatten ihren Vorrat an Selbstbeherrschung aufgezehrt.

Während Insa redete, war Heske bereits damit beschäftigt, verschiedene Dinge zusammenzustellen. Schließlich standen auf dem Arbeitstisch zwei verschiedenen Kräutermischungen für Tee und eine Tinktur.

Heske schob die Sachen mit einem Nicken zu ihr herüber. „Und du willst wirklich für einen fremden Ritter, noch dazu für einen feindlichen Ritter, dein eigenes Handgeld ausgeben?"

Insa holte tief Luft und nickte wortlos, um nicht wieder in Tränen auszubrechen.

„Du hast ein gutes, mitfühlendes Herz, mein Kind, das muss dir nicht peinlich sein. Lass es dir nur nicht von einem Taugenichts stehlen." Sie setzte sich auf den hohen Schemel, der hinter ihrem Arbeitstisch stand. „Wie geht es also deinem Vater und deinem Bruder? Ich hoffe, ihre Arbeit an der Mauer ist nicht zu gefährlich."

Insa schüttelte den Kopf und berichtete über die neue, sicherere Aufgabe ihres Vaters als Schreiber des Hauptmanns. Thies dagegen war als Schütze jeden Tag auf der Mauer und Heske stimmte ihr zu, dass dies natürlich nicht ungefährlich war.

„Also mein Mädchen, diesen Tee kochst du sofort auf und gibst ihm davon zu trinken, wann immer er aufwacht. Es ist ein starkes Schmerzmittel und es kräftigt auch die Widerstandskraft gegen das Wundfieber. Ab morgen früh gibst du ihm abwechselnd damit auch diesen Tee." Heske schob das andere Paket nach vorn. „Er wird davon sehr müde werden und viel schlafen. Das ist eine gute Sache, denn die Wunden heilen besser, wenn er sich nicht zu viel bewegt. Außerdem ist es sicherer für dich und die Staufer werden ihn hoffentlich in Ruhe lassen, wenn er kaum die Augen offen halten kann. Du hast ganz recht mit deiner Meinung zum Hungerturm. Wenn er erst dort landet, ist sein Leben keinen Pfifferling mehr wert."

Insa nickte und nahm das Paket mit dem Schlafmittel zur Hand. „Das scheint mir wirklich ein guter Gedanke zu sein. So kann ich immer sagen, es gehe ihm noch sehr schlecht, und er kann hoffentlich lange genug bleiben."

„Das ist meine Hoffnung. Außerdem wissen wir nicht, was für ein Mensch er ist. Du wirst viel Zeit mit ihm allein verbringen, ohne eine Wache. Er ist als Gefangener auf jeden Fall in Gefahr, das wird er auch wissen und versuchen zu fliehen. Dass er dir für deine Mühen dankbar genug ist, dich nicht für einen Fluchtversuch zu benutzen, ist unwahrscheinlich." Heske sah sie streng an. Und Insa riss die Augen auf. Daran hatte sie noch gar nicht gedacht. Die Kräuterfrau fuhr fort.

„Aber wer weiß, vielleicht geben die Staufer ja bald auf, oder die Welfen brechen doch noch durch, und vielleicht geschieht das bald genug, dass dein Ritter so lange in Sicherheit bleiben kann. Es sterben ohnehin jeden Tag viel zu viele."

„Er ist nicht mein Ritter", wandte Insa leise ein, aber Heske ging darauf nicht weiter ein. Sie steckte die beiden Kräutermischungen in Insas Beutel und nahm die braune Glasflasche zur Hand, die sie zuvor schon bereitgestellt hatte.

„Diese Tinktur benutzt du direkt auf den Wunden. Sie brennt sehr, also mach das am besten, wenn er schläft. Wir wollen hoffen, dass sie das Wundfieber in Grenzen halten kann. Wenn er doch fiebert, kommst du noch ein mal her, dann gebe ich dir noch etwas anderes."

Insa schniefte noch einmal und nickte. „Was bin ich dir schuldig?", fragte sie und zückte ihren Lederbeutel.

„Nichts. Geh schon und mach deinen Ritter gesund, mein Kind."

„Oh, danke", antwortete sie erstaunt und steckte auch die Flasche in ihre Leinentasche. Dann verabschiedete sie sich, ging die drei Stufen zum Marktplatz wieder hinauf und trat nach draußen.

Es war bereits spät und der Platz und die angrenzenden Straßen waren menschenleer. Niemand hielt sich um diese Uhrzeit noch unnötig draußen auf, aus Angst vor marodierenden Staufern. Auch Insa wünschte sich, unsichtbar zu sein, zog den Kopf ein und drückte die Tasche fest an ihre Brust. Kurz hob sie den Blick zum Himmel, denn das Abendlicht war seltsam gelblich und die Luft schien wie aufgeladen von den Vorboten eines Gewitters. Finstere Wolken türmten sich übereinander, dunkelgrau und fast schwarz und wurden von der untergehenden Sonne golden und blutrot angestrahlt. Jeden Moment würde wieder Regen kommen, daher drückte sie sich unter das Vordach der Bäckerei. Insa war normalerweise froh über jede Abkühlung, aber es war schon recht kalt und ein schweres Gewitter ausgerechnet am heutigen Abend erschien ihr wie ein böses Omen. Mit eingezogenem Kopf rannte sie nach Hause, um wenigstens nicht komplett nass zu werden.

Erleichtert trat sie schließlich in den Flur und hörte ihren Bruder Thies in der Küche mit Lenne sprechen. Ehe

sie in die Küche ging, öffnete sie aber die Tür zur Nähstube und schlich auf leisen Sohlen hinein. Der Verletzte
hatte sich offenbar nicht bewegt, aber sein gleichmäßiges
Atmen deutete darauf hin, dass er ruhig schlief. Sein
Gesicht war etwas weniger bleich und er wirkte nicht
mehr, als könne er jeden Moment sterben. Erleichtert
schloss Insa die Tür wieder und ein Teil der angesam-
melten Spannung wich aus ihren Schultern. Sie hatte versucht, nicht darüber nachzudenken, aber die Möglichkeit,
dass sie zurückkehren würde und es wäre bereits zu spät,
hatte die ganze Zeit wie ein drohendes Schwert über ihr
gehangen. Sie ging in die Küche, grüßte ihren Bruder und
ließ sich mit einem Seufzer auf einen Schemel sinken.

„Was ist es, Schwesterherz? Gab es Schwierigkeiten
bei deinem Einkauf? Immerhin bist du trocken angekommen", nuschelte Thies besorgt, während er auf einem
Stück Brot herumkaute.

Insa lächelte. Ihr Bruder konnte einfach immer essen,
aber um einen so großen und kräftigen Körper zu erhalten,
brauchte er wahrscheinlich doppelt so viel Nahrung wie
sie selbst.

„Nein, alles ist gut. Heske ist wirklich eine außer-
gewöhnlich freundliche Frau." Insa lächelte versonnen bei
der Erinnerung daran, dass die Kräuterfrau den verletzten
Welfen als „ihren Ritter" bezeichnet hatte. Sie berichtete
Thies von der abgebrochenen Lanze und dem Einkauf der
Kräuter. Dann erhob sie sich wieder von ihrem Schemel

und nahm die Kräutermischung gegen die Schmerzen aus dem Beutel. Sie kochte den Tee in einem kleinen Topf auf und stellte ihn zum Durchziehen zur Seite. Anschließend wandte sie sich wieder an ihren Bruder, der inzwischen mit dem Brotkanten fertig war.

„Thies, wir haben kein Bett mehr übrig. Der Ritter kann ja nicht auf dem Boden liegen bleiben. Was sollen wir tun? Meinst du, wir können nebenan fragen?"

„Kein guter Gedanke. Die Stadlerin ist ohnehin schlecht auf mich zu sprechen. Wenn wir von ihr etwas ausleihen, wird sie uns im Tausch das letzte Hemd ausziehen. Du weißt, sie tut niemals etwas ohne Gegenleistung und in der jetzigen Lage wird sie mindestens einen Scheffel Mehl haben wollen, für jeden Tag, den wir ihr Bett leihen."

Insa verzog das Gesicht. Da hatte Thies leider völlig recht. Ihre Nachbarin zur Linken war eine äußerst selbstsüchtige Person, die aus dem Unglück Anderer stets noch einen Vorteil für sich selbst ziehen wollte. Zudem war sie furchtbar geschwätzig und mit Sicherheit würde sie die Situation mit dem Gefangenen in der ganzen Stadt verbreiten. Um Insas Ruf war es ohnehin nicht gut bestellt, seit die Staufer im Haus wohnten. Stets musste sie darauf achten, dass ihr Bruder oder Vater oder zumindest die Köchin im Haus war, wenn die Ritter von ihrem Kriegshandwerk zurückkehrten. Ein weiterer Mann, der zudem noch den ganzen Tag mit ihr allein wäre, daraus würde die

Stadlerin sicherlich einen handfesten Skandal spinnen.

„Sonst fällt mir aber keiner ein, der ein Bett übrig hätte. Überall sind ja jetzt auch die Gästebetten belegt", gab sie kleinlaut zu.

„Ich habe einen anderen Vorschlag", begann Thies und wies mit dem Daumen auf seinen Sitzplatz. „Wir können diese beiden Küchenbänke zusammenstellen und dann zwei dicke Daunendecken darüber legen. Das wäre zwar nicht so breit wie ein normales Bett, aber viel herumwälzen wird er sich ja ohnehin erst mal nicht."

Insa sah die Bänke, die rechts und links vom Tisch standen, versonnen an. Lang genug für ein Bett wären sie auf jeden Fall.

„Hier können wir uns dann auf Stühle und Schemel setzen. Wenn ich sie alle im Haus zusammensuche, wird es schon reichen." Mit einem Nicken standen beide auf und nahmen die erste Bank direkt mit in die Nähstube.

„Oha, so kommt der mir aber nicht auf eine saubere Daunendecke", stellte Thies mit einem Blick auf den Verletzten entgeistert fest. Die wattierte Rüstungshose, die unter der Decke herausschaute, war steif von Dreck und Blut. „Schht, leise, weck ihn nicht auf", schalt Insa flüsternd. „Ich konnte ihm die Hose ja schlecht ausziehen", stellte sie dann mit einem verlegenen Lächeln fest und ihre Wangen wurden ein bisschen heiß bei dem Gedanken.

Thies lachte leise. „Ja klar, das mach ich schon. Aber ich

nehme auf jeden Fall die Schere, an der Hose ist ja sowieso nichts mehr zu retten", flüsterte er zurück.

„Hast du vielleicht noch alte Sachen, die du abgeben würdest? Wir können ihn ja nicht unbekleidet hier herumliegen lassen", fragte Insa mit einem vorsichtigen Seitenblick, während sie in die Küche zurückgingen, um die zweite Bank zu holen.

„Ja natürlich. Ich gebe ihm ein Hemd und eine Hose und dann nähst du mir was hübsches Neues." Thies grinste schelmisch.

„Gut, abgemacht. Such dir einen Stoff aus, sobald du fertig bist. Ich lass dich dann erst mal hier allein." Insa wies mit der Hand zu dem deckenhohen Regal, in dem die Ballen der einfachen Stoffe gelagert waren, die sie für ihre Arbeit zur Verfügung hatte. Für besonders festliche oder warme Kleidung suchten sich die Kunden das Material im Lager ihres Vaters aus, der es ihr dann brachte. Aber hier hatte sie immer einen Vorrat an schlichten Leinen- und Wollstoffen für Alltagskleidung.

Sie wandte sich um und verließ dann das Nähzimmer. Es war seltsam, den Ritter mit ihrem Bruder in der Nähstube zurückzulassen. Sie hatte das Gefühl, irgendetwas tun oder irgendwie helfen zu müssen. Aber es gab die Grenzen der Schicklichkeit, und der Gedanke, dem fremden Mann die Hose auszuziehen, jagte wieder flammende Hitze in ihre Wangen.

Während ihr Bruder beschäftigt war, ging sie nach

oben und kramte zwei Daunenoberbetten und einige dicke Decken aus der Wäschetruhe. Als sie damit die Treppe herunterkam, öffnete Thies gerade die Tür zur Nähstube.

„Ich war sehr vorsichtig. Er ist gar nicht aufgewacht. Nachher wird er sich wundern, wer ihn umgezogen hat." Beide mussten bei dem Gedanken lachen und trugen gemeinsam die Decken ins Nähzimmer. Sie stellten die Bänke an die Wand in der Ecke und banden sie mit zwei Seilen zusammen. So konnte der Verletzte wenigstens zu einer Seite nicht mehr herunterrollen und die Bänke würden auch von seiner Bewegung nicht auseinanderrutschen. Insa fand, dass das provisorische Bett mit den Decken schon recht gemütlich aussah.

Thies ging nach oben, um Heinrich zu bitten, ihm beim Anheben des Verwundeten zu helfen. Der Staufer kam mit ihrem Bruder zusammen die Treppe herab und sah den verletzten Ritter nachdenklich an.

„Wie geht es ihm, meine Dame, denkt Ihr, er wird überleben?" Im Gegensatz zu Frerich wählte Heinrich seine Worte mit Bedacht und Insa hatte nicht das Gefühl, dass er das Leben des Gefangenen für wertlos hielt, wie Frerich.

„Ich weiß es nicht", gab Insa zu. „Wir sollten ihn in unsere Abendgebete einschließen." Sie beobachtete aus dem Augenwinkel Heinrichs Reaktion und war überrascht, als er mit ernster Miene nickte.

„Das werde ich tun", gab er leise zu. Dann legte er mit

Thies Hilfe den Verletzten vorsichtig auf die Liege. Der Mann stöhnte zwar, schlug aber die Augen nicht auf und Heinrich und Thies verließen die Nähstube schweigend.

Insa wollte ihn nicht wecken, denn solange er schlief, hatte er wenigstens keine Schmerzen. Sie ging daher in die Küche, um der Köchin bei der Vorbereitung des Brotes für den nächsten Tag zu helfen. Lenne war seltsamerweise gar nicht da, aber sie bemerkte, dass Heinrich ihr in die Küche folgte. Sie drehte sich hastig herum und starrte ihn an. Sie hatte den Eindruck, er wäre von ihrer Reaktion enttäuscht, denn er schlug die Augen nieder und blieb im Türrahmen stehen.

„Darf ich Euch noch um etwas zu trinken bitten?", fragte er höflich. Die langen dunklen Haare fielen ihm in die Stirn und Insa konnte nicht sehen, ob er sie darunter hervor anschaute. Er war so taktvoll und zurückhaltend, dass Insa beschloss, den Vorfall mit Frerich nun endgültig aus ihren Gedanken zu verbannen. Immerhin hatte Heinrich schnell eingegriffen und sie aus der peinlichen Situation befreit.

„Kräutertee oder Met?", fragte sie kurz angebunden und ging trotz ihres Entschlusses lieber auf die andere Seite des langen Tisches weit von ihm weg. Er holte tief Luft, antwortete aber nicht sofort, sondern richtete seinen Blick wieder auf den Boden und nickte, als wolle er eine Verbeugung andeuten.

„Würdet Ihr mir die Ehre erweisen, einen Met mit mir

zu trinken?" Die Frage war so leise vorgebracht, dass Insa ihn fast nicht verstanden hätte. War der große selbstbewusste Ritter plötzlich unsicher?

„Ich trinke nur zu besonderen Gelegenheiten Met, aber ich könnte jetzt einen Kräutertee vertragen."

„Dann hätte ich gern auch Tee, danke." Er sah auf und lächelte, aber Insa hatte sich schon zum Kessel herumgedreht, um eine Portion Tee in einen Becher zu geben, und beobachtete ihn nur aus dem Augenwinkel. Sie reichte ihm den Becher und füllte einen zweiten für sich selbst. Nachdem sie sich auf den Hocker gesetzt hatte, nahm er ihr gegenüber Platz. Verlegen drehte er den Teebecher in seinen Händen.

„Ich hoffe, der Vorfall von heute Nachmittag hat Euch nicht zu sehr erschreckt. Ich möchte mich noch einmal für Frerich entschuldigen." Insa sah ihn lange an und überlegte, was sie antworten könnte. Nach all den Geschichten aus der Nachbarschaft hatte sie schon vor dieser Sache ein wenig Angst vor den Besatzern gehabt. Aber was würde Frerich sich jetzt herausnehmen, wenn Heinrich nicht da war? Es war ihr immer irgendwie unheimlich, mit einem der drei allein in einem Raum zu sein. Sie wusste ausnahmsweise wirklich nicht, was sie sagen sollte, also drückte sie wie so oft die Lippen aufeinander und schwieg. Heinrich pustete über seinen Tee und sah sie durch die dunklen Locken hindurch an. Es kam ihr vor, als wollte er noch mehr sagen, wüsste aber nicht wie.

Plötzlich wurde die Tür aufgerissen und Frerich und Gosbert traten ein. Sofort sprang Insa auf und füllte Heskes schmerzstillenden Tee in eine Kanne. Dann schlüpfte sie eilig aus der Küche, ohne die beiden auch nur anzusehen.

6 Ich hasse diesen Krieg

Evert wachte auf und spürte sofort den dumpfen Schmerz im ganzen Körper. Die rechte Schulter pochte so stark, dass er aufstöhnte. Bei jedem Herzschlag schien sich ein spitzes Messer in sein Fleisch zu bohren und sofort erinnerte er sich an den Speer, der dort eingedrungen war. Sein Blick war verschwommen und seine Umgebung relativ dunkel, daher schloss er frustriert die Lider. Vorsichtig erfühlte er seine Umgebung und stellte fest, dass er weiche, saubere Kleidung trug, nicht seine Rüstung oder Unterrüstung. Schulter und sein Kopf waren verbunden und sein Körper mit einer warmen Decke zugedeckt. An beiden Seiten spürte er wohltuende Wärme, vielleicht hatte hier jemand warme Ziegel platziert, wie man sie im Winter in die Betten legte.

Er war sicher, gestorben zu sein, aber im Jenseits sollte

man eigentlich keine Schmerzen mehr haben. Irgendetwas stimmte also daran nicht. Sein Atem beschleunigte sich und als er versuchte, sich zur Seite zu drehen, schoss ein noch stärkerer, stechender Schmerz in seine Schulter. Er konnte im Dämmerlicht nicht genau erkennen, wo er war und versuchte, sich zu erinnern, was geschehen war.

Der Ritt zum Tor, der Pfeilhagel von der Mauer, der Sturz und die Lanze in seiner Schulter. Das alles stand ihm in einer Sekunde wieder so lebhaft vor Augen, dass er ächzte. Widerstrebend schob er seine Gedanken weiter zu dem, was dann passiert war. Die Qual und die Verzweiflung waren so schrecklich klar in seiner Erinnerung, als wäre er wieder dort vor der Mauer.

Er konnte nicht atmen, würde ersticken. Todesangst drückte den Schmerz in den Hintergrund, aber jeder einzelne Atemzug forderte so viel Kraft, dass er weder um Hilfe rufen noch sich bewegen konnte. Waren es Minuten, Stunden oder Tage, in denen die Hoffnungslosigkeit und der drohende Tod ihn beinahe um den Verstand brachten? Verzweifelt wünschte er sich, es wäre endlich zu Ende, aber sein Körper kämpfte immer weiter und so atmete er in kleinen, schmerzhaften Stößen, obwohl er längst jede Hoffnung verloren hatte. Irgendwann hörte er Stimmen, aber sein Körper gehorchte ihm schon lange nicht mehr. Er konnte die Augen nicht öffnen, kein Zeichen geben, nicht rufen. Jemand zerrte an ihm, schleifte ihn an den

Beinen über den Boden, dann packte eine zweite Person seine Arme und zog an seinem Kettenhemd. Er hatte das Gefühl, das Metall in seiner Schulter wäre aus Feuer und wollte schreien, aber nur ein mattes Stöhnen drang aus seinem Mund. Sie zogen ihm Schwertgürtel und Rüstung aus und ließen ihn anschließend lang ausgestreckt am Boden liegen. Immer noch rang er nach Luft, sein ganzer Körper bebte vor Schmerz und Kälte und schließlich brachte er ein gurgelndes Geräusch hervor.

Evert tauchte aus der schrecklichen Erinnerung auf und atmete flach und hektisch. Er war doch gestorben, oder nicht? Etwas war geschehen, aber die Erinnerungen verschwammen.

„Der hier lebt noch", hatte jemand gerufen und Hoffnung war in ihm aufgeflammt. Dies hatte er schon einmal erlebt, zumindest so ähnlich. Oder war er doch bereits tot und sah sein bisheriges Leben noch einmal vorüberziehen?

„Ah, Dreckswelfe, dem werde ich ins Jenseits helfen", hatte dann ein anderer geantwortet und Evert hart in die Seite gestoßen. Diese Worte waren neu, das bedeutete, dass dies wirklich geschehen war, es war keine Erinnerung. Der Hoffnungsfunke erlosch. Die Feinde hatten ihn gefunden, dies war nun wirklich das Ende. Seltsam nur, dass sie ihn nicht sofort getötet hatten.

„Lass das, der Kerl ist ein Adeliger, wir nehmen ihn

mit. Den können wir gegen einen von unseren Leuten eintauschen." Ja, das hatte einer gesagt. Evert war nicht
sicher gewesen, von wem sie sprachen, er selbst war ja
nur ein Leibeigener. Nein, das war nicht richtig, erinnerte
er sich nun. Seine Gedanken waren zäh wie flüssiges
Pech, und Erinnerungen und Gegenwart verschwammen
in einem grauen Nebel. Aber eins war völlig sicher, er war
tatsächlich ein Ritter und er hieß Evert. Das durfte er niemals wieder vergessen. Evert von Düssel, Evert.

*Die Männer packten wieder seine Handgelenke. Tiefer
schnitt das Metall der Lanzenspitze in sein Fleisch, als sie
seine Arme nach oben rissen, um ihn wieder über den
Boden zu schleifen. Ein krampfhaftes Keuchen presste die
letzte Luft aus seinen Lungen, dann umfing ihn die
Dunkelheit.*

*Irgendwann war da ein Gefühl, als würde er etwas
trinken. Zarte Hände strichen über seine Haut. Eine angenehme Stimme sprach mit ihm. Er bedauerte, dass er sie
nicht verstand, versuchte aber, sich auf ihre Worte zu
konzentrieren. Dann kehrte dieser unmenschliche
Schmerz in der Schulter wieder zurück. Grelles Licht
zuckte kurz durch seinen Kopf und die Dunkelheit über-
mannte ihn.*

Wieder musste er etwas schlucken und endlich konnte er
seine Augen öffnen. Der Raum erschien schmal, die

Decke unerreichbar hoch und alles drehte sich und schwankte. Was seine Augen sahen, wirkte unreal, als wäre er noch immer in einem Albtraum gefangen. Erst einige Augenblicke später wurde ihm klar, dass er am Boden lag, wahrscheinlich zwischen der Wand und einem großen Tisch. Er spürte den verzweifelten Drang aufzustehen, musste unbedingt weg von hier, raus aus dem Lager des Feindes. Aber sein Körper reagierte nicht, bebte nur. Er hatte noch immer dieses Gefühl, keine Luft zu bekommen. Die zarten Hände waren wieder da und dieselbe weiche Frauenstimme sagte etwas zu ihm. Die Welt hörte schließlich auf, sich um ihn zu drehen, und er konnte ihr Gesicht erkennen. Besorgt sah sie ihn mit ihren hellen, blauen Augen an. Ein dicker blonder Zopf fiel über ihre Schultern nach vorn, und viele kleine, helle Locken umgaben ihren Kopf wie ein Heiligenschein. Sie beugte sich zu ihm und strich mit den Fingern über seine Wange. Warum war sie freundlich zu ihm? War sie nicht von der anderen Seite, eine Stauferin, die ihm den Tod wünschte? Er konnte offenbar nicht klar denken, bemühte sich aber, den steten Strom ihrer leisen Worte zu verstehen. Es war zwecklos, sein Körper war wie gelähmt und er spürte noch immer die Nähe des Todes. Was auch immer sie mit ihm tun würde, er konnte nichts daran ändern, war hilflos ausgeliefert.

Er verstand zwar nicht, was sie sagte, aber die Stimme und die freundliche Berührung gaben ihm einen festen

Punkt in der Welt zwischen Albtraum und Schmerz. Sein Verstand wollte sich verzweifelt daran festkrallen. Sie durfte nicht weggehen, durfte ihn nicht wieder allein lassen. Er würde zurück in dieses unendliche schwarze Nichts fallen, wenn sie wegging. Seine Arme waren schwer wie Felsen und er konnte seine Hand kaum heben, um nach ihr zu greifen. Nach einigen Augenblicken schaffte er es aber, ihre Finger zu fassen, und versuchte sie festzuhalten. Dann stürzte er trotz aller Anstrengung wieder in die Finsternis zurück.

Jetzt lag er nicht mehr auf dem Boden, aber er war allein in dem kleinen Raum. Inzwischen hatten seine Augen sich an das Dämmerlicht gewöhnt und er konnte seine Umgebung einigermaßen erkennen. Regale mit Stoffen überspannten eine Wand und auf dem großen Tisch, der fast den ganzen Platz zwischen den Regalen einnahm, standen allerlei kleine Kisten und Schatullen. Ein Kleid und eine Hose lagen ausgebreitet dort, als ob jemand gerade noch daran gearbeitet hätte.

Erschöpft schloss er die Augen wieder. Seine Schulter klopfte und brannte wie Feuer und auch sein Kopf dröhnte, als ob jemand mit einem Schmiedehammer darauf schlagen würde. Mit geschlossenen Lidern versuchte er, über seine Situation nachzudenken. Die mit dunklem Holz verkleideten Wände und die Regale mit den Stoffen sagten ihm, dass er wahrscheinlich im Haus eines

Tuchhändlers oder Schneiders war. Also war er in der belagerten Stadt, in Aachen. Das bedeutete natürlich, er war in Feindeshand, was die Worte bestätigte, die der Mann auf dem Schlachtfeld gesagt hatte.

„Dreckswelfe"

Er war also nicht getötet, sondern in dieses Haus gebracht worden. Jemand hatte sich um seine Verletzungen gekümmert, ihn gewaschen und sogar neu eingekleidet. Das konnten wohl kaum die Männer gewesen sein, die ihn zuvor hatten töten wollen.

Gerade als seine Gedanken an diesem Punkt angekommen waren, öffnete sich die Tür. Panik schoss in ihm hoch und sein Blick jagte durch den Raum, auf der Suche nach einer Waffe. Er musste sich verteidigen und sofort fliehen. Auf dem Tisch lag eine große Schneiderschere und am Boden eine blutige Lanzenspitze. War es jene, die in seiner Schulter gesteckt hatte? Trotz aller Anstrengung konnte er kaum den Kopf heben, an aufstehen war gar nicht zu denken. Die Schere war so nah und doch unerreichbar fern. Wieder war er hilflos der Gnade Fremder ausgeliefert. Wie damals, als die Leichenfledderer ihn auf dem Schlachtfeld aufgelesen hatten, um ihn später als Leibeigenen zu verkaufen. Er hatte damals Glück gehabt, dass er mit dem Leben davongekommen war, und die Ereignisse schienen sich zu wiederholen. Gero, der kleine Waisenjunge, hatte ihm Wasser und Essen gegeben, als er sich kaum bewegen konnte und ihn damit gerettet. Aus dem kleinen Jungen war inzwischen ein stattlicher junger Mann geworden, mit dem ihn tiefe Freundschaft verband. Aber Gero war nicht hier. Gott sein Dank war er sicher im Ritterlager und nicht wie er selbst in Feindeshand. Würde es auch dieses Mal einen Menschen geben, der freundlich genug war, ihm zu helfen? Durfte er wirklich hoffen, zweimal im Leben so viel Glück zu haben?

Er drehte vorsichtig seinen Kopf und sah eine wunderschöne junge Frau eintreten. Ihr von blonden Haaren eingerahmtes Gesicht mit diesen hellen, freundlichen Augen wirkte wie aus einem Traum. Ja, er hatte sie zuvor bereits gesehen. Es war also keine Illusion, es gab sie wirklich, die Frau, die ihm Tee gegeben und seine Hand gehalten hatte. Hatte sie sich auch um seine Verletzungen und saubere Kleidung gekümmert?

Sie lächelte und der Schmerz in seiner Schulter und in seinem Kopf trat in den Hintergrund.

„Es ist gut, dass Ihr aufgewacht seid. Ich habe Medizin besorgt. Dies ist ein Tee, den ich frisch für Euch aufgebrüht habe", erklärte sie. Dann goss sie den Trank in einen Becher, gab ihm davon und strich mit ihrer zarten, kühlen Hand über seine heiße Stirn.

„Wie heißt Ihr", fragte sie, nachdem er seinen Becher geleert hatte, mit ihrer melodischen Stimme und einem leichten, ihm unbekannten Akzent.

„Evert", krächzte er und spürte, dass seine Kehle wund und trocken war. Sein Blick konnte sich nicht von der zarten Schönheit ihres Gesichts lösen und er spürte den verrückten Wunsch in sich, sie würde nie mehr weggehen. Sie war sein Engel.

„Wie geht es Eurer Schulter und Eurem Kopf, Evert?" Sein Engel sah ihn mit ernster Miene an und legte ihre Hand wieder auf seine Brust.

„Besser, wenn Ihr da seid", antwortete er und seine Stimme klang schon etwas kräftiger. Es war eine seltsame Antwort, aber nachdem er es gesagt hatte, merkte er, dass es tatsächlich stimmte. Er griff nach ihrer Hand, um sie an seine Brust zu drücken.

Leise lachte sie. „Nein, das bin nicht ich, das ist der Tee. Ich habe Euch Kräuter gegeben, die die Schmerzen nehmen. Gleich werdet Ihr Eure Wunden nicht mehr so stark spüren und könnt wieder einschlafen."

Evert schüttelte den Kopf. „Bleibt bei mir", flüsterte er erschöpft und bleierne Schwere drückte seine Lider nach unten. Mit aller übrig gebliebenen Kraft hielt er ihre Hand an seine Brust gepresst. Dann kroch trotz allem die kalte Dunkelheit wieder in seinen Geist und riss ihn mit sich fort.

Insa wagte es nicht, den Ritter – Evert – allein zu lassen. Er hatte sie gebeten zu bleiben, und die Tatsache, dass er schon wieder das Bewusstsein verloren hatte, besorgte sie sehr. Er war nicht einfach eingeschlafen, wenn dann wäre sein Körper nicht völlig schlaff und sein Atem nicht so flach und kraftlos. Der Kampf um sein Leben war noch nicht gewonnen, aber sie würde alles tun, was ihm irgendwie helfen konnte. Sie machte es sich in dem hohen Lehnstuhl neben seinem Bett bequem, entschlossen, die ganze Nacht wach zu bleiben und auf ihn achtzugeben.

Mit einer Hand auf seiner Brust fühlte sie nach seinem Herzschlag, der zunächst flach, aber gleichmäßig war. Sie verlor vollkommen das Gefühl für das Verstreichen der Stunden, während sie so dasaß und sich in der Erinnerung an ihre Kindheit verlor.

Es war eine schöne Zeit gewesen in Maastricht mit ihrer Familie. Ihr Vater hatte dafür gesorgt, dass sie zusammen mit Thies regelmäßigen Unterricht von einem Hauslehrer bekam, auch wenn das für Mädchen eher ungewöhnlich war. Er war der Meinung, dass Frauen ebenfalls über die Geschehnisse in der Welt Bescheid wissen mussten, und hatte sie daher angehalten, sich außerdem für die politischen Ereignisse und nicht nur für den Marktklatsch zu interessieren. Tatsächlich fand sie diese Dinge sehr spannend und hörte stets ganz genau zu, wenn die Kunden im Geschäft mit ihrem Vater über die Politik sprachen. So hatte sie auch von der aktuellen Lage in Aachen ein recht gutes Bild und wusste, dass Otto von Braunschweig vor kurzem in Trier zum König gewählt worden war. Er wollte sich nun der Tradition entsprechend hier in Aachen krönen lassen. Der Staufer Philipp von Schwaben trat als sogenannter Gegenkönig auf, denn auch er war gewählt worden, allerdings von anderen Adeligen. Welfen und Staufer waren schon seit jeher Gegenspieler, das schien nach den Aussagen ihres Vaters und der Ratsherren das Hauptproblem in dieser ganzen Angelegenheit zu sein. Und nun stand ihr geliebtes Zuhause im Mittelpunkt des Streits und damit auch all die Menschen, die ihr etwas bedeuteten und die doch eigentlich weder Staufer noch Welfen waren.

Und dieser Ritter, Evert, wer war er wirklich? Hatte er die Seite von Otto von Braunschweig freiwillig gewählt, oder war er auch nur in diesen Streit hereingeraten, ohne selbst eine Wahl zu haben? War er wirklich ein Feind? Was würde er tun, wenn er wieder bei Kräften war? Musste sie sich vor ihm in acht nehmen, Angst haben, dass er ihr etwas antun würde, obwohl sie ihm geholfen hatte? Nein, sie glaubte immer an das Gute in den Menschen, auch wenn ihr Vater ihr oft vorhielt, dass sie zu gutgläubig war. Sie hatte keine Angst vor Evert, denn er würde ihre Freundlichkeit nicht mit Gewalt heimzahlen. Es war ja im Augenblick noch nicht einmal sicher, dass er die Nacht überhaupt überlebte.

Insa schrak hoch, die Stadtwache rief die Mitternacht aus. Sie musste wohl doch eingeschlafen sein. Ihre Hand war von der Brust des Ritters gerutscht und sofort suchte sie wieder nach seinem Herzschlag. Seine Haut war kalt, unnatürlich kalt und hektisch sprang sie aus dem Sessel auf. Sie hatte nicht wach bleiben können, und nun schlug sein Herz nicht mehr – oder doch? Mit beiden Händen suchte sie nach der Bewegung in seiner Brust und schließlich fand sie ein kaum spürbares Klopfen. Viel zu schwach und viel zu langsam schlug es. Wie ein Hirsch, der nach langer Jagd am Ende seiner Kräfte war, schließlich einfach stehen blieb, und sich den Wölfen ergab. Insas eigenes Herz dagegen raste, als könne es mit seiner Energie Everts Lebenskraft stärken. Sie musste die Kälte des Todes aus seinem Körper vertreiben. Sofort begann sie, mit beiden Händen über seine unverletzte Schulter, seine Brust und seine Seiten zu reiben. So wie man seine eigenen Arme rieb, wenn man im Winter fror, rubbelte sie Everts Decke über seinen Körper, während sie leise, aber eindringlich mit ihm sprach.

„Bitte Herr Evert, ach was, ich werde Euch einfach nur bei Eurem Vornamen nennen. Evert, Ihr dürft nicht aufgeben. Ihr seid ein kräftiger, junger und gut aussehender Ritter, viel zu wertvoll, um einfach so zu sterben." Was für einen Unsinn plapperte sie nur. Es war wirklich gut, dass er sie in seiner Bewusstlosigkeit nicht hören konnte. Aber vielleicht vernahm er ihre Stimme doch, und es würde ihm dabei helfen, aus der Dunkelheit zurückzufinden. „Bitte, Evert, Ihr müsst bei mir bleiben. Die Stadt wird nicht ewig belagert werden. Wenn das alles hier vorbei ist, werdet ihr zu Eurer Familie zurückkehren." Hatte er überhaupt eine Familie, oder war er allein auf der Welt? Der Gedanke berührte sie auf seltsame Art und eine unbekannte Sehnsucht legte sich wie ein Stein auf ihre Brust. Sie wusste gar nichts über ihn, aber sie glaubte, irgendeine Erinnerung oder der Name eines geliebten Menschen könnte ihm helfen, ihn irgendwie im Leben festzuhalten. Da sie keine seiner eigenen Erinnerungen für ihn wachrufen konnte, begann sie, ihrer eigenen Kindheit zu erzählen. Sie sprach von den dichten Wäldern und den weiten Feldern, die sie so gern auf ihrem Pferd durchstreift hatte, auch wenn ihre Mutter nicht einverstanden war, dass sie allein dort draußen herumritt. All ihre schönen und fröhlichen Erlebnisse teilte sie mit ihm und zuletzt, als ihr nichts mehr einfiel, dass sie noch erzählen konnte, sang sie einfach ein Lied. Nach und nach begann sein Herz wieder kräftiger zu schlagen und seine Haut fühlte sich wärmer an.

Einige Zeit später wachte er von den Schmerzen halb auf und begann leise zu stöhnen. Also kochte sie frischen Tee und gab ihm etwas davon. Außerdem heizte sie die beiden Ziegel in der Glut wieder auf, damit sie ihn warm hielten. Evert schluckte das Gebräu mit geschlossenen Augen und murmelte einen Dank. Danach war sein Schlaf ruhiger und sein Atem tiefer.

Insa sprach weiter mit ihm, sang zwischendurch alle

schönen und auch alle traurigen Lieder, die ihr einfallen wollten, und strich dabei immer wieder über seine Brust und seine Wangen, um ihn daran zu erinnern, dass er nicht fortgehen durfte und dass er nicht allein war. Kurz vor Morgengrauen erschien es wieder, als wolle sein Herz einfach aufgeben. Wieder rieb und massierte Insa seine Arme und seine Brust, bis die Haut rot und warm war. Sie sang fröhliche Lieder voller Lebensfreude und Kraft, obwohl die Angst um sein Leben ihr schier die Kehle zudrücken wollte. Auch dieses Mal gelang es ihr, sein Herz zu stärken und die unnatürliche Kälte zu vertreiben, und als endlich der Morgen graute, war sie erschöpft, aber glücklich, diese schlimme Nacht überstanden zu haben.

Die ersten Sonnenstrahlen des neuen Tages fielen zwischen den Vorhängen des kleinen Fensters auf den Tisch der Nähstube. Insa setzte sich seufzend auf und ließ ihre Hand von Everts Körper gleiten. Beinahe vermisste sie das leise Klopfen seines Herzens, das sie durch die Nacht begleitet hatte, aber für den Moment schien die Bedrohung des Todes gebannt und Insa sehnte sich danach, nach draußen zu gehen und die frische Morgenluft einzuatmen. Nein, sie würde lieber das Fenster öffnen, denn auch Evert brauchte sicher eine gute Portion frischer Luft, um die Last der vergangenen Nacht zu vertreiben. Mit Schwung zog sie die Vorhänge zurück und war von der Sonne für einen Moment geblendet. Als sie das Fenster öffnete, strömte frische, kühle Luft herein und ein Schauer lief über ihren Rücken. Sie sah kurz zu Evert hinüber, der jetzt friedlich und entspannt schlief, dann nahm sie die Teekanne und ging in die Küche. Die Kräuter, die sie von Heske bekommen hatte, hatten schnell und gut gewirkt. In der Nacht hatte sie ihm nur von der Kräutermischung gegen die Schmerzen gegeben. Am Tage sollte sie die anderen Kräuter, die ihn schläfrig machen würden, mit dazu mischen, damit er ruhen konnte und sich möglichst wenig bewegte. Die Verbände würde Insa erst später am Vormittag wechseln und die beiden Wunden auch mit der Tinktur auswaschen, aber im Augenblick sollte der verletzte Ritter erst einmal weiterschlafen.

Als sie mit dem Tee in die Nähstube zurückkehrte, stellte sie die Kanne leise ab und sah sich Evert bei Tageslicht noch einmal genau an. Er war fast so ein großer, kräftiger Kerl wie ihr Bruder Thies. Dessen Hemd und Hose passten Evert ziemlich gut und so sah er für sie sehr vertraut aus. Ihr Blick wanderte zu seinem Gesicht, und sie war froh, dass er jetzt schlief und ihre Musterung nicht bemerkte.

Als er sie gestern Abend so seltsam angesehen hatte, war sie ein wenig rot geworden. Sein ebenmäßiges Gesicht mit den kräftigen Wangenknochen und dem dichten Bart war jetzt zwar eingefallen und die Augen hatten tiefe, dunkle Ränder, aber sie konnte sich gut vorstellen, dass er sonst ein recht ansehnlicher Mann war. Insa lächelte in sich hinein. Sie sollte nicht in dieser Art über ihn denken. Sie war nur eine Händlerstochter, ein edler Ritter, ein Adeliger wie er würde sich für sie bestimmt nicht interessieren. Außerdem war er ja eigentlich der Feind. Sie seufzte. Dieser unsinnige Kampf brachte sie noch um den Verstand. Wie die meisten Einwohner der Stadt sah sie die Auseinandersetzung nicht als ihre eigene Sache an. Wo stand sie selbst also als Bürgerin, als Gastgeberin der staufischen Ritter und Pflegerin des Welfen? Warum standen die staufischen Ritter hier im Haus und Männer wie Evert einander überhaupt als Feinde gegenüber? War es reiner Zufall, auf welcher Seite jemand landete, und welche Position hatte sie selbst in diesen Machtspielen? Tat sie dies hier für die Staufer, weil sie ihr aufgetragen hatten, den Welfen zu pflegen? War es in Wahrheit nicht so gewesen, dass sie ihnen abgerungen hatte, sich um seine Verletzungen kümmern zu dürfen? Zu was machte sie das nun? War sie Handlangerin von Heinrich und seinen Leuten, oder stand sie auf Everts Seite?

Während sie über all das nachdachte, setzte sie sich an den Nähtisch und arbeitete weiter an Thies' Hose. Das Kleid für die Bürgermeisterfrau hatte sie zunächst zur Seite gelegt. Ihrem Bruder hatte sie ein neues Hemd und eine Hose versprochen, da er seine Sachen ja Evert gegeben hatte. Also war das jetzt als Erstes dran.

Nach einer Weile begann sie, wie immer bei der Arbeit, leise zu singen, und schnell waren die letzten Nähte an der Hose fertig. Sie stand auf und sah zu ihrer

Überraschung, dass Evert die Augen geöffnet hatte und sie anschaute. Er lächelte zaghaft.

„Ihr singt so wunderschön", stellte er mit kratziger Stimme fest und hielt sie wieder mit seinem Blick gefangen. Insas Herz klopfte schneller und sie errötete schon wieder. Die Augen niederschlagend setzte sie sich auf die Kante des Lehnstuhls, der neben seiner Liege stand.

„Verzeiht, ich wollte Euch nicht wecken." Mit einem schelmischen Grinsen fügte sie hinzu: „Aber Ihr seid selbst schuld, wenn Ihr in meinem Nähzimmer herumliegt, müsst Ihr mein Gesinge eben ertragen." Er lächelte kurz, aber dann sah Insa wieder den Schmerz in seinen Zügen. Sofort nahm sie wieder eine Tasse Tee und er trank sie langsam aus. Fragend sah sie ihn an.

„Habt Ihr vielleicht auch Hunger?" Evert nickte wortlos und Insa stand wieder auf und ging zurück in die Küche. Ein Kessel mit Dinkelsuppe hing dampfend über dem Feuer. Sie entschied aber, dass das für einen schwer Verletzten eine zu deftige Kost war und füllte in einen kleinen Topf etwas Milch und fügte eine Prise Salz und gequetschten Hafer hinzu. Als der Brei lange genug gekocht hatte, kühlte sie ihn mit einem Schuss kalter Milch ab und rührte zum Schluss noch einen Löffel Honig hinein. Dann füllte sie den Haferbrei in eine Schale und trug sie in die Nähstube.

„Zum Essen solltet Ihr Euch ein wenig aufrichten,

wenn das schon geht. Ich kann diese Deckenrolle hinter Euren Rücken schieben", schlug Insa vor.

Evert nickte. „Ich danke Euch sehr für Eure Freundlichkeit", antwortete er leise und etwas kraftlos.

Sie half ihm vorsichtig dabei, sich aufzusetzen, und schob die Decke und ein Kissen hinter ihn. Dann hielt sie die Schale so vor ihn, dass er mit dem unverletzten Arm essen konnte.

Als Evert den ersten Löffel probiert hatte, seufzte er tief. „Das ist der beste Haferbrei, den ich je gegessen habe."

Insa musste lachen. „Natürlich, wenn man sehr hungrig ist, kommt einem das immer so vor."

Er grinste schelmisch und sein Gesicht wirkte trotz der Verletzungen plötzlich sehr attraktiv. „Das ist wahr, aber in diesem Fall stimmt es wirklich. Er ist außergewöhnlich gut. Vielen Dank." Schweigend beendete er das Mahl und sein Blick ließ sie die ganze Zeit über nicht los.

„Warum seht Ihr mich immerzu so an?", fragte Insa schließlich.

Ohne zu zögern, antwortete er. „Weil ich noch nie zuvor einen Engel gesehen habe."

Sie lachte laut auf. „Nein, ich bin nur ein ganz normaler Mensch, ganz sicher kein Engel. Seht Ihr, ich habe nicht einmal Flügel." Sie drehte sich halb herum, so dass er ihren völlig flügellosen Rücken sehen konnte.

Evert ging jedoch nicht auf ihren Scherz ein. Er senkte

den Kopf und antwortete leise. „Ich war in der letzten Nacht dem Tod näher als dem Leben. Ihr habt mich festgehalten und aus der Finsternis zurückgeholt." Er hielt inne, als hätten diese Worte ihn schon zu sehr angestrengt, aber nach einem tiefen Atemzug fuhr er fort. „Nur deshalb habe ich heute früh die Augen wieder aufgeschlagen, weil Ihr da wart und über mich gewacht habt. So etwas kann kein normaler Mensch." Unvermittelt griff er nach ihrer Hand und küsste ihre Fingerspitzen. „Ich danke Euch. Was Ihr für mich getan habt, werde ich euch nie vergelten können", setzte er mit bebender Stimme hinzu.

Insa schluckte. Sie hatte keine Ahnung, was sie dazu sagen sollte, aber natürlich hatte sie geahnt, dass Evert ihre Anwesenheit in der Nacht gespürt hatte. Verlegen nickte sie, zog dann ihre Hand zurück, stand auf und füllte den Becher mit dem Kräutertee noch einmal. Er nahm den Tee und trank ihn wortlos aus, ohne seinen Blick von ihr abzuwenden.

„Die Kräuter werden Euch müde machen. Ihr solltet Euch wieder bequem hinlegen und noch ein wenig ausruhen", stellte Insa fest.

Evert nickte, und mit einem leisen Stöhnen beugte er sich etwas nach vorn. Insa zog die Decke hinter ihm heraus, und als er sich wieder flach hingelegt hatte, fragte er matt:

„Werdet Ihr wieder bei mir bleiben, bis ich eingeschlafen bin?"

Sie nickte, nahm im Lehnstuhl Platz und legte ihre Hand wieder auf sein Herz.

„Ich habe noch so viele Fragen. Ich weiß nicht einmal Euren Namen", raunte er mit halb geschlossenen Augen. Dann legte er seine Hand über ihre und drückte sie an seine Brust, ehe er die Augen schloss und sein Kopf zur Seite kippte.

„Insa", flüsterte sie. „Insa de Jong", aber er war bereits eingeschlafen.

Als Insa in die Küche kam, saß Thies zusammengesunken am Tisch, die Ellenbogen aufgestützt und das Gesicht in den Händen vergraben. Insa setzte sich neben ihn und legte eine Hand auf seine Schulter. Er fuhr zusammen, als hätte er erst jetzt ihre Anwesenheit bemerkt.

„Was ist los?", fragte sie besorgt.

Thies schluckte und hob den Kopf. „Ich habe ihn gesehen", würgte er hervor und starrte die gegenüberliegende Wand an.

Insa sah ihren Bruder verständnislos an „Wen hast du gesehen?"

„Na ihn." Thies nickte in Richtung des Nähzimmers. „Unten am Jakobstor. Er war bei der Ramme. Das ganze Torhaus hat gebebt, bei jedem Schlag. Ich habe gedacht, sie brechen jeden Moment durch." Er sprach stockend, als könne er das Geschehene kaum in Worte fassen. „Heinrich neben mir gab den Befehl, die Lanzen zu werfen, aber ich hatte gerade einen Pfeil angelegt. Den hab ich noch abgeschossen." Thies verstummte.

Insa war alles Blut aus dem Gesicht gewichen, aber sie wartete ab, ob ihr Bruder weitersprechen würde.

„Dann hab ich auch eine Lanze genommen", fügte er nach einer Weile hinzu.

„Warst du das also?", fragte sie entgeistert. „Hast du den Pfeil geschossen und die Lanze geworfen, die ihn beinahe umgebracht haben?"

Thies schüttelte vehement den Kopf, aber dann nickte er. „Ich weiß es nicht", gab er schließlich zu. „Es ist möglich." Er presste die Lider zusammen, als könne er die Bilder seiner Erinnerung dadurch aussperren und stützte seinen Kopf wieder in beide Hände. „Ich hasse diesen verdammten Krieg", hörte Insa ihn flüstern.

7 Dann wäre er jetzt nicht hier

Evert stand auf einem unendlich großen Schlachtfeld. Trotz der tiefen Dunkelheit konnte er überdeutlich die Toten erkennen, die um ihn herum den Boden bedeckten. Stille dröhnte in seinen Ohren wie ein Sturm, und er erkannte, dass sein eigener Herzschlag das Einzige war, was er vernahm. Nichts regte sich, in welche Richtung er sich auch wendete. Die grausam entstellten Leichen lagen wie eingefroren am Boden, kein Baum oder Busch war in der Nähe, dessen Blätter sich bewegt hätten, kein Lufthauch fuhr über die finstere Ebene. Everts Körper wand sich vor Schmerz und die Lebenskraft verließ ihn. Auch er würde bald still und bewegungslos daliegen, auch sein Herz würde aufhören zu schlagen. Verzweifelt versuchte er, um Hilfe zu rufen, doch er brachte keinen Laut hervor. Wie zähe Rinnsale aus Pech bündelte sich die Dunkelheit *vor seinen Augen und griff nach ihm. Er versuchte, sich zu wehren, die Arme vor sein Gesicht zu heben, konnte sich aber nicht bewegen.*

Dann war in der Ferne, zunächst ganz leise, ein Klang zu hören. Der Klang formte sich zu einer Stimme. Ein langsames, trauriges Lied drang in seinen Geist. Die Melodie trieb die Dunkelheit zurück und er wandte sich den Klängen zu. Diese wunderbare Stimme mit ihren sanften Tönen berührte ihn tief in seinem Herzen, zog ihn an wie eine Kerzenflamme, wie ein Kaminfeuer, wie der Sonnenschein. Sie verscheuchte schließlich völlig die Finsternis, die nun keine Macht mehr über ihn besaß. Alles wurde hell und leicht und sogar der Schmerz ließ nach.

Als er aufwachte, schien die Sonne wieder durch das große Fenster in die Nähstube. Die dunklen Träume von Schmerz und Tod hatten ihn in der vergangenen Nacht immer wieder gequält. Jedes Mal hatte die Stimme der jungen Frau ihn aus der Finsternis zurückgeholt. Wenn sie ihre warme Hand auf seinen Brustkorb legte, spürte er, wie sein Herz stärker und kräftiger schlug, als drängte es zu ihr, wollte der Berührung näher sein. Immer wenn er die Augen öffnete, war sie da. Er fragte sich bereits, ob sie nicht selbst einmal schlafen oder essen musste. Beim Nähen sang sie leise und ihre Lieder hatten ihn bis in seine Träume hinein begleitet.

Nun saß sie wieder an dem großen Tisch, auf dem sie die Stoffe zum Zuschneiden ausbreiten konnte, und nähte an einer dunklen Hose. Er blieb bewegungslos liegen. Wenn sie bemerkte, dass er wach war, würde sie vielleicht aufhören, das schöne Liebeslied zu singen, das er noch nie vorher gehört hatte.

„Guten Morgen Evert." Sie hatte seinen Blick wohl doch bemerkt, kam herüber und hockte sich auf die Kante des Lehnstuhls, in dem sie schon in der vergangenen Nacht neben ihm gesessen hatte.

„Guten Morgen, mein Engel", gab Evert mit einem schmalen Lächeln zurück. Sie schüttelte den Kopf, aber er sprach sofort weiter und ließ sie nicht zu Wort kommen. „Ich weiß noch immer Euren Namen nicht, daher muss ich Euch weiterhin *meinen Engel* nennen. Außerdem weiß ich nicht, wo ich hier bin, wer Ihr seid und wer mich hergebracht hat."

„Insa de Jong. Dies ist das Haus meines Vaters, er ist Tuchhändler und ich nähe auf Bestellung Abendgarderobe für die wohlhabenderen Kunden. Wenn ich mal keine Aufträge habe, nähe ich auch Alltagskleidung und mein Vater verkauft sie auf dem wöchentlichen Markt. Aber in letzter Zeit habe ich wirklich viel zu tun. Ihr seid hier in meiner Nähstube gelandet, da wir sonst kein Zimmer im Haus mehr frei haben." Ihre fröhliche Miene verdüsterte sich. „Drei staufische Ritter wohnen hier bei uns, die haben Euch vor der Mauer aufgelesen und hergebracht.

Sie wollten Euch in den Hungerturm bringen, das ist das Gefängnis der Stadt und daher kommen auch alle Kriegsgefangenen dort hinein. Aber mit Euren Verletzungen wäre das eine schlechte Idee gewesen."

Evert nickte, auch wenn er sich von dem ganzen Wortschwall wahrscheinlich nur die Hälfte merken konnte.

„Frau de Jong, es ist mir eine Ehre, Eure Bekanntschaft zu machen. Eigentlich müsste ich mich verbeugen, aber ich fürchte, das muss ich auf später verschieben." Sie lachte und der unbeschwerte Klang brachte ihn ebenfalls zum Lächeln.

„Nein bitte, das ist nicht nötig. Ich würde mich freuen, wenn Ihr mich Insa nennen würdet."

„Insa, das klingt wunderbar." Evert lächelte immer noch. Ihr Name klang vertraut und exotisch zugleich. Im nächsten Moment wurde er allerdings wieder ernst. „Ich bin also ein Gefangener der Staufer? Sie werden mich aber jetzt sicher in den Hungerturm schaffen, da ich die Nacht ja überstanden habe", stellte er niedergeschlagen fest, und alle Kraft wich aus seinem Körper.

„Nein!" Insa straffte sich, als müsse sie eine unbekannte Gefahr abwenden. „Das werde ich nicht zulassen. In Eurem Zustand ist das unmöglich. Ihr könnt immer noch Wundfieber bekommen und der Hungerturm – na ja, der Name sagt es schon. Wie soll man von solchen Verletzungen heilen, wenn man nichts zu essen bekommt?"

Evert zog verwundert die Brauen hoch. „Denkt ihr denn, sie werden auf Euch hören?"

„Ja, da bin ich sicher", gab sie in kämpferischem Ton zurück. „Es kann ihnen doch egal sein, wo Ihr untergebracht seid. Da sie in unserem Haus wohnen und an unserem Tisch essen, sollten sie tatsächlich auf mich hören. Ihre Essensrationen würden sonst plötzlich sehr mager werden." Sie schüttelte den Kopf und schien sich plötzlich nicht mehr so sicher zu sein, wie ihre Worte andeuteten.

Evert konnte nur hoffen, dass sie recht hatte, denn ihm war klar, dass er noch lange nicht außer Lebensgefahr war, nur weil er die erste Nacht überstanden hatte. Das gefürchtete Wundfieber und andere Komplikationen konnten ihn immer noch umbringen, selbst mit Insas Fürsorge. Wenn er im Hungerturm landete, wäre er ganz sicher dem Tode geweiht. Die Aussicht zu sterben bewegte ihn allerdings weniger, als er erwartet hatte.

Ihm war schon immer bewusst gewesen, dass er irgendwann im Dienste seines Herrn sein Leben lassen würde. Es bedeutete ihm nichts, denn er hätte eigentlich schon vor sieben Jahren sterben sollen. Es war geborgte Zeit, in der er seitdem lebte, und nun würde diese Zeit zu ihrem Ende kommen. Er sah seinen Engel an und plötzlich bedauerte er, dass er so bald abtreten musste. Er hätte diese wundervolle Frau gern näher kennengelernt, vielleicht sogar umworben. Nein, das waren unsinnige Gedanken und unerfüllbare Wünsche. Auch wenn er jetzt mehr als nur ein Leibeigener war, würde er niemals in die Riege der Männer gehören, die um eine solch wundervolle Dame werben durften. Natürlich fühlte er sich zu ihr hingezogen, da sie ihn so freundlich in ihr Haus aufgenommen und ihn so liebevoll behandelt hatte. Aber was hatte er schon für sie getan, außer ihr zur Last zu fallen? Niemals würde sie seine Gefühle erwidern, das musste er sich sofort aus dem Kopf schlagen.

Insa gab ihm eine Schüssel mit kräftigem Dinkeleintopf und danach den Kräutertee, der ihn so schläfrig machte. Wieder setzte sie sich neben ihn und legte ihre Hand auf seine Brust. Ein ungewohntes Gefühl von Geborgenheit durchströmte ihn. Niemand hatte sich je um ihn gesorgt oder sich um sein Wohlergehen gekümmert, zumindest seit er sich erinnern konnte.

Natürlich wusste er, dass er Eltern gehabt hatte, vielleicht auch Geschwister. Waren die Eltern liebevoll oder streng gewesen? Hatte er seinen Geschwistern nahegestanden oder sich mit ihnen gestritten? Er wusste es nicht und hatte diesen Teil seines Lebens eigentlich aus seinem Bewusstsein verbannt.

Es brachte nichts, darüber nachzusinnen, was hätte sein können, wer er hätte werden können. Wie es war, hatte er damals den Anschlag als einziger überlebt und dabei sein vorheriges Leben und seine Vergangenheit verloren. Er war nun einfach nur einer der Mannen vom Berg ohne Familie, ohne Namen, ohne Land und bis auf seinen

Knappen Gero allein auf der Welt. Eine traurige Existenz, aber mehr würde er nie haben.

Er atmete tief ein, als ein wohlbekannter Druck sich wieder auf seine Brust legte. Insas Fürsorge weckte diese tief vergrabene Sehnsucht wieder in ihm, nach Zugehörigkeit, nach einem wahren Zuhause, jemandem, dem er etwas bedeutete und für den er da sein konnte. Es war nicht das eigene Land oder der Familiensitz, der ihm fehlte, es waren Menschen, die sein Leben teilen und seine Einsamkeit vertreiben würden. Nie hatte er darüber nachgedacht, eine eigene Familie zu gründen, zumindest solange er kein Heim hatte, das einer Ehefrau ein Zuhause bieten konnte. Eben hatte er noch festgestellt, dass derartige Hoffnungen völlig unsinnig waren, aber jetzt flammte plötzlich ein heißes Verlangen danach auf, zu jemandem zu gehören.

Nein, er musste sich immer wieder sagen, dass diese Träume sinnlos waren, selbst in dem unwahrscheinlichen Fall, dass er je ihr Herz gewinnen könnte. Sein Leben war in Gefahr und wenn er nicht seinen Verletzungen erlag, würden die Staufer ihn am Ende wahrscheinlich hinrichten. Dies war ganz sicher nicht die passende Zeit, über eine Familie nachzudenken. Trotzdem hielt er sich beharrlich an Insas Hand fest und wünschte sich, sie würde für immer bei ihm bleiben, während er wieder in den Schlaf glitt.

Jemand rüttelte an seiner Schulter. Der Schmerz weckte Evert und ließ ihn aufstöhnen.

Er riss die Augen auf und starrte in das Gesicht eines Mannes, der sich tief über ihn gebeugt hatte. Er hatte dunkelblonde Haare, einen ebenso gefärbten wilden Vollbart und blasse Haut. Er starrte drohend auf Evert herunter.

„Wie ist Euer Name und wem dient Ihr?", fragte der Mann barsch. Dann richtete er sich wieder auf und Evert sah den Dolch in der Hand des Kerls, der auf sein Herz gerichtet war.

„Evert", würgte er hervor. „Der Graf zu Berg ist mein Herr." Der Mann drückte die Spitze des Dolches gegen Everts Brust und ein scharfer Schmerz verriet ihm, dass er nicht zögern würde, ihn zu erstechen, wenn er nicht die gewünschten Antworten gab.

„Zu Berg also. Aber Evert ist nicht dein voller Name, wie heißt deine Familie?"

Evert schluckte. „Ich … ich habe niemanden. Das Lehen Düssel habe ich vor Kurzem erhalten. Das ist der Name, den ich führe, aber …"

„Keine Familie? Unsinn! Du lügst! Jeder stammt von irgendwem ab. Bist du ein Gemeiner, der sich einen Titel erschlichen hat? Oder verbirgst du deine wahre Identität? Ohne Familie bist du wertlos. Niemand wird für dich ausgetauscht, wenn du nur ein Gemeiner oder ein Hochstapler bist, das sollte dir klar sein", spie der Mann aus und lehnte sich mit der freien Hand fest auf seine verletzte Schulter.

Evert stöhnte laut auf und hatte kurz die Befürchtung, vor Schmerz das Bewusstsein zu verlieren. „Nein Herr, so ist es nicht", presste er hervor und erklärte mit abgehackten Worten, wie er sein Gedächtnis verloren hatte und warum er jetzt zu den Mannen von Berg gehörte.

„Na vielleicht findet der Berger dich doch noch wichtig genug, um dich auszutauschen. Wie viele Fußleute unterstehen dir, wie groß ist euer Lager, wie viele Truppen hat Otto insgesamt?" Die Fragen prasselten auf Evert ein, während die Spitze des Dolchs gegen seine Rippen stach und der Mann den Druck auf die Schulter noch erhöhte. Schmerz und die Gewissheit, dass der Dunkelhaarige ihn töten würde, nahmen ihm den Atem, doch einen gequälten Aufschrei konnte er nicht unterdrücken. Er war wertlos, ja das hatte er auch vorher schon gewusst. Aber er konnte trotzdem seine Leute nicht verraten. Selbst wenn er es täte, würde das wahrscheinlich sein Leben nicht retten, also presste er die Lippen zusammen, während er sich fieberhaft irgendwelche Antworten zurechtlegte.

„Rede schon du nutzloses Stück Welfendreck. Wie viele Ritter, wie viele Fußleute? Du bist ein toter Mann, wenn du nicht sofort auspackst." Der Dolch bohrte sich in Everts Haut, und der Mann stieß noch einmal heftig gegen seine Schulter. Der flammende Schmerz nahm ihm den Atem und er japste hilflos.

„Zweihundert", keuchte er. „Meine Leute, zweihundert. Wir sind fünfzehn Ritter von der Grafschaft Berg. Jeder hat so viele oder mehr. Dann noch der Graf von Flandern, der Erzbischof von Köln und all die anderen Grafen. Es sollen über hunderttausend sein", brachte er abgehackt hervor.

Der Mann nahm den Dolch und die Hand auf der Schulter fort und trat einen Schritt zurück. Evert atmete erleichtert auf.

Natürlich waren sie nicht so viele, nicht mehr nach all den Entbehrungen und Kämpfen der letzten drei Wochen. Aber er hoffte, dass die Staufer einlenken und die Stadt übergeben würden, wenn die Überzahl so mächtig erschien. Er würde alles tun, um diesen Krieg zu einem schnellen Ende zu bringen. Vielleicht hatte er hier endlich die Gelegenheit, wirklich etwas beizutragen.

„So viele, tatsächlich?", brummte der Mann. „Wenn ihr lügt, werde ich euch töten", fügte er noch hinzu und schoss einen letzten finsteren Blick auf Evert herunter. Dann wandte er sich ab, verließ den Raum und knallte die Tür laut hinter sich zu.

Einen Herzschlag später stürmte Insa in die Nähstube. „Oh Himmel, Evert" Tränen liefen an ihren Wangen herab, während sie sich über die neue Wunde auf seiner Brust beugte. „Ich hatte solche Angst um euch. Was hat er getan, dieser schreckliche Frerich?" Hastig zog sie das Hemd hoch und presste ein Tuch auf den frischen Schnitt.

„Es ist nicht tief", knurrte Evert, aber seine Stimme war von Schmerz verzerrt. Tatsächlich hatte der Dolch die Haut nur angekratzt und war dann anscheinend auf einer Rippe gelandet, aber die Schulter brannte, als stecke dort wieder ein Metallstück im Fleisch.

„Ich habe gedacht, er bringt euch um. Ich hasse ihn!" Insa presste das Tuch fester auf Everts Rippen, und der Schmerz wurde von einem neuen, seltsam warmen Gefühl abgelöst. Sie hatte Angst um ihn gehabt, er war ihr nicht gleichgültig. Ein schmales Lächeln zuckte um seine Lippen und Hoffnung ließ sein Herz schneller schlagen. Er hasste es allerdings, ihre Tränen zu sehen, und er hasste es noch mehr, dass er der Grund dafür war. Langsam hob er eine Hand und wischte mit dem Daumen über ihre Wange.

„Ich danke euch für Eure Sorge, Insa. Es ist vorbei und ich lebe noch. Sie werden mich bald austauschen, denke ich, aber bis dahin muss ich Euch noch zur Last fallen."

„Unsinn", schalt sie. „Ihr seid keine Last. Ich hoffe nur, dass alles gut ausgeht und ihr irgendwann zu eurer Familie zurückkehren könnt." Sie schlug die Augen nieder und starrte auf den blutigen Lappen in ihrer Hand. „Ihr habt sicher eine Frau und Kinder, die auf Euch warten", murmelte sie.

„Nein, habe ich nicht. Keine Ehefrau, keine Kinder, nicht einmal Eltern oder Geschwister." Und zum zweiten Mal an diesem Tag erklärte er, was vor acht Jahren geschehen war und warum er nicht einmal seinen wahren Namen wusste.

Evert beobachtete Insa bei der Arbeit, ohne dass sie es bemerkte. Leise sang sie wie immer und ihre flinken Finger stachen im Rhythmus des Liedes in den Stoff. Sie nähte an einem Kleidungsstück aus blauem Material und gerade als sie zum Schluss kam, die Nadel in das Kissen steckte und aufstand, trat ein blonder, breitschultriger Mann ins Zimmer.

„Schau mal Thies, dein neues Hemd ist fertig." Mit einem fröhlichen Lächeln breitete sie das elegante Kleidungsstück auf dem Tisch aus. „Das ging aber schnell und schön ist es geworden. Vielen Dank, mein Herz." Er umfasste ihre Taille, zog sie zu sich heran und gab ihr einen Kuss auf die Wange.

Ein Stich fuhr in Everts Herz und er schluckte schwer.

Natürlich hatte eine so wundervolle Frau schon jemanden, der sie liebte. Es war dumm, dass diese Feststellung ihn so sehr berührte, aber trotzdem weckte sie eine plötzliche Niedergeschlagenheit, die er nicht verdrängen konnte.

„Einen guten Tausch habe ich da gemacht, nicht wahr?", stellte der Mann – Thies – fest und sah mit einem schelmischen Grinsen zu Evert herüber. Dann wurde seine Miene sehr ernst, beinahe finster, als hätte er sich plötzlich an etwas Schlimmes erinnert. „Es war nicht meine

Absicht", murmelte er mit einem Nicken zu Evert, dann nahm er das Hemd und verließ die Nähstube schweigend.

Er hatte keine Ahnung, was Thies meinte, aber er wollte es auch gar nicht wissen. Resigniert schloss er die Augen und drehte den Kopf zur Wand. Warum hatte er sich nur die dumme Hoffnung vorgaukeln können, dass er Insa irgendetwas bedeuten könnte? Nur weil sie sich Sorgen um ihn gemacht hatte, als dieser Frerich ihn bedroht hatte? Unsinn, sie kümmerte sich freundlich um ihn, aber ihr Herz gehörte natürlich jemand anderem. Ein absurdes Gefühl des Verlusts schnürte ihm die Kehle zu.

„Hallo Evert", grüßte Insa und setzte sich wie immer auf die Kante des Stuhls, der neben seinem Bett stand. „Wie geht es Euch?"

Er schob seine Enttäuschung in den Hintergrund und wandte ihr den Kopf zu. „Guten Morgen mein Engel. Es geht mir schon viel besser. Ich danke Euch für alles." Evert starrte jetzt an die Decke, um sie nicht ansehen zu müssen, und zwang die nächsten Worte heraus. „Was meinte Euer Mann mit einem guten Tausch?"

Sie antwortete nicht gleich, als müsse sie erst über seine Frage nachdenken, dann lachte sie plötzlich.

„Thies ist mein Bruder, nicht mein Mann. Die Kleidung, die Ihr tragt, ist von ihm. Ich hatte ihm versprochen, im Tausch dafür etwas Neues zu nähen."

Everts Kopf fuhr herum und er sah in ihr strahlendes Lächeln. Sein Herz schlug noch härter gegen seine Rippen als zuvor und er hielt für einen Moment den Atem an.

„Euer Bruder? Nicht Euer Mann?" Himmel, er wiederholte ihre Worte, als wäre er nicht ganz richtig im Kopf. „Ihr seid nicht verheiratet?"

Insa lachte wieder. „Nein, bin ich nicht. Mein Bruder und mein Vater sind die ganze Familie, die ich habe." Unwillkürlich entfuhr Evert ein erleichterter Seufzer und er griff nach ihrer Hand. Er wusste nicht, was er sagen sollte, schlug die Augen nieder und zog ihre Hand auf seine Brust, wo sie ihn schon so oft berührt hatte.

„Insa, ich ..." Er schluckte. „Ich danke Euch ... für die Kleidung und ... und für alles andere", stotterte er verlegen.

Sie sah ihn mit einem fragenden Blick an, aber er wollte nicht mit ihr über die Gefühle sprechen, die er nicht einmal vor sich selbst rechtfertigen konnte. Stattdessen stellte er eine Frage, die er für unverfänglich hielt.

„Was meinte Euer Bruder, als er sagte, es war nicht seine Absicht?" Nun verschloss sich Insas Miene und sie wandte den Blick ab.

„Das sollte er Euch wohl selbst sagen", wich sie aus und stand hastig auf. „Ich hole noch eine Kanne Tee." Insa eilte zur Tür, aber Evert wollte sie nicht so schnell gehen lassen.

„Bitte wartet. Ich wollte nicht unhöflich sein. Wenn Ihr nicht darüber sprechen wollt, muss ich ihn eben fragen." Evert konnte das Gefühl nicht abschütteln, dass es etwas

Wichtiges war, das ihr Bruder gesagt, aber eben doch nicht gesagt hatte.

Insa saß am Abend in der Küche und trank einen Tee. Es würde nicht mehr lange dauern, bis Thies, Bas und die Staufer zum Essen kämen, aber im Augenblick war alles noch still. Sie genoss die Ruhe, denn sie würde nicht mehr lange anhalten. Lenne war in den kleinen Garten hinter dem Haus gegangen, um Kräuter und Gemüse zu gießen, denn der heutige Tag war wieder heiß und trocken.

Eine Tür klappte zu und Insa erwartete, dass Lenne hereinkommen würde. Stattdessen ertönte ein seltsames Poltern im Flur. Sie stellte die Tasse ab und erhob sich, um nachzusehen. Ehe sie bei der Tür war, öffnete diese sich jedoch und Evert stand dort.

Er schwankte bedenklich, seine Hand am Türknauf zitterte und er sah aus, als würde er jeden Moment umkippen. Sein Gesicht war hochrot, die Augen glasig und sein Blick irrte umher, als könne er nicht richtig sehen.

Wundfieber, schoss es Insa durch den Kopf, während sie um den Tisch herum eilte, um ihn wieder in die Nähstube zurückzubringen.

„Mein Engel." Everts Stimme war kratzig und die

Worte klangen, als wäre er betrunken.

„Evert, was tut Ihr hier? Ihr dürft noch nicht aufstehen, die Wunde kann sich wieder öffnen." Insa stand vor ihm und wusste nicht, wie sie ihn zum Umkehren bewegen sollte, denn er reagierte gar nicht auf ihre Worte.

„Mein Engel", stieß er noch einmal hervor und starrte sie mit fiebrigem Blick an. Dann stolperte er nach vorn und sie hatte keine Wahl, als beide Arme um ihn zu schlingen, damit er nicht zu Boden stürzte. Sein Kopf sank auf ihre Schulter, seine Arme schlossen sich um ihren Körper und zusammen taumelten sie rückwärts gegen die Wand.

„Evert!" Insa erstarrte. Sofort erinnerte sie sich an Frerich und die Art, wie er sie angefasst hatte. Evert tat nichts dergleichen. Er lehnte sich nur kraftlos gegen sie und würde sicher umkippen, wenn sie ihn losließe. Sein Körper strahlte unnatürliche Hitze aus und sie ahnte, dass er nicht ganz bei Sinnen war. Er wäre sonst niemals aufgestanden. Seine Verletzungen mussten ihm große Schmerzen bereiten und es war offensichtlich, dass er sich kaum aufrecht halten konnte.

In dem Moment vernahm sie, wie die Haustür sich öffnete und mehrere Männer hereinkamen. Sie konnte Thies und Heinrich reden hören, aber wahrscheinlich war auch ihr Vater Bas bei ihnen. Die Küchentür stand noch offen und Bas erschien im Türrahmen.

„Insa, ich brauche dich", stöhnte Evert an ihrer

Schulter und im nächsten Moment brach die Hölle los.

Thies stürzte auf sie zu und packte Evert von hinten. Ihr Vater Bas nahm ihren Arm und zog sie zur Seite, während Heinrich ebenfalls auf Evert zustürzte und ihn offenbar schlagen wollte.

„Nein! Nein! Lasst das!", schrie Insa und befreite sich mit einem harten Ruck aus dem Griff ihres Vaters. Evert lag am Boden und stöhnte, während Thies ihn mit einer Hand festhielt und mit der anderen Heinrich beiseite stieß.

Insa kniete sich neben Evert und hielt ihren Arm schützend über sein Gesicht, während Heinrich mit ihrem Bruder rang und beide gegen den Tisch stolperten.

„Insa, was ist hier passiert? Was tut er überhaupt in der Küche?", fragte ihr Vater, fasste wieder ihren Oberarm und wollte sie von Evert wegziehen. Sie wehrte sich entschieden und musste sich im nächsten Moment unter Heinrichs Faust wegducken. Er hatte offenbar nach Thies schlagen wollen, war aber ins Straucheln gekommen.

„Hört alle auf, um Himmels Willen", rief sie, so laut sie konnte, und unerwarteterweise hielten die drei Männer inne. „Es ist gar nichts passiert. Er hat Fieber, er ist überhaupt nicht bei Sinnen, und ihr offenbar auch nicht", schimpfte sie.

Heinrich trat drohend einen Schritt auf sie zu und brüllte. „Er hat Euch angefasst, dazu hat er kein Recht. Er ist ein Gefangener und ich werde ihn jetzt in den Turm bringen."

„Das werdet Ihr nicht!", riefen Insa und Thies zugleich und Insa fuhr verwundert zu ihrem Bruder herum. Er war auf ihrer Seite?

Evert hatte seinen Rücken langsam an der Wand hochgeschoben, so dass er jetzt neben der Geschirrkommode saß. „Ich bitte um Vergebung", presste er hervor.

Sofort wandte Heinrich sich zu ihm. „Das ist nicht zu vergeben. Ich war einverstanden, Euch hier zu belassen, aber wenn ich gewusst hätte, dass ihr Frau de Jong bedrängen würdet, hätte ich nie zugestimmt." Er war offensichtlich immer noch aufgebracht und seine Stimme dröhnte durch die Küche, auch wenn er seinen Ton nun etwas gemäßigt hatte.

„Ihr werdet ihn nicht anfassen", bestimmte Thies und schob sich zwischen Heinrich und Evert, wobei er in seiner Hast auf Insas Hand trat, mit der sie sich neben Evert abgestützt hatte. Mit einem Aufschrei wich sie zurück und Evert zog sie mit seinem gesunden Arm außer Reichweite der beiden Streithähne.

„Ich werde dich beschützen", keuchte er, und Insa schnaubte. Die ganze Situation war so absurd, dass es schon fast lächerlich erschien.

„Setzt euch alle. So hat das doch keinen Zweck", bestimmte Bas. Thies und Heinrich starrten sich feindselig an, nickten dann aber beide und traten einen Schritt voneinander zurück. Insa presste ihre verletzte Hand an ihre Brust und blieb einfach neben Evert sitzen. Die Finger pochten und fühlten sich heiß an, aber sie konnte sie noch bewegen, es war offenbar nichts gebrochen.

„Ihr braucht ein Tuch und kaltes Wasser", stellte Evert fest und machte Anstalten aufzustehen.

„Bleibt sitzen, Ihr könnt ja kaum klar denken vor lauter Fieber. Das kann Thies machen", sagte sie und nickte in Richtung ihres Bruders. Der hockte sich neben sie und fasste vorsichtig ihre Hand, um sie in Augenschein zu nehmen.

„Es tut mir leid, Schwesterherz. Ich hole dir etwas zum Kühlen, und dann trinkst du auch den Tee gegen die Schmerzen."

„Warte, du musst erst etwas anderes für mich tun. Geh zu Heske und erzähl ihr das mit Everts Fieber. Wir brauchen andere Kräuter dafür."

Thies nickte und stand auf. Zuerst tauchte er ein Küchentuch in den Wassereimer neben dem Spülstein und reichte es ihr, dann füllte er den Kessel und gab drei Maß Kräuter für den Tee in die Kanne.

„Er wird in den Hungerturm gebracht, das diskutiere ich nicht mehr", bestimmte Heinrich, aber Bas schnitt ihm das Wort ab.

„Er hat Fieber, das seht Ihr doch. Das ist der schlechteste Zeitpunkt, ihn sich selbst zu überlassen."

„Er hat Eure Tochter angegriffen. Seht Ihr denn nicht, dass man ihm nicht trauen kann. Er ist ein Welfe. Was wird noch passieren, wenn es ihm besser geht?"

„Hat er nicht!", fuhr Bas auf. „Wenn meine Tochter sagt, es ist nichts geschehen, dann glaube ich ihr. Euer Mann hat sie in den vergangenen Tagen belästigt. Dass er ein ach so ehrenwerter Staufer ist, hat ihn davon nicht abgehalten."

Heinrich stöhnte auf. „Ich habe ihn zurechtgewiesen, es wird nicht wieder vorkommen", gab er deutlich leiser zurück. „Aber das Problem mit dem Gefangenen hat damit nichts zu tun. Eure Tochter ist hier allein mit ihm und das ist nicht sicher. Ich kann keinen Mann nur zur Bewachung eines einzelnen Gefangenen abstellen."

Während Insa der Diskussion am Tisch zuhörte, nahm Evert ihr den nassen Lappen aus der Hand und wickelte ihn vorsichtig um ihre Finger.

„Es tut mir so leid, ich wollte das alles nicht. Ich … ich habe keine Ahnung, was ich wollte.", flüsterte Evert, so dass nur sie es hören konnte.

„Bitte, Heinrich", begann Insa und stand langsam auf. Dann setzte sie sich ihm gegenüber hin und fuhr fort. „Es ist nichts geschehen. Er kam in die Küche und konnte sich kaum auf den Beinen halten. Ich habe nur versucht, ihn aufzufangen, ehe er hinstürzt."

Heinrich schüttelte den Kopf. „Ich habe gesehen, wie der Welfe Euch festgehalten hat, und ich habe gehört, was er gesagt hat. Das klang nicht sehr unschuldig."

„Ach, was für ein Unsinn", mischte Thies sich nun ein. „Ihr seid nur eifersüchtig. Ich sehe doch, wie Ihr meine

Schwester anschaut, wenn ihr denkt, sie bemerke es nicht."

Heinrich stand wieder auf und trat auf Thies zu. „Ich leugne nicht, dass Eure Schwester mir sehr am Herzen liegt, aber das hat gar nichts mit dem zu tun, was hier geschehen ist.", spie er in Thies Richtung und Insa befürchtete, er würde ihrem Bruder gleich an die Kehle gehen. „Ich würde mich ihr niemals ungebeten nähern und ich werde dafür sorgen, dass das auch niemand anderes tut", fuhr er fort und sah dabei voller Wut auf Evert herunter.

„Heinrich, es ist aber gar nichts geschehen. Bitte nehmt mein Wort darauf, dass Everts Verhalten bisher stets ritterlich war und er nichts Unschickliches getan hat."

Er wandte seinen Blick von Evert zu ihr und schüttelte resigniert den Kopf. „Ihr verteidigt ihn? Euch liegt offenbar viel an dem Gefangenen, aber Ihr müsst bedenken, dass er auf der falschen Seite steht."

„Das gilt nur für Euch. Ich selbst habe nie eine Seite gewählt." Insa hielt inne und sah sich in der Küche um. Niemand sprach, aber alle starrten sie an, als hätte sie gerade Gott geleugnet. Tränen schwammen in ihren Augen, aber sie blinzelte sie fort, und ehe sie sich eines Besseren besinnen konnte, sprudelten weitere Worte aus ihr heraus.

„Warum gibt es hier überhaupt falsch und richtig? Wir

sind doch alle nur Menschen. Sind die gesellschaftlichen Unterschiede nicht schon genug? Die Leibeigenen und die Freien, dann Bauern, Bürger und Adel, man wird in seinen Stand hineingeboren und hat niemals die Chance, mehr zu sein. Niemand wird für das beurteilt, was er tut, wer er ist, nur für den Stand, in dem seine Eltern stehen." Insas Gesicht brannte und sie wusste, dass sie knallrot angelaufen war. Sie sollte den Mund halten, aber die Worte sprudelten aus ihr heraus, als wäre ein Deich gebrochen.

„Dann kommen die Handwerksgilden, die Kirchen, die Stadtoberen und schreiben vor, was man arbeiten darf, was man denken soll und in welchem Viertel man wohnen muss. So sehr mich das ärgert, ich weiß immerhin, wo ich hingehöre." Sie holte tief Luft und stieß den Zeigefinger ihrer gesunden Hand in Heinrichs Richtung. „Aber dann kommt Ihr mit euren zwei Königen und teilt die Menschen in der Mitte durch. Jeder wird auf eine Seite gezogen, ganz gleich, was er darüber denkt. Ich weigere mich, das zu tun. Ich bin eine freie Bürgerin und werde keine Seite wählen." Sie hieb mit der Faust auf den Tisch und erschrak selbst über das laute Krachen, das beinahe ihre Stimme übertönte. Vor Empörung bebte sie am ganzen Leib und als sie innehielt, sah sie, dass alle Männer sie mit großen Augen anstarrten. Niemand sagte mehr etwas und in der plötzlichen Stille konnte Insa ihren eigenen Herzschlag hören.

Gerade als das Schweigen unerträglich wurde, ging die Hintertür und einen Augenblick später kam Lenne herein. Insa hörte, wie sie eine Entschuldigung murmelte und dann zur Kochstelle eilte. Insa wandte ihre Augen nicht von Heinrich ab, aber im Moment hatte sie vergessen, was der Anlass ihres Streits gewesen war. Ach richtig, er wollte Evert in den Turm werfen. Gerade wollte sie ihn noch einmal darum bitten, dass er hierbleiben könnte, da stand ihr Vater auf und kam herüber.

Er legte eine Hand auf ihre Schulter und raunte „Ich bin stolz auf dich, mein Mädchen. Du hast eine Leidenschaft, die ihresgleichen sucht, und du kannst besser mit Worten umgehen als unser Vogt oder die Räte. Aber solche Reden sind gefährlich, das weißt du. Sprich niemals in der Öffentlichkeit so." Er wandte sich an Heinrich und sah ihn prüfend an. „Ich hoffe, dass Ihr Schweigen bewahrt. Ich will nicht, dass meine Insa als Aufrührerin angeklagt wird. Die Zeiten sind auch so schon schwierig genug."

Der schüttelte den Kopf und seine Miene zeigte Entsetzen. „Ich würde niemals etwas tun, das Eurer Tochter schaden könnte, niemals. Ich dachte, das wüsstet Ihr."

Bas nickte und sah zu Evert hinüber. „Er sollte hierbleiben. Mit Wundfieber ist nicht zu spaßen und zum Austauschen ist er nutzlos, wenn er tot ist."

Insa war fassungslos über die kalte Art, wie ihr Vater über Evert sprach. So war er doch sonst nicht. Warum tat er derart distanziert? Gerade wollte sie ihn fragen, als Heinrich unerwartet zustimmte.

„Gut, er bleibt. Aber nur, wenn er sich Eurer Tochter gegenüber ehrenhaft verhält." Er sah Evert abschätzig an, aber der bemerkte offenbar nichts von der Diskussion, die um ihn herum vorging. Er hatte die Augen geschlossen und den Kopf nach hinten an die Wand gelehnt. Sein Gesicht war noch immer hochrot und sein Atem rasselte.

„Wir müssen ihn wieder hinüber schaffen", stellte Insa fest. „Er braucht auch Medizin." Sie sah sich hilfesuchend nach Thies um, der gerade mit dem fertigen Kräutertee für sie und Evert um den Tisch herumkam.

„Hier, Schwesterherz. Du bleibst sitzen, ich kümmere mich darum." Er stellte einen Becher vor ihr auf den Tisch und kniete sich dann neben Evert. Vorsichtig berührte er ihn an der gesunden Schulter, und als Evert die Augen öffnete, half er ihm beim Trinken.

Insa lächelte, denn ihr Bruder war normalerweise nicht für Vorsicht oder Höflichkeit bekannt. Er war nicht nur äußerlich breit und bullig gebaut, er benahm sich oft auch wie die sprichwörtliche Axt im Walde. Nur seine zukünftige Braut Sybille und Insa selbst kannten seine fürsorgliche, weiche Seite. Sie beobachtete Thies und Evert weiter, während sie nun ihren Tee trank. Ihr Bruder kümmerte sich um den Verletzten beinahe wie um ein Familienmitglied. Er hatte ihn auch energisch gegen Heinrich verteidigt. Tat er das, weil er wusste, dass es ihr wichtig war, oder gab es einen anderen Grund? Plötzlich fiel es ihr wieder ein. Es war sein Speer gewesen, der Evert beinahe getötet hätte. Waren es Schuldgefühle?

Als Thies wieder aufstand, bemerkte Insa, dass ihr Vater und Heinrich die Küche verlassen hatten. Nur Lenne hantierte noch bei der Kochstelle herum und begann Brot und Essschalen für das Abendessen auf den Tisch zu stellen.

„Evert, Ihr müsst wieder nach nebenan. Thies und ich werden Euch helfen", bot Insa an.

Er nickte nur matt, ein weiteres Zeichen dafür, wie schlecht es ihm ging. Thies zog Evert mit ihrer Hilfe auf die Beine und schleppte ihn durch den kurzen Flur in die Nähstube. Insa eilte voraus, um die Laken glatt zu ziehen, und es dauerte nicht lange, bis der völlig erschöpfte Evert wieder auf seiner Liege angekommen war.

„Insa, es tut mir leid", raunte er mit geschlossenen Augen, dann kippte sein Kopf zur Seite und er war offensichtlich wieder eingeschlafen.

„Ich gehe zu Heske und besorge Kräuter gegen das Fieber", versprach Thies. Dann nahm er Insas Hand und wickelte den Lappen ab, der inzwischen warm geworden war. „Hierfür gibt es bestimmt auch eine Salbe."

Sie bewegte probeweise die Finger und stellte fest, dass es nicht so schlimm war, wie es sich zuerst angefühlt hatte. „Schon gut. Ich mach den Lappen noch einmal nass, dann wird es schon gehen. Das Geld für die Kräuter nimmst du aus meinem Beutel oben in der Kommode."

„Nein, das werde ich nicht, ich kann das bezahlen, Schwesterherz. Ich habe viel wiedergutzumachen", gab Thies zurück und wandte sich zur Tür.

„Nein, du hast nur deine Pflicht erfüllt. Es sind viele Menschen auf beiden Seiten gestorben, viele haben getötet und wurden getötet. Aber du trägst keine Schuld für das, was Evert passiert ist."

Thies wandte sich in der Tür noch einmal um. „Ja, mein Kopf versteht das. Aber jetzt, da ich ihn persönlich kenne, ist das Gefühl von Schuld mit logischen Erklärungen nicht mehr zu vertreiben. Ich sehe, wer er ist und wie viel er dir bedeutet, und wünschte, ich hätte den Speer nie geworfen."

„Aber dann wäre er jetzt nicht hier, ich hätte ihn nie kennengelernt und du auch nicht. Wer weiß schon, wohin uns dies alles führt. Vielleicht wird all das doch noch ein gutes Ende finden. Ich hoffe es."

Thies nickte schweigend, verließ die Nähstube und ließ Insa mit ihren Gedanken allein.

8 Auf dich warten

Schlafen, essen, trinken, wieder schlafen. Evert hatte kein Gefühl dafür, wie lange er schon hier war und während er Insa beim Nähen beobachtete, fragte er sich, wann die Staufer ihn wohl holen würden. So dringend er jeden einzelnen Tag für die Heilung brauchte, so schwer zu ertragen waren das Warten und die Ungewissheit. Insa hatte herausgefunden, dass sie ihn tatsächlich gegen irgendwen austauschen wollten und offenbar bereits Verhandlungen aufgenommen hatten. Das war sein Glück, denn deswegen lag es in ihrem Interesse, dass er am Leben blieb. Sicher war das der Hauptgrund, dass er noch nicht bei den anderen Gefangenen im Hungerturm gelandet war, aber wann es nun endlich so weit wäre und ob er bis dahin hierbleiben durfte, konnte ihm niemand sagen.

Der Dunkelhaarige – Frerich – war Gott sei Dank nicht mehr zurückgekehrt und Evert hoffte, dass seine Aussage zu den Zahlen von König Ottos Männern irgendwie zu einem schnellen Ende der Belagerung beitragen konnte. Zu viele Männer hatte er sterben sehen, direkt vor dem Stadttor und auch im Lager an den zuvor erlittenen Verletzungen. Sie alle durften ihr Leben nicht umsonst geopfert haben.

Viele von ihnen kannte er schon so lange, wie er beim Grafen im Dienst stand und hatte sie selbst an den Waffen ausgebildet. Es waren teils Leibeigene, teils Söhne von freien Bauern und auch Männer, die, wie er selbst, verkauft worden waren. Eltern verkauften ihre Kinder an die Lehensherren in der Hoffnung, ihnen eine bessere Zukunft im Dienste des Grafen bieten zu können. Vor einigen Jahren, als eine Dürre durchs Land gezogen war, hatten viele Bauern ihre Söhne und Töchter weggegeben, um wenigstens deren Überleben zu sichern, und auch um weniger hungrige Mäuler von den kargen Erträgen durchfüttern zu müssen. Zu viele dieser Männer, und einige waren noch nicht einmal erwachsen, verloren hier ihr Leben. Evert fühlte sich für jeden seiner Fußleute verantwortlich, auch wenn er nicht wirklich viel gegen den sinnlosen Tod unternehmen konnte. Immerhin war Gero als sein Knappe nicht verpflichtet, selbst vor der Mauer zu kämpfen. Seine Aufgabe war es, Everts Pferd zu pflegen, das Zelt, das er sich mit Rainald teilte, in Ordnung zu halten und in der übrigen Zeit bei der Arbeit in der Feld-küche zu helfen. Evert machte sich stets Sorgen um den Jungen, der ebenso heimatlos war wie er selbst. Diese Tatsache verband sie, auch wenn der Altersunterschied zwischen ihnen etwa dem von Vater und Sohn entsprach.

Insa hatte noch nicht bemerkt, dass Evert aufgewacht war, und sang wieder ein fröhliches und beschwingtes Lied über den Frühling, das er nun schon mehrmals gehört hatte.

„Guten Morgen, mein Engel. Wie lange bin ich nun schon hier?", fragte er. Immer noch nannte er sie ab und an Engel, und es schien, als hätte sie sich inzwischen daran gewöhnt.

„Fünf Tage. Wie geht es Euch heute?" Sie lächelte ihn wieder so warm und liebevoll an, dass sein Herz schneller schlug.

„Danke, es geht mir inzwischen sehr viel besser", antwortete er und griff nach ihrer Hand, als sie zu seiner Liege herüberkam. Die Berührung war inzwischen so vertraut, dass er es tat, ohne weiter darüber nachzudenken. Trotzdem war er sich ihrer Nähe und Berührung sehr bewusst. Wieder verfluchte er die Umstände, die sie zusammengebracht hatten. Aber würden die Könige sich nicht bekriegen, hätte ihn die Lanze nicht getroffen, dann wären sie sich wohl nie begegnet. Der Gedanke war auch nicht viel besser.

„Ich bereite Euch noch einen Tee. Die Kräuter zum

Schlafen sind aufgebraucht. Wenn es zu schlimm wird, sagt mir das bitte. Ich werde dann noch welche besorgen." Insa wollte sich abwenden, aber er hielt ihre Hand fest.

„Ich brauche diesen Tee nicht mehr. Ab heute möchte ich nicht mehr nur daliegen und alle Tage verschlafen. Ich würde gern nachher versuchen aufzustehen, es geht mir wirklich schon viel besser."

Insa wandte sich kurz um und lächelte. „Gut, dann koche ich Euch heute unseren normalen Kräutertee." Dann öffnete sie trotz allem die Tür und verschwand in Richtung Küche.

Nach einigen Minuten kehrte sie mit dem Tee und einem Frühstück zurück und damit sie nicht gleich wieder verschwand, begann Evert, sie mit vielen allgemeinen Fragen in ein Gespräch zu verwickeln. Gott sei Dank setzte sie sich wieder an ihren Nähtisch und erklärte ihm geduldig alles über die Stadt Aachen und über ihre frühere Heimat Maastricht, während sie weiterarbeitete.

Auch Evert selbst erzählte ihr von seinen Aufgaben und den Verhältnissen in den Ländereien des Grafen von Berg, seinem Lehensherrn. Sie diskutierten auch die politische Lage und spekulierten über den Ausgang des Thronstreits zwischen Otto und Philipp. Er war überrascht zu hören, wie gut sie über diese Angelegenheiten informiert war. Ihre Muttersprache war Flämisch, aber offensichtlich war sie sehr belesen und hatte neben der deutschen Sprache auch Französisch und Latein gelernt. Sie flachsten über die Stücke des Hofdichters Walther von der Vogelweide und lachten gemeinsam über seine geschwollene Ausdrucksweise und wie er, aufgrund persönlicher Ansichten, in seinen Werken die Wahrheit meist deutlich einfärbte.

Evert genoss die Unterhaltung und war froh, nicht mehr so benebelt zu sein wie in den letzten Tagen. Er hatte nicht einmal eine Stunde die Augen offenhalten können, ehe der Tee wieder gewirkt hatte und seine täglichen Gespräche mit Insa waren immer viel zu kurz gewesen.

Je länger sie nun redeten, desto mehr Gemeinsamkeiten fanden sie. Am meisten erstaunte ihn, dass sie sogar reiten konnte und es liebte, auf dem Pferderücken durch die Wälder zu streifen. Als junges Mädchen hatte sie mit ihrem Bruder lange bei einem Onkel außerhalb der Stadt gelebt. Dort hatte sie das Reiten und die Liebe zur Natur entdeckt. Die Pferde, die Freiheit und Stille der Wälder fehlten ihr hier in der Stadt sehr.

Er wartete angespannt auf ihre Reaktion, als er ihr von seinem Zuhause Düssel erzählte. Natürlich kannte er Düssel bis jetzt nur von dem, was ihm darüber berichtet worden war, aber inzwischen freute er sich darauf, alles selbst in Augenschein zu nehmen. Eine Burg konnte man es eigentlich nicht nennen, denn verglichen mit der Burg seines Herrn war es kaum mehr als ein großer Hof mit mehreren Gebäuden und einem hohen Holzturm als

Burgfried in der Mitte. Immerhin war der Hof mit einer Außenmauer befestigt und hatte zudem einen recht tiefen Wassergraben und eine Zugbrücke. Ein Dorf mit eigener Kirche und fünfzehn abgabepflichtige Höfe sowie fast hundert leibeigene Bewohner gehörten ebenfalls dazu. Außerdem gab es eine kleine Mühle und eine Schmiede.

„Es muss wunderbar sein, in seiner eigenen Burg zu wohnen, mit dem Dorf und dem Land und Wald darum herum", schwärmte Insa.

Er schluckte und starrte zu Boden. „Ich weiß es wirklich nicht, aber ich befürchte, es wäre recht einsam dort. Vor meiner Abreise habe ich Düssel noch nicht besuchen können, aber ich bin nicht sicher, ob ich wirklich dort leben werde. Der Dorfälteste verwaltet das Lehen, bis ich zurückkehre. Ich wohne ja bisher in der Burg des Grafen von Berg mit dem übrigen Gesinde." Kurz sah er zu ihr auf. „Wenn ich eine Familie hätte, wäre das natürlich etwas ganz anderes."

Insa sah ihn ungläubig an. „Mit dem übrigen Gesinde?", wiederholte sie. „Ihr seid doch ein Ritter, ein Adeliger. Ihr werdet nicht wirklich im Gesindehaus wohnen."

Evert schüttelte den Kopf. „Ich bin niemand", presste er hervor. „Ich habe Euch doch erzählt, wie ich nach einem Überfall halb tot gefunden und als Leibeigener verkauft wurde. Ohne einen bekannten Stammsitz und eine unanfechtbare Abstammung kann ich eigentlich nicht zum

Adel zählen, auch wenn der Graf mich jetzt zum Ritter geschlagen hat."

Er schluckte. Diese Gedanken hatte er noch nie laut ausgesprochen, aber es war ihm wichtig, dass Insa verstand, wer er war, und vor allem, wer er nicht war. „Ich gehöre nicht in die Runde der Ritter von Berg, nicht wirklich. Ich bin in Wahrheit nicht mehr als ein streunender Hund, der von der Freundlichkeit der anderen lebt. Nur der Güte des Grafen verdanke ich, dass ich wenigstens ein Dach über dem Kopf habe."

„Nein! Das ist völliger Unsinn", unterbrach Insa ihn scharf. „Ihr seid gebildet, Ihr seid gut genug an den Waffen und im Reiten, dass Ihr andere darin ausbildet, so wie Ihr mir erzählt habt. Außerdem tragt Ihr große Verantwortung für Eure Fußleute und Euren Knappen. Diese Verantwortung nehmt Ihr nicht leicht, das konnte ich aus Euren Worten heraushören. Der Graf hat Euch belohnt, für sieben Jahre treue und gute Dienste. War es nicht so? Das sagt mir, dass Ihr hart gearbeitet habt, härter als viele andere, die ihr Land und ihren Titel einfach geerbt haben. Ihr habt nichts, aber auch gar nichts mit einem streunenden Hund gemein." Ihr Wortschwall war immer lauter geworden, bis sie den letzten Satz böse fauchte.

Evert schüttelte verwundert den Kopf. Das war es, was sie in ihm sah? „Aber ..." begann er.

„Kein Aber. Ihr erkennt offenbar Euren eigenen Wert nicht, und es ist traurig, dass ich Euch das sagen muss, die ich Euch erst seit wenigen Tagen kenne. Eure Freunde würden dies sicher bestätigen, oder behandeln sie Euch herablassend?"

„Das tun sie nicht, ganz im Gegenteil", musste Evert zugeben.

„Seht Ihr, Euer Selbstbild hat offenbar Schaden genommen, als Euch diese schlimmen Dinge geschehen sind, aber Ihr seid ein guter und ein wertvoller Mensch." Sie riss erschrocken die Augen auf. „Und nun ist es schon das zweite Mal, dass Ihr auf dem Schlachtfeld beinahe gestorben seid." Sie legte beide Hände an seine Wangen und sah ihm eindringlich in die Augen. „Aber ihr habt überlebt, habt es wieder geschafft. Ihr seid ein Kämpfer mit unendlich viel Mut und Kraft. Das Schicksal ist Euch wohlgesonnen, weil Ihr ein besonderer Mensch seid."

Evert schloss für einen Moment die Augen und atmete zitternd ein. Ihre Hände rahmten noch immer sein Gesicht ein und diese liebevolle Geste ließ ihn innerlich beben. „Das Schicksal hat Euch zu mir geschickt, Insa. Das ist das allergrößte Geschenk", flüsterte er.

Im nächsten Moment spürte er ihre Lippen auf seinen und ungläubiges Staunen erfüllte ihn. Zaghaft erwiderte er den Druck und hob seine Hand zu ihrer Schulter. Im nächsten Moment wich sie jedoch zurück und starrte ihn erschrocken an.

„Verzeihung", keuchte sie atemlos, dann sprang sie auf und verschwand aus der Nähstube.

Wie zu Stein erstarrt saß er da und schaute ihr nach. Sie hatte ihm einen Kuss geschenkt. War es wirklich Zuneigung oder nur Mitleid, was sie dazu bewegt hatte? War es möglich, dass sie ihn so ganz anders sah als er sich selbst? Ihren Worten nach hielt sie viel von ihm, mochte ihn, bewunderte ihn sogar. Er konnte es kaum fassen. Gab es wirklich Hoffnung, dass er in ihren Augen gut genug war, sie zu umwerben? Durfte er es wagen? Nachdenklich lehnte er sich zurück und starrte aus dem Fenster.

Wenn sie mit ihm käme, wäre seine neue Burg ganz sicher nicht kalt und leer. Bei dem Gedanken schlug sein Herz schneller und die Sehnsucht danach, sie fest in seine Arme zu schließen, ließ ihn kurz die Luft anhalten.

Natürlich war das Unsinn, denn es war viel zu früh, irgendwelche Träume für die Zukunft zu spinnen. Tatsächlich war sein Leben, an dem er sich gerade erst so knapp festgekrallt hatte, keinen Pfifferling wert. Die drei Ritter, die ihn hier gefangen hielten, würden ihn früher oder später wegbringen und er konnte froh sein, wenn König Otto einem Austausch zustimmte. Falls das so käme, hatte er keine Möglichkeit, in die Stadt zurückzukehren, solange der Krieg andauerte. Im anderen Fall wäre er ohnehin tot. Es war recht sicher, dass er Insa niemals wiedersehen würde.

Bei diesem Gedanken zog seine Brust sich schmerzhaft zusammen, aber er musste den Tatsachen ins Gesicht sehen. Außerdem konnte er sich immer noch nicht vorstellen, dass diese wunderbare Frau einen einfachen Mann wie ihn nehmen würde. Resigniert schloss er die Augen. Er erinnerte sich an die erste Nacht in ihrem Haus, in der er mit dem Tod gerungen hatte. Es hatte sich angefühlt wie ein Albtraum, aber sie hatte ihre Hand auf seine Brust gelegt. Die Kraft zu leben war von ihrer Hand in sein Herz geflossen und hatte ihn zurückgeholt von dem Ort, von dem es eigentlich keine Rückkehr gab. Auch wenn der Gedanke, dass solche Dinge möglich waren, ketzerisch und irrgläubig wirkte, er fühlte, dass sie genau das getan hatte. Sie hatte ihn festgehalten, als die Dunkelheit ihn für immer fortreißen wollte. Er zitterte am ganzen Körper bei der Erinnerung an diese Stunden und wusste sicher, dass dies kein Traum und keine Einbildung gewesen war.

Insa stand in der Küche vor der Kochstelle und starrte in das Feuer. Was hatte sie nur getan? Noch nie hatte sie einen Mann geküsst. Noch nie hatte sie so starke und zugleich unerklärliche Gefühle verspürt. Wie konnte das nur geschehen? Die Trauer und Verlorenheit in seinem Blick, als er erklärt hatte, dass er kein Ritter war, hatte beinahe ihr Herz gebrochen. Konnte er denn nicht sehen, welch ein starker und wundervoller Mensch er war?

Zugegeben, sie kannte ihn erst seit wenigen Tagen und er hatte bis jetzt nichts getan, außer in ihrem Nähzimmer zu liegen. Aber sie hatten viel geredet, und seine Worte hatten von der Persönlichkeit, die sich hinter den langen Haaren und dem dichten Bart verbarg, ein eindrückliches Bild gezeichnet. Er war stark und fürsorglich, zäh und verletzlich, gebildet und doch nicht in der Lage, seinen eigenen Wert zu erkennen. Insa seufzte tief und starrte in die Glut des Ofens. Sie hatte ihr Herz verloren, so verrückt es in dieser verzwickten Situation auch erschien.

Nein, es war nicht das erste Mal, dass sie Zuneigung für einen Mann empfand, doch Henk, der beste Freund ihres Bruders, hatte ihre Gefühle nicht erwidert. Im Gegenteil, er hatte sich vor all seinen Freunden über sie lustig gemacht, als sie ihn gebeten hatte, sie zur Frau zu nehmen. Natürlich tat man so etwas nicht. Die Frau wartete, bis der Mann um sie freite und nach einigem Zögern erhörte sie ihn – vielleicht. Aber der Umzug nach Aachen hatte bevorgestanden und Henk hatte keinerlei Anstalten gemacht, ihr einen Antrag zu machen. Daher hatte sie mit ihrem vorlauten Mund und ihrer Neigung zum unendlichen Geplapper die Sache in die Hand genommen. Nun, immerhin hatte sie die Erniedrigung nur wenige Tage lang ertragen müssen, dann waren sie nach Aachen aufgebrochen und sie würde Henk und seine Kumpane nie wiedersehen. Es hatte fast ein Jahr gedauert, bis sie nicht mehr diesen schmerzhaften Stich spürte, wenn sie sich an ihn erinnerte. Wie auch immer sie benennen sollte, was sie für Henk gefühlt hatte, es war nur ein schwacher Abklatsch von der Zuneigung, die sie für Evert empfand.

Insa presste beide Hände auf ihr Herz in dem vergeblichen Versuch, es festzuhalten. Würde es wieder so sein? Würde auch Evert ihre Gefühle nicht erwidern und sie lächerlich machen? Wie hatte sie das nur tun können, ihn einfach ungefragt zu küssen?

Nein, Evert war anders. Er hatte sich für ihre Vorliebe für Pferde und Wälder genauso interessiert wie für ihre Meinung zur aktuellen Politik. Sie hatten viele Ansichten geteilt, über vieles gelacht und über manches heiß diskutiert. Insa hatte es sehr genossen, mit jemandem zu sprechen, der mehr von den Dingen da draußen wusste, als was um die nächste Hausecke passierte. Wie gern würde sie seine Welt besser kennenlernen, wäre wieder draußen, näher bei der Natur, weg von dieser engen, schmutzigen Stadt. Seine Burg, die er klein und unbedeutend nannte, wäre gewiss ein angenehmer Ort zum Leben. Ihr Herz klopfte in ihrem Hals, bei dem Gedanken, für immer mit ihm zusammen zu sein. Sie schloss die Augen und stellte sich vor, wie er sie in seine Arme zog, um sie nie mehr loszulassen.

Nein, ihre wilde Fantasie galoppierte mal wieder mit ihr davon. Dieser Traum konnte niemals wahr werden. Irgendwann in den nächsten Tagen müssten die Staufer ihn mitnehmen. Dann würden sie ihn austauschen und er wäre für immer fort. Tränen schossen in ihre Augen. Eilig lief sie aus der Küche, die Treppe hinauf und warf sich in ihrer Kammer auf das Bett. Mit weit geöffneten Augen starrte sie an die Decke. Eine Närrin schalt sie sich selbst. Sie kannte ihn kaum und schon wollte sie ihre Heimat verlassen, um mit ihm in irgendein wildes Bergland zu ziehen – oder Bergisches Land, wie er es nannte. Wer wusste denn, ob seine Geschichte überhaupt stimmte?

Sie konnte ihren Vater und ihren Bruder ja ohnehin nicht einfach so verlassen, wer sollte sich denn dann um die beiden kümmern? Außerdem würde ihr Vater die Erlaubnis sicher nicht geben. Nach einem Augenblick verwarf sie diesen Gedanken wieder. Auch ihre Eltern hatten aus Liebe geheiratet und es war ihnen immer ein großer Wunsch gewesen, dass ihre Kinder nicht aus wirtschaftlichen Überlegungen, sondern mit dem Herzen ihren Ehepartner auswählen sollten. Das war ganz und gar nicht die übliche Weise, sich um die Zukunft der Kinder zu kümmern, aber ihre Eltern folgten in vieler Hinsicht nicht den üblichen Traditionen. Auch ihr Unterricht im Lesen und Schreiben und in den Sprachen hatte dem Vater manche unfreundlichen Kommentare der Nachbarn und sogar die Schelte des Pfarrers eingebracht. Mädchen mussten dergleichen nicht lernen, das machte sie nur schwierig und aufsässig, hatte er gesagt. Um eine gute Mutter zu sein und das Haus zu führen, musste eine Frau nicht die Sprache der Kirche beherrschen und andere Fremdsprachen schon überhaupt nicht. Ihr Vater hatte aber darauf bestanden, dass sie seine Handelspartner verstehen musste, um die Rechnungen in den jeweiligen Sprachen zu lesen und richtig zuzuordnen. Sie sollte auf diese Art im Geschäft ihren Bruder unterstützen, wenn er es eines Tages übernehmen würde. Mit dieser Begründung hatte er all die Bedenken der anderen fortgewischt und sie weiter am Unterricht ihres Bruders teilnehmen lassen.

Thies war seit einigen Wochen bereits verlobt und wenn die Besatzer nicht alle Pläne zunichtegemacht hätten, würde er schon nächsten Monat heiraten. Dann würde Sybille, die älteste Tochter des Baumeisters, als seine Frau hier einziehen und sich um den Haushalt kümmern. Dass Insa den Haushalt führen musste, würde also bald nicht mehr stimmen und wäre somit keine Entschuldigung mehr, ihr eigenes Leben nicht in die Hand zu nehmen. Aber nein, es war trotzdem aussichtslos, Evert würde sie sicher nicht als seine Ehefrau mitnehmen wollen. Er war nur dankbar für ihre Hilfe, ein weiteres persönlicheres Interesse hatte er ganz bestimmt nicht. Und auch wenn sie den Gedanken aus Aachen fortzugehen, aufregend fand, traute sie sich nicht wirklich, alles zurückzulassen, was sie kannte.

Langsam beruhigte sich Insas Herzschlag wieder und sie stand von ihrem Bett auf. Sie hatte überhaupt keine Zeit, hier oben herum zu liegen und Träume zu spinnen, die sowieso nie in Erfüllung gingen. Sie musste sich um das Essen kümmern und dann ihre Näharbeiten weiterführen. Entschlossen wischte sie die letzten Tränen ab und trat an die Treppe.

Sie kehrte am Nachmittag nicht mehr in die Nähstube zurück, aber schließlich quälte sie doch das schlechte Gewissen. Es war ihre Aufgabe, Evert Tee und Abendessen zu bringen, und sie konnte das nicht jemand anderem aufladen, nur weil sie mit diesem Kuss wieder einmal unbedacht gehandelt hatte. So straffte sie den Rücken, stellte eine Schale vom Steckrübeneintopf und eine dicke Scheibe Brot zu dem Tee auf das Tablett und trug alles zusammen in die Nähstube. Ohne Evert anzusehen, stellte sie sein Essen auf den Hocker neben seiner Liege und wollte sich gerade wieder umwenden, als er die Hand nach ihr ausstreckte.

„Insa, bitte bleibt einen Moment." Er legte seine Finger nur leicht auf ihren Unterarm und hielt sie nicht fest. Trotzdem stand sie wie zu einer Säule erstarrt da, unfähig, sich einfach wieder abzuwenden.

„Bitte bleibt, ich muss Euch danken für Eure eindringlichen Worte und für die gute Meinung, die Ihr offenbar von mir habt."

Insa biss hart auf ihre Unterlippe, denn sie wollte auf keinen Fall mit ihm über den Kuss reden. Wenn sie erst ein Wort gesprochen hatte, würden weitere folgen, wie sie das immer taten, und sie würde wieder dumme Dinge sagen, wie beim letzten Mal.

„Insa, seid Ihr mir böse? Habe ich einen Fehler gemacht?" Evert sah sie so zerknirscht an, dass es ihr das Herz brach.

„Nein, habt Ihr nicht. Ich habe einen Fehler gemacht, ich ganz allein. Es tut mir leid, dass ich mich für einen Moment vergessen habe", sprudelte aus ihr hervor, ehe sie die Worte zurückhalten konnte.

Seine Miene wurde ausdruckslos und undurchdringlich.

„Es tut Euch leid", stellte er fest. Seine Hand verschwand von ihrem Unterarm und er drehte den Kopf zur Wand.

Insa sah ihn aus dem Augenwinkel an. Diese Reaktion verstand sie nicht, aber wie dem auch sei, sie würde sich jetzt zurückziehen. Sie warf einen letzten Blick auf das Kleid, das immer noch nicht fertig war, wandte sich aber zur Tür.

„Euer Essen steht auf dem Hocker."

„Ich habe keinen Hunger", brummte Evert und schien ein Loch in die Wand starren zu wollen.

Insa wurde sauer, immerhin hatte sie sich extra aufgerafft, ihm das Essen zu bringen, obwohl es ihr schwergefallen war. Nun sollte er es gefälligst aufessen.

„Es ist mir völlig gleich, ob Ihr Hunger habt. Ihr müsst etwas essen, damit Ihr zu Kräften kommt und nicht noch wochenlang in meinem Nähzimmer herumliegt", schimpfte sie.

„Oh, nun bin ich Euch doch eine Last", gab Evert zurück und starrte sie aus schmalen Augen an. „Zuvor habt Ihr noch das Gegenteil behauptet, aber ich habe schon verstanden. Ich werde dafür sorgen, dass Ihr so bald wie möglich eure Nähstube wieder ganz für Euch allein habt."

„Das habe ich nicht gesagt. Warum seid ihr plötzlich so ... so grob und ungehobelt. Ihr solltet froh sein, dass ich mich Euch nicht länger aufdrängen will und Euch nie wieder küssen werde. Es tut mir leid. Ich weiß nicht, was ich sonst noch sagen soll."

„Aufdrängen? Es war der wundervollste Kuss, den ich je bekommen habe. Unsinn, es war überhaupt der allererste Kuss. Das beste Geschenk meines Lebens. Aber nun tut es Euch leid." Evert hatte sich ebenfalls in Rage geredet und seine tiefe Stimme war laut. Er sah Insa an, als hätte sie ihm die Lanze ins Herz gestoßen und holte zum Schluss tief Luft, als wolle er noch mehr sagen. Dann atmete er aber langsam wieder aus und senkte seinen Blick zu Boden. „Das ist wirklich nicht, was ich erwartet hatte", flüsterte er so leise, dass sie ihn kaum verstand.

„Geschenk?", fragte Insa nun ebenso leise. „Ich ... ich dachte, Ihr wollt mich nicht."

„Mein Engel, wie könnte ich Euch nicht wollen? Niemals hätte ich gewagt, davon zu träumen, dass Ihr *mich* wollt, einen Niemand. Als Ihr mich geküsst habt, dachte ich, mein Herz müsse vor Glück stehen bleiben." Er streckte wieder seine Hand nach ihr aus und unwillkürlich trat sie einen Schritt auf ihn zu.

„Ihr habt den Kuss gar nicht erwidert. Ich dachte …" Insa wusste nicht mehr, was sie dachte, oder ob sie überhaupt noch denken konnte. Ihr Kopf war vollkommen leer und zugleich so voller wirrer Fragen und Gefühle, dass sie Evert nur stumm anstarren konnte. Sie trat zu seiner Liege und seine Finger flochten sich in ihre. Dann zog er ihre Hand zu sich heran und küsste jeden einzelnen Knöchel.

„Insa, ich …" Er ließ ihre Hand los, um sich mit dem Ellenbogen von der Liege hochzudrücken und mit schmerzverzerrtem Gesicht setzte er sich auf.

„Nein, was tut Ihr, die Wunde wird sich öffnen."

„Ich habe Euch eine wichtige Frage zu stellen und das kann ich unmöglich im Liegen tun. Wenn ich schon nicht vor Euch knien kann, muss ich mich zumindest hinsetzen." Mühsam drehte er sich auf der Liege so weit herum, dass seine Beine schließlich herabhingen und er leicht zusammengesunken auf der Kante hockte.

Er fasste Insas Hände zwischen seine beiden und straffte den Rücken. „Insa de Jong, ich verdanke Euch mein Leben und allein deshalb gehörten mein Schwert und meine Treue Euch, soweit beides nicht dem Grafen zu Berge gehört. Darüber hinaus gehört Euch auch mein Herz und ich …", er ließ den Kopf sinken und Insa schien es, als könnte er die nächsten Worte kaum über die Lippen bringen. „Insa, ich habe keine Zukunft, mein Leben kann jeden Moment enden und es gibt nichts, was ich Euch anbieten kann."

„Evert, sprecht nicht so. Ihr werdet leben. Ihr müsst!", hauchte Insa und Tränen sammelten sich in ihren Augen.

„Ihr wisst, dass meine Zukunft ungewiss ist", antwortete Evert ernst. „Aber ich möchte Euren Worten glauben, dass das Schicksal es gut mit mir meint. Ich schwöre bei meinem Schwert und meiner Ehre, dass ich zurückkehren werde, wenn diese Belagerung vorbei ist, und Gott, der Herr mein Leben bis dahin verschont hat. Und dann werde ich nicht mehr ein Gefangener sein, sondern als freier Mann vor Euch stehen und um Euch freien, wie es Eurem Stand genügt. Da ich Euch nicht mehr versprechen kann, will ich auch von Euch kein weiteres Versprechen, nur dass Ihr mich nicht vergesst, bis ich wieder an Eure Tür klopfe." Er hielt ihre Hände fest und sah voller Hoffnung zu ihr auf.

„Ja Evert, das werde ich. Wie könnte ich dich je vergessen? Ich werde auf dich warten und wenn du wieder da bist, wird mein Herz dir gehören." Sie benutzte ganz von selbst die persönliche Anrede, die eigentlich nur unter Familienangehörigen und guten Freunden üblich war. Es fühlte sich gut und richtig an.

Mit einem glücklichen Lächeln legte Evert seinen gesunden Arm um ihre Hüfte und zog sie zu sich heran. „Ich danke dir, Insa. Ich werde alles tun, um deine Zuneigung zu verdienen."

9 Rache wird fürchterlich sein

Am folgenden Tag brachte Insa ihm nur eilig das Frühstück und hatte dann andere Dinge zu erledigen. Ehe sie wieder ging, versprach sie ihm aber, am Nachmittag zu nähen. Er hoffte, dass er dann wieder länger mit ihr sprechen könnte und noch mehr über sie erfahren würde.

Nachdem er gegessen hatte, setzte er sich auf. Heute wollte er endlich zum ersten Mal aufstehen und vielleicht sogar ein wenig im Zimmer umhergehen. Er wartete nicht darauf, dass Insa ihm helfen würde, denn er wollte sie damit überraschen. Kaum saß er auf der Kante seiner Liege, hörte er die Stimmen von zwei Männern im Hausflur. Einen erkannte er als Frerich, die andere Stimme war ihm unbekannt. Lautstark stritten die beiden und deutlich war zu hören, dass sie so früh am Tage schon reichlich getrunken hatten.

"Wir werden ihn jetzt sofort nehmen und vor die Stadtmauer stellen. Entweder sie tauschen ihn gegen Heinrich oder eben nicht. Warum sollten wir warten, bis das Welfenpack Heinrich vielleicht umgebracht hat?" Frerichs Stimme schien etwas von der Tür entfernt zu sein. Der andere Mann klang, als stehe er direkt auf der anderen Seite.

"Wir müssen erst mit Herzog Walram sprechen. Wir können das nicht einfach selbst entscheiden. Und im Moment sollten wir sicher nicht bei ihm vorstellig werden. Lass uns erst etwas essen und warten, bis der Met ein wenig verflogen ist." Diese Stimme hörte sich deutlich weniger betrunken an und Evert hoffte, dass der Mann sich durchsetzen würde, dann hätte er zumindest noch ein oder zwei Stunden Aufschub.

„Ja, ich hab auch Hunger, lass uns was essen.", lenkte Frerich ein. Schritte im Flur ließen Evert annehmen, dass sie nun in die Küche gingen, und sie begannen sofort mit der Köchin zu diskutieren. Sie hatte um diese Tageszeit nichts zu essen vorbereitet und es klang auch nicht danach, als wolle sie für die beiden Ritter ein Mahl außer der Reihe zubereiten. Evert stand auf und lehnte sich gegen das Regal hinter der Tür. Sie sollten ihn zumindest nicht unvorbereitet antreffen. Er hoffte, wenn er einen Moment gestanden hatte, dass er wenigstens aufrecht das Haus verlassen könnte und nicht herausgetragen werden musste.

Natürlich hatte er über Möglichkeiten der Flucht nachgedacht, aber in seinem geschwächten Zustand konnten das nur Träume sein. Er würde ohne Hilfe kaum bis zur nächsten Straßenkreuzung kommen. Außerdem gab es keine Möglichkeit, die vollkommen verbarrikadierte Stadt zu verlassen.

Natürlich könnte er versuchen, sich zu verstecken, bis die Staufer aufgaben. Aber jeder Fluchtversuch würde Insa in Gefahr bringen. Die Ritter würden davon ausgehen, dass sie im geholfen hätte und mit welchen Methoden sie ein Geständnis von ihr erzwingen würden, darüber durfte er gar nicht nachdenken.

Es blieb ihm also nur, auf einen Austausch zu hoffen und nach dem Gespräch soeben sah es aus, als würde das tatsächlich eintreffen.

Kaum hatten die Männer die Küchentür hinter sich geschlossen, hörte Evert Insas leichte Schritte auf der Treppe und einen Moment später stürzte sie in die Nähstube. Erschrocken keuchte sie auf, als ihr Blick auf die leere Pritsche fiel. Sie wandte sich sofort wieder um und wollte offenbar wieder herauslaufen, als sie Evert neben der Tür an der Wand stehen sah. Er versuchte zu lächeln, doch schon das Stehen strengte ihn an und der Schmerz klopfte in seiner Schulter.

„Ich habe es gehört. Es ist so weit, sie nehmen mich mit", stellte er fest.

Insa machte einen Schritt nach vorn und fasste seine

Hand. „Ich habe Angst um dich, du musst fliehen, jetzt sofort."

„Das hat wenig Sinn, ich würde nicht weit kommen. Dazu hätten sie mir noch einige Tage bei deiner guten Pflege schenken müssen. Im Augenblick kann ich kaum ein paar Schritte gehen." Er führte ihre Hand an seine Lippen und küsste ihre Handfläche. „Insa, ich werde zurückkehren. Du hast mir ein neues Leben, neue Hoffnung geschenkt. Es gibt keine Worte, dir dafür zu danken." Seine Stimme bebte und er schloss die Augen, als er ihre Handfläche an seine Wange drückte. „Mein Leben wird kalt und leer sein ohne dich. Ich werde die Tage zählen, bis ich wieder hier bin und Himmel und Hölle in Bewegung setzen, zurückzukommen. Aber wenn König Ottos Männer abziehen, und ich habe es bis dahin nicht zu dir geschafft, versprich, dass du nicht länger wartest", fügte er sehr leise hinzu. Er nahm ihre Hand und presste sie noch ein letztes Mal auf seine Brust, wo sie ihm so oft Kraft geschenkt hatte. „Ich bin nun schon zwei Mal auf wundervolle Art gerettet worden, aber ich bin immer noch sterblich und niemand weiß, was geschehen wird." Der Gedanke, dass sie auf seine Rückkehr warten würde, obwohl er vielleicht im Kampf gefallen war, schnürte sein Herz zusammen.

„Evert, ich … ich werde warten. Du darfst dich nicht in Gefahr bringen, hörst du. Es ist ganz gleich, wie lange es dauert, ich werde hier sein."

Sein Herz hämmerte wild und er hielt den Atem an. Dann wagte er es und zog sie in seine Arme. Die verletzte Schulter protestierte, aber das war ihm gleich. Er musste sie zumindest für einen Augenblick festhalten, ganz so, als würde sie schon zu ihm gehören. Noch nie war er so glücklich und verzweifelt zugleich gewesen. Insa legte ihren Kopf an seine Brust und erwiderte die Umarmung. Evert war sicher, dass sie das harte Hämmern seines Herzens deutlich hörte, und presste sein Gesicht in ihre duftenden Haare.

Draußen ertönte plötzlich Frerichs Stimme: „Nein, jetzt! Ich gebe einen Dreck auf Walrams Meinung und auf deine auch."

Hastig löste Insa sich aus der Umarmung, trat einen Schritt zur Seite und drehte den Schlüssel herum. Draußen polterte Frerich vor die verschlossene Tür und fluchte. Insa wandte sich jedoch wieder zu ihm um und presste ihre Lippen auf seine. Noch bevor er reagieren konnte, splitterte das Holz hinter ihr und die Tür flog krachend auf.

Frerich stürmte herein und stieß Insa mit einem harten Hieb zu Boden. „Du kannst dich nicht verstecken Welfe, dein Schicksal ist sowieso besiegelt." Er griff grob nach Everts Händen und band sie mit einem Strick zusammen, den er bereits mitgebracht hatte. Dann drehte er sich um und riss Evert am Ende des Seils hinter sich her.

Dieser wandte den Kopf noch einmal zu Insa herum.

„Ich werde zurückkommen, ich schwöre es bei meiner Ehre."

Frerich lachte hämisch auf. „Verrecken wirst du, selbst wenn sie dich austauschen. Ich werde dir höchstpersönlich einen Pfeil in den Rücken schießen, sobald Heinrich in Sicherheit ist. Ihr Hundesöhne habt nichts Besseres verdient."

Evert hörte, wie Insa aufschluchzte und ihm lief ein eiskalter Schauer den Rücken herunter. Er hatte etwas Derartiges bereits befürchtet, aber mit ihr nicht darüber sprechen wollen. Nun war sein Schicksal besiegelt, die erträumte Zukunft zerplatzt.

„Leb wohl mein Engel, warte nicht auf mich. Ich danke dir für alles", rief er noch in Richtung Nähstube, aber Frerich zerrte ihn weiter und er musste nach vorn schauen und sich zusammenreißen, um nicht der Länge nach hinzufallen.

Evert war erstaunt, dass er überhaupt gehen konnte, aber auf dem langen Weg zum Tor brach er zweimal zusammen. Grob zog Frerich ihn weder hoch und schließlich packten er und der andere Ritter seine beiden Oberarme und schleppten ihn vorwärts, damit es schneller ging. Während sie ihn mehr trugen, als dass er selbst lief, versuchte er, sich umzusehen, so gut es ging. Dies war eine einzigartige Gelegenheit, mehr über den Zustand der Stadt zu erfahren. Von Insa wusste er bereits, dass Hunger in der Stadt zu einem großen Problem geworden war.

Außerdem wäre es gut, wenn er dem Grafen auch von der Bewaffnung, dem Zustand der Außenmauer und der Anzahl der Männer berichten könnte. Wenn er denn das Lager erreichen würde. Trotz seiner Bemühungen konnte er nicht viel erkennen, denn er war so ausgelaugt, dass er es kaum schaffte, den Blick auf irgendetwas zu fokussieren.

Zitternd lehnte er sich schließlich mit dem Rücken an die Mauer, um kurz Kraft zu schöpfen, doch schon stieß Frerich ihn vor sich her, die schmale Stiege zur Mauerkrone hoch. Oben angekommen sackte er kraftlos an der Wand herunter und saß dann mit angezogenen Beinen gleich neben dem hölzernen, flachen Dach des Jakobstores auf dem Boden. Sein Herz raste und sein ganzer Körper zitterte vor Erschöpfung. Er hob mühsam den Blick, konnte aber nicht über die Mauerzinnen auf das Land dahinter schauen. Beim Anblick der beiden Ritter salutierten die drei Schützen, die den Mauerabschnitt bewachten. Frerich sprach mit einem der Männer.

„Du da, nimm ein weißes Tuch und geh da rüber. Sag ihnen, wir haben hier – wie heißt du noch gleich?" Hart stieß Frerich mit dem Knie in Everts verletzte Schulter. Der presste die Kiefer aufeinander, um nicht aufzuschreien, krümmte sich aber unwillkürlich zusammen, so dass seine Stirn schließlich auf seinen Knien lag.

„Evert von Düssel" stieß er zwischen zusammengebissenen Zähnen hervor.

„Also sag ihnen, wir haben hier Evert von Düssel und wollen ihn gegen Heinrich von Waldburg austauschen. Und du bleibst dort, bis du eine Antwort bekommen hast. Kannst du dir das merken?"

Der Angesprochene war angesichts des Befehls, vor das Tor und zum Feind gehen zu müssen, blass geworden. „Ja, Herr", stotterte er, während er mit gesenktem Blick vor Frerich stand. Er musste die Botschaft noch zwei Mal wiederholen, dann schickte der Ritter ihn los. Zögerlich drehte der Mann sich zur Treppe.

„Marsch, sonst mach ich dir Beine", schrie Frerich hinter ihm her und eilig griff der Mann das weiße Laken. Mit lautem Poltern stolperte er nach unten und das Tor wurde ihm einen Spalt breit geöffnet. Dann hörte Evert nichts mehr und vermutete, der Schütze ging nun hinüber ins feindliche Lager.

Verkrampft hielt er den verletzten Arm an den Körper gedrückt und starrte auf den Boden. Der Schmerz in seiner Schulter und die Erschöpfung ließen ihn fast ohnmächtig werden, doch er musste sich unbedingt zusammenreißen und Kraft sammeln für den Weg zum Lager.

Seine Gedanken gingen zurück zu Insa und wie sie ihn geküsst hatte, zwei Mal. Ja, er hatte einen Grund, warum er das hier schaffen musste, einen Grund zu überleben. Er musste ein Versprechen halten, auch wenn er es im letzten Moment zurückgenommen hatte. Die Vorstellung, dass sie auf ihn warten würde, während er längst tot war, ließ sein Herz schwer werden.

Die welfischen Truppen lagerten ein gutes Stück außerhalb der Reichweite der Pfeile. Auf dieser Seite der Stadt, wo nur Felder lagen und es kaum noch Bäume gab, hatte Evert vom Lager aus die Mauer sehen können. Umgekehrt mussten die Männer von hier oben eine gute Sicht auf den Weg ihres Unterhändlers bis zum Lager haben.

Aus den Gesprächen der Schützen erfuhr er, dass der Mann inzwischen im Lager angekommen war. Dann passierte lange gar nichts und die beiden Ritter und die Schützen drängten sich an die Balustrade der Mauer und starrten gebannt über das offene Land zum Feldlager. Plötzlich löste Frerich sich aus seiner Erstarrung.

„Da, jetzt kommt er zurück!", rief er außer sich. Es dauerte gar nicht lange, bis Evert ein atemloses Keuchen von unten vernahm. Der Mann war wahrscheinlich gerannt, so schnell seine Beine ihn trugen.

„Sie werden ihn austauschen", rief er völlig außer Atem vom Tor aus in den Turm hinauf. Frerich und Gosbert fielen sich in die Arme und beglückwünschten sich gegenseitig zu ihrer Strategie. Dann warf Frerich Evert einen von Hass erfüllten Blick zu. Er streckte die Hand zum nächsten Schützen aus, ohne den Blick von Evert zu wenden. Der Mann übergab wortlos seinen Bogen und die Pfeile.

„Lauf, dreckiger Welfe, lauf so schnell du kannst."
Frerich lachte höhnisch und zog einen Pfeil aus dem
Köcher. „Der hier ist für dich." Er trat einen Schritt vor
und drückte die Pfeilspitze auf der linken Seite gegen
Everts Brust. „Dorthin werde ich ihn schießen, ganz
genau in dein Herz. Ich bin der beste Schütze weit und
breit, du musst gar nicht erst darauf hoffen, dass ich dich
verfehlen könnte." Dann lachte er wieder böse.

Frerich wollte ihm Angst machen und sich daran
ergötzen. Er empfand tatsächlich Freude daran, Menschen
zu töten. Evert schauderte. Er konnte ohnehin nichts
dagegen unternehmen, wenn dieser Frerich ihn erschießen
wollte. Seine einzige Hoffnung war, dass ein freundliches
Schicksal einen Treffer verhindern würde.

Frerich stellte sich an die Zinnen und nickte Gosbert
zu. Evert schluckte. Das waren also die letzten Minuten
seines Lebens. Er hatte seit seiner Rettung diesen Moment
kommen sehen und wunderte sich selbst, dass ihm die
Ausweglosigkeit seiner Lage bisher so wenig bedeutet
hatte. Dass er durch die Hand eines Gegners sterben
würde, war ihm nur recht gewesen. Er wollte nicht an
einer Krankheit dahinsiechen oder in hohem Alter eine
Last für seine Mitmenschen werden. Selbst die Sorge um
Gero hatte er für diesen Fall geregelt, denn sein Freund
Rainald würde den Jungen dann in seinen Dienst nehmen.
Alles war festgelegt, er war auf diesen Moment vorbereitet. Und doch war jetzt etwas anders.

Er hatte nun einen Grund weiterzuleben.

Einen Grund, der über seine Pflicht für den Grafen und seine Fürsorge für Gero hinausging. Er wollte tatsächlich leben, für sich selbst und für die Zukunft, die er vielleicht mit Insa haben könnte. Heute würde er nicht sterben, beschloss er. Irgendetwas musste geschehen, um dieses Schicksal abzuwenden. Erhobenen Hauptes würde er die Straße entlang gehen und abwarten, was passierte. Das Schicksal hatte ihn schon zwei Mal gerettet, vielleicht würde es ja noch ein drittes Wunder geben. Gosbert zerrte Evert auf die Füße und zog ihn wortlos hinter sich her die Treppe hinunter. Unten beim Tor drückte er dem Soldaten das Strickende in die Hand, das Everts Hände fesselte.

„Schick ihn los, wenn ich es sage."

Insa stand wie zu Stein erstarrt im Nähzimmer, als sie Evert wegführten. Das durfte nicht geschehen, dieser grauenhafte Kerl durfte Evert nicht töten. Sie musste etwas tun – irgendetwas.

Ohne einen genauen Plan zu haben, was sie überhaupt gegen die beiden Ritter ausrichten konnte, rannte sie durch die Seitengassen, die sie kannte wie ihre Westentasche, zum Jakobstor. Sie war vor ihnen dort, obwohl sie den direkten Weg über die Jakobstraße genommen hatten, und verbarg sich in einer Mauernische. Beinahe hätte Frerich sie gesehen, als die beiden Männer Evert wenige Schritte neben ihrem Versteck entlang schleppten. Ein Schütze kam von der Mauer herunter und verschwand durch das Tor. Dann passierte lange Zeit gar nichts, und sie hatte Zeit, sich einen Plan zurechtzulegen. Kaum war der Mann wieder zurück, hörte sie Gosberts Stimme oben an der Stiege und verbarg sich schnell. Sie konnte die beiden nicht sehen, als sie an ihr vorbeigingen, hörte nur Gosberts Fluchen und die schleppenden Schritte. Sie war versucht, um die Ecke zu spähen, vielleicht war dies die letzte Gelegenheit ihn … Nein! Sie würde es verhindern.

Nachdem Gosbert mit Evert vor das große Holztor getreten war, schob sie sich sehr vorsichtig und leise die Treppe hinauf und betete inständig, das Gosbert unten stehen bleiben würde. Auf halber Höhe konnte sie durch eine Schießscharte spähen und sah, dass Evert und Heinrich zugleich auf dem Weg waren. Evert schlich mit schleppenden Schritten und gesenktem Kopf auf der Straße entlang und Insa konnte trotz der Entfernung erkennen, wie schwer ihm jeder einzelne Schritt fiel. Es schnitt in ihr Herz, ihn so voller Schmerz zu sehen, doch zugleich bewunderte sie seine Kraft. Er war ein zäher Kerl mit einem starken Willen, ihr Ritter und es erfüllte sie mit unerwartetem Stolz. Sie schüttelte den Kopf. Er war nicht ihr Ritter, woher kam dieser Gedanke nur? Aber vielleicht würde er das eines Tages sein. Nur wenn er die Hinterlist von Frerich überlebte, schoss ihr durch den Kopf und der Gedanke riss sie aus ihren verrückten Träumen.

Als die Männer sich trafen, war Evert noch nicht sehr weit von der Mauer entfernt. Die beiden sahen sich kurz an, dann begann Heinrich zu rennen.

Insa rannte im gleichen Moment los. Ohne auf die Geräusche zu achten, die sie verraten würden, stürmte sie die restlichen Stufen nach oben. Frerich legte gerade den Pfeil an, als sie auf der oberen Stufe ankam.

Die Zeit schien stehen zu bleiben, während Frerichs Rücken sich aufrichtete und er den Bogen spannte. Das knarrende Geräusch der gespannten Sehne erschien ihr unnatürlich laut, obwohl sie noch zwei Schritte von ihm entfernt war.

Von unten erklang ein Ruf. „Jetzt!"

Mit einem Satz sprang Insa nach vorn und prallte der Länge nach gegen Frerich. Insas Schulter schrammte an der Mauerzinne entlang und einen Moment lang fürchtete sie, auf der anderen Seite hinunter zu stürzen. Mit rudernden Armen suchte sie Halt und bekam Stoff zu fassen. Verbissen hielt sie sich daran fest, und schließlich krachte sie zusammen mit Frerich auf den Holzboden.

Entsetzt erkannte sie, dass er den Pfeil doch noch abgeschossen hatte. „Nein!", schrie sie voller Panik und zog sich mit beiden Händen an der Mauer hoch, um über die Kante zu sehen. Mit weit aufgerissenen Augen verfolgte sie die Flugbahn.

Die Pfeilspitze zischte knapp an Evert vorbei und bohrte sich ein Stück weiter vorn schließlich in das Gras neben der Straße.

Insa spürte zuerst eine große Welle der Erleichterung, dann explodierte Schmerz an ihrer Schläfe, als hätte sie jemand mit einer Faust geschlagen. Im nächsten Augenblick wurde es um sie dunkel.

Als sie wieder aufwachte, sah sie in das besorgte Gesicht ihres Bruders.

„Insa, kannst du aufstehen?" Vorsichtig nickte sie und Thies fasste ihre beiden Hände, um ihr auf die Beine zu helfen. Ihr Kopf dröhnte und ihre ganze linke Seite schmerzte vom Aufprall. Sie drehte sich sofort zur Mauerkrone herum, auf der Straße zum feindlichen Lager war aber niemand mehr zu sehen. Hatte Evert es geschafft? Die Welt schien sich um sie zu drehen, aber ehe sie wieder hinfallen konnte, zog Thies sie in seine Arme.

„Was glaubst du eigentlich, was du hier oben auf der Mauer zu suchen hast?", spie er in giftigem Ton aus. Er packte sie mit beiden Händen und hielt sie ein Stück von sich weg, so dass er sie ansehen konnte. „Wenn ich nicht gekommen wäre, was meinst du, was dieser Frerich getan hätte? Warum bist du nur immer so unvernünftig?" Seine Stimme wurde immer lauter und sie hatte das Gefühl, er wollte sie schütteln. Mehrere Männer standen um sie herum, wie Insa am Rande ihres Blickfeldes bemerkte, aber Thies schien das gar nicht zu interessieren, er schimpfte weiter. „Er wollte dich über die Mauerkrone werfen, als ich ankam! Wie konntest du dich nur in solche Gefahr bringen? Du wärst jetzt tot! Wolltest du das? Wolltest du für diesen Evert sterben?", brüllte er. Er war jetzt so in Rage, dass sein Gesicht rot angelaufen war.

„Thies, sie ist verletzt", sagte jemand hinter ihr und ihr Bruder warf einen vernichtenden Blick über ihre Schulter. Dann nickte er und schloss kurz die Augen. Nach einem tiefen Atemzug sah er sie wieder an.

„Komm nach Hause und dann erklär mir, was du hier getan hast", brummte er schließlich und zog sie mit sich zur Treppe.

„Hat er es geschafft?", fragte Insa mit zitternder Stimme. Thies nickte wortlos und drückte sie noch einmal fest an sich, ehe sie gemeinsam vom Turm herabstiegen.

Der Weg nach Hause erschien ihr länger als sonst. Um ihren hämmernden Kopf und den Rest ihres zerschundenen Körpers nicht zu erschüttern, konnte sie nur langsam gehen, aber Thies hielt sie fest im Arm und ging, ohne sie zu drängen, schweigend neben ihr her. Insa spürte seine Anspannung und hatte das Gefühl, er würde immer noch vor Wut beben. Sie wollte ihm sofort alles erzählen, brauchte aber alle Kraft fürs Laufen und um ihre aufgewühlten Gefühle unter Kontrolle zu halten.

Dies war gar nichts, schalt sie sich selbst und versuchte, schneller zu gehen. Evert hatte trotz seiner schweren Verletzung diesen Weg geschafft. Diesen und den Weg zu seinem Lager war er gegangen, obwohl sie gedacht hatte, er könne noch mehrere Tage nicht einmal aufstehen. Wieder bewunderte sie seine Stärke und seinen Kampfgeist. Er war wirklich ein außergewöhnlicher Ritter und trotz all seiner Härte auch ein liebevoller und fürsorglicher Mann. Die Erinnerung an den wundervollen Kuss gab ihr neue Kraft und während des restlichen Weges betete sie, dass dies nicht die letzte Begegnung gewesen wäre.

Thies brachte Insa direkt in die Küche und sie setzte sich auf den ersten Stuhl, der in Reichweite war. Er holte sofort ein nasses Tuch und reichte es ihr wortlos, noch immer mit dem gleichen finsteren Blick. Dankbar presste sie den kühlen Lappen auf ihr verletztes Gesicht und stützte sich mit beiden Armen auf dem Esstisch ab. Lenne stellte ebenso wortlos eine Tasse Kräutertee vor sie hin und Thies setzte sich ihr gegenüber auf einen Hocker.

„Es tut mir leid, ich habe nicht nachgedacht, aber ich musste irgendetwas tun", gab Insa kleinlaut zu. Dann sah sie Thies an. „Eigentlich bist du doch immer auf dem Jakobstor eingesetzt. Warum warst du überhaupt da, also warum warst du vorher nicht da, oder …?" Sie war verwirrt, denn es fiel ihr erst jetzt auf, dass Thies einer der Schützen auf dem Dach hätte sein müssen.

„Ich bin heute früh noch einmal nach Hause zurückgekommen und war oben, um mich umzuziehen. Dabei habe ich die Geschichte von der Auslieferung mitgehört", begann Thies, während er ihr verletztes Gesicht anstarrte. „Als die drei aus dem Haus waren, bin ich sofort zum Bürgermeisterhaus gelaufen, um den Befehlshaber zu sprechen, aber er war nicht dort. Es hat eine Ewigkeit gedauert, ehe ich den Grafen von Limburg endlich gefunden habe, aber immerhin war er ganz in der Nähe des Tores." Thies stand wieder auf und begann in der Küche auf und ab zu gehen. Lenne murmelte etwas von Wäsche und flüchtete aus dem Raum.

„Ich habe ihm berichtet, was seine Untergebenen vorhatten, und er war entsetzt. Mit einigen seiner Männer sind wir dann zum Jakobstor gelaufen, aber ich hatte schon befürchtet, wir wären zu spät. Als wir auf der Treppe waren, hab ich das Kommando von Gosbert gehört und dann das Zischen des Pfeils. Walram konnte gerade noch verhindern, dass Frerich dich von der Mauer wirft." Thies blieb stehen, umklammerte die Lehne des Stuhls mit beiden Händen und starrte Insa an. „Mein Gott, ich hab gedacht, du wärst tot, als ich dich so gesehen hab. All das Blut", flüsterte er. Sein Kinn zitterte und seine Augen schimmerten feucht. Es traf Insa tief, ihren großen, starken und unerschütterlichen Bruder so zu sehen.

„Es tut mir leid", hauchte sie und eine einzelne Träne rollte an ihrer Wange herab.

Thies trat um den Tisch herum und kniete sich neben sie. Dann drückte er sie noch einmal fest an sich. „Tu so

etwas nie wieder. Ich könnte nicht ertragen, dich zu verlieren."

Einen Moment lang schwiegen sie beide, aber dann
fiel Insa plötzlich etwas ein.

„Was ist mit Frerich? Was wird er jetzt tun?"

„Walram hat ihn und Gosbert festnehmen und in den
Turm werfen lassen. Sie haben gegen seinen Befehl
gehandelt. So etwas kann er nicht dulden." Thies seufzte
tief und murmelte: „Hoffen wir nur, dass sie nie wieder
frei kommen. Ihre Rache wird fürchterlich sein."

10 Ich habe ihn umgebracht

Evert war völlig am Ende seiner Kräfte, als er schließlich das Lager erreichte. Sein Knappe Gero, sein Freund Rainald und einige andere Männer liefen ihm entgegen.

„Mein Gott Evert, wir haben alle gedacht, du wärst tot!", rief Rainald schon von Weitem.

Gero erreichte ihn als Erster und umarmte ihn stürmisch.

Evert zuckte zusammen, als er seine Schulter berührte, und dann gaben seine Knie nach. Obwohl er nur langsam hatte gehen können, war er völlig außer Atem und seine Beine waren einfach nicht mehr in der Lage, ihn zu tragen. Gero stützte ihn sofort, so dass er nicht zu Boden sackte und auch Rainald packte ihn und legte Everts Arm über seine Schulter.

„Es hat auch nicht mehr viel gefehlt", antwortete

Evert, als er wieder etwas Luft bekam. „Eigentlich ist es ein Wunder, das ich noch hier bin. Ein Engel hat mich gerettet." Bei dem Gedanken an Insa entfuhr ihm ein tiefer Seufzer.

„Das müssen mehrere Engel gewesen sein. Hast du den Pfeil gesehen, den sie hinter dir her geschossen haben? Das war verdammt knapp. So perfekte Bogen-schützen sind sie Gott sei Dank doch nicht." Überrascht sah Evert seinen Freund an. Das Frerich geschossen hatte, überraschte ihn nicht, aber dass er ihn verfehlen würde, hatte er nicht erwartet. Gero und Rainald nahmen ihn in die Mitte und halfen ihm den restlichen Weg zum Lager.

„Na, jetzt bist du ja hier, komm erst mal in unser Zelt und setz dich. Du musst mir ganz genau erzählen, wie es dir ergangen ist", bestimmte Rainald. Auf dem Weg quer durch das Lager stützte Evert sich schwer auf seinen Freund und auf Gero, der bis jetzt noch kein Wort gesagt hatte. Rainalds Knappe Caspar ging voraus und scheuchte jeden zur Seite, der ihren Weg kreuzte.

Viele Ritter und Fußsoldaten waren zusammengekom-men, um Evert zu seiner Rettung zu gratulieren, aber Rai-nald führte ihn ohne anzuhalten zum Zelt, damit er sich erst einmal ausruhen konnte. Dort angekommen ließ Evert sich direkt auf seine Pritsche fallen und lehnte sich mit dem Rücken an den Waffenständer, der direkt dahinter stand. Sofort schenkte Gero ihm Met ein und blieb dann angespannt neben der Pritsche stehen.

„Es ist gut, dich wiederzusehen", sagte Evert und das Gesicht des Jungen leuchtete auf.

„Ich … ich hatte Angst", gab Gero mit gesenktem Kopf zu. „Aber ich wusste, dass du noch lebst." Er hob den Kopf und streckte trotzig das Kinn vor. „Nicht alle haben daran geglaubt, aber ich hab es immer gewusst." Er schoss einen kurzen Blick zu Rainald, der zerknirscht nickte.

„Ich gebe zu, nach einigen Tagen habe ich die Hoffnung aufgegeben. Es klingt wie ein Wunder, Evert. Du musst uns erzählen, was passiert ist."

Evert berichtete von der Speerspitze, die ihn getroffen hatte und von den Rittern, die ihn zwischen den Toten gefunden und in die Stadt gebracht hatten.

Rainald hatte ja erst zwei Wochen vor Beginn des Feldzuges seine Frau und seinen kleinen Sohn verloren. Daher kürzte Evert die Geschichte seiner Rettung ab und berichtete nichts von seinen Gefühlen für Insa. Sein Freund würde noch lange Zeit brauchen, bevor man mit ihm über so etwas sprechen konnte, ohne dass er über den eigenen Verlust wieder in tiefe Trauer sank.

Kaum hatte Evert geendet, trat der Graf von Berg in das Zelt.

Rainald verneigte sich förmlich und trat von der Liege zurück. Evert kämpfte sich auf die Füße und beugte dann ein Knie vor seinem Herrn. Noch bevor er etwas sagen konnte, machte Graf Adolf einen Schritt auf ihn zu.

„Steh auf Evert und lass dich ansehen. Es ist ja ein Wunder, das du noch lebst."

„Ja Herr, das ist es", antwortete Evert mit gesenktem Blick.

„Ich habe viele Fragen, aber du siehst so aus, als hätte dich gerade erst ein Fuhrwerk überrollt. Kannst du mir schon einige Dinge aus der Stadt berichten, oder müssen wir das auf den Nachmittag verlegen?"

Evert war überrascht, dass der Graf auf seinen Zustand Rücksicht nehmen würde, aber wenn er darüber nachdachte, war er nie ein übermäßig harter Herr gewesen. Es waren seine Untergebenen wie der Hauptmann Diederich von Altena und andere Grafen, die Evert bei jeder Gelegenheit fühlen ließen, dass er kaum besser als ein Leibeigener war.

„Es geht mir gut genug, ich werde Euch alles sagen, was ich weiß", gab Evert zurück.

Der Graf nahm auf einem Schemel platz und Evert musste noch einmal von seiner Rettung berichten. Zum Schluss befragte Adolf ihn genau nach den Befestigungsanlagen und den Zuständen in der Stadt. Auf seinem Weg von Insas Haus zum Tor in der Barbarossamauer hatte Evert sich zwar umgesehen, soweit das in seinem Zustand möglich war, aber sehr viel hatte er nicht erkennen können. Als er durch eine schnurgerade Straße fast bis zum anderen Ende der Stadt hatte sehen können, waren ihm allerdings dort Palisaden aus Holz aufgefallen. Es schien möglich, dass die Mauer an der Bergseite der Stadt noch nicht fertiggestellt war und man sich dort noch mit einer hölzernen Umzäunung behelfen musste. Außerdem konnte er von der knappen Lebensmittelversorgung der Soldaten berichten. Es waren seiner Einschätzung nach nicht viele Ritter in der Stadt, aber eine große Anzahl an gut ausgebildeten Bogenschützen besetzte die Mauer. Der Graf bedankte sich für den ausführlichen Bericht und verließ das Zelt eilig wieder, um die neuen Informationen mit König Otto zu erörtern.

Mit seiner verletzten Schulter konnte Evert natürlich nicht kämpfen, daher lag er am nächsten Vormittag auf seiner Pritsche im Zelt und starrte gedankenverloren die Plane an, die das Dach bildete. Gero und Caspar waren wie die anderen Knappen in der Feldküche beschäftigt und würden erst wieder zu den Zelten kommen, wenn ihre Ritter von dem Angriff zurückkehrten. Evert war Müßiggang nicht gewohnt, aber seit er hier im Lager war, hatte er keine andere Aufgabe, als wieder gesund zu werden.

Im Laufe des Tages wurde er immer unruhiger und begann rastlos im Lager auf und ab zu laufen. Schon nach kurzer Zeit fühlte er sich aber wieder schlapp und die Wunde in seiner Schulter begann zu klopfen. Er ging bedrückt zurück zum Zelt, legte sich auf sein Lager und schlief ein. Unruhig wälzte er sich im Schlaf herum und der Traum vom Schlachtfeld und der Dunkelheit ließ ihn mit einem Schrei hochfahren.

Laute Stimmen drangen von draußen herein. Eilig stand er auf und trat vor die Zeltklappe. Eine Gruppe Kämpfer kehrte von der Mauer zurück. Rainald hing schlaff nach vorn gebeugt wie ein Mehlsack im Sattel seines Pferdes. Zwei seiner Freunde hoben ihn vorsichtig herunter und trugen ihn herein. Blut tropfte zu Boden und Rainald stöhnte laut, als die beiden ihn auf seine Pritsche legten. Ein Pfeil hatte das Kettenhemd durchstoßen und steckte in seiner Brust. Evert zog scharf die Luft ein. Er wusste, was das bedeuten konnte, zu oft hatte er es bereits erlebt.

Sein Freund sah ihn an. „Zieh ihn heraus", befahl er matt. „Die anderen wollten es nicht tun."

Evert nickte nur. Mit einem Arm fuhr er unter das Kettenhemd und den blutdurchtränkten Gambeson. Seine bebenden Finger fassten den Schaft direkt über der Wunde und er schickte ein Stoßgebet zum Himmel. Dann zog er mit einem kräftigen Ruck und Gott sei Dank löste sich die Pfeilspitze zusammen mit dem Schaft aus dem Fleisch. Rainald stöhnte laut auf, dann verdrehte er jedoch die Augen und wurde bewusstlos. Erleichtert, dass er die kommende Tortur nicht bei vollem Bewusstsein erleben musste, knickte er den Pfeilschaft ab, während er die Spitze über Rainalds Brust in der Hand hielt. Dann zog er das Holz aus dem Kettenhemd und die Spitze unter dem Gambeson hervor. Er nickte den anderen beiden Rittern zu. Auch Gero und Caspar waren inzwischen aufgetaucht und gemeinsam befreiten sie ihn so vorsichtig wie möglich aus Kettenhemd und Unterrüstung.

Dann konnte Evert endlich die Wunde sehen und er schluckte hart. Wie er erwartet hatte, blutete es stark und bei jedem Atemzug erschienen kleine Luftbläschen. Caspar hatte inzwischen Verbandszeug geholt und gemeinsam versuchten sie, die Wunde so fest wie möglich zu verbinden, um die Blutung zu stoppen. Rainald war inzwischen wieder aufgewacht, aber reagierte nur noch schwach auf die Bemühungen seiner Freunde. Nachdem er verbunden war, verließen die beiden anderen Ritter das Zelt, um auf das Schlachtfeld vor der Stadt zurückzukehren.

Caspar stand totenbleich neben der Pritsche und starrte mit leeren Augen vor sich hin. Gero füllte etwas Kräutertee in einen Becher und Evert versuchte Rainald die Flüssigkeit zu Trinken zu geben. Der schlug nur kurz die Augen auf und begann krampfhaft zu husten. Als er wieder Luft holen konnte, sah er Evert an und versuchte, etwas zu sagen. Erneut hustete er und Blut trat auf seine Lippen.

„Sei still Rainald, du musst nichts sagen. Bleib einfach ruhig liegen." Sein Freund nickte schwach und schloss die Augen. Er war sehr blass und atmete nur noch flach. Everts Hände zitterten, als er die Decke über seinen Freund legte. Er zog einen Schemel heran und setzte sich neben die Liege. Was könnte er tun? Wie könnte er seinem Freund die Schmerzen erleichtern? Die Kräuter von Insa würden jetzt helfen, aber hier im Feldlager gab es so etwas nicht.

Er wusste, was unweigerlich kommen würde, und er wusste auch, dass er nicht das gleiche Wunder für seinen Freund bewirken könnte, wie Insa es für ihn getan hatte. Er konnte nur da sein und Rainalds Hand halten.

Er war der Ritter gewesen, der ihm eine neue Chance, ein neues Leben geschenkt hatte, als er ihn damals dem Verbrecher Vinzent abgekauft hatte. Er war von einem Herrn zu einem Freund geworden. Eine Verbindung tiefer als die zwischen Brüdern war in den Jahren zwischen ihnen gewachsen. Aber nun konnte Evert auch ihn nicht retten, musste dem Unausweichlichen ins Auge sehen. Tiefe Trauer zog sein Herz zusammen und er legte den Kopf auf seine Arme. Er hörte, dass Gero zu Caspar hinüber ging und leise mit ihm sprach, aber der antwortete nur mit einem Grunzen. Evert wusste, was er sagen musste, war aber nicht imstande, den beiden Jungen zu erklären, dass es an der Zeit war, sich zu verabschieden. So verharrten die drei gemeinsam neben der Liege und erwarteten das Unvermeidliche.

Nach einiger Zeit regte Rainald sich plötzlich. Evert sah auf und stellte fest, dass er noch viel blasser geworden war. Das Atmen fiel ihm jetzt sehr schwer und seine Hände zitterten vor Anstrengung und Erschöpfung. Evert sah die Angst in Rainalds Augen. Eilig schickte er Gero nach geeigneten Kleidungsstücken und Decken auf die Suche, um sie ihm unter den Rücken zu legen und ihn auf der Liege aufrechter hinsetzen zu können. Nachdem sie Rainald gemeinsam aufgerichtet hatten, hörte das Zittern auf und das angestrengte Keuchen wurde ein wenig ruhiger. Rainald bedankte sich mit einem Nicken, dann schloss er die Augen wieder und flüsterte:

„Evert, kümmere dich um Caspar, bring ihn gesund nach Hause zu seinem Vater, damit er einen anderen Ritter finden kann."

Caspar heulte auf und barg sein Gesicht in der Decke, die Rainalds Beine bedeckte. Er war erst zwölf und der bevorstehende Tod seines Herrn warf ihn offenbar vollkommen aus der Bahn.

Rainald sah auf den Jungen herunter. „Gehorche Evert, er wird dein Herr sein, bis dein Vater einen Neuen wählt. Du wirst ein guter Ritter sein, wenn es so weit ist, lass dir nichts anderes einreden." Rainald keuchte und hustete. Blut trat wieder auf seine Lippen, aber er war noch nicht fertig. Er wandte sich zu Evert. „Nimm meine Rüstung mit Schwert und Schild und auch mein Pferd. Ich brauche sie nicht mehr. Fulk ist ein braves Tier, gib gut auf ihn acht."

Mit Tränen in den Augen sah Evert ihn an und schluckte schwer. „Ich werde mich um Caspar kümmern, das ist doch selbstverständlich. Aber dein Schwert darf ich nicht nehmen, es gehört deiner Familie", gab er zurück. Ein gutes Schwert war beinahe unbezahlbar und wurde über Generationen von Vater zu Sohn weitergegeben. Es blieb immer in der Familie.

Rainald machte eine matte Handbewegung, als wolle er Everts Einwand wegwischen und hustete wieder. „Unsinn. Ich habe keine Nachkommen, nicht einmal einen Bruder. Du bist meinem Herzen am nächsten."

Evert nickte. Er war nicht dankbar, obwohl er wusste, dass dies die richtige Reaktion gewesen wäre. Er war wütend auf das Schicksal, dass ihm seinen besten Freund raubte und ihn nur mit dessen Besitztümern zurückließ.

„Bald werde ich bei Elisabeth und Karl sein. Ich habe sie schon viel zu lange vermisst. Ohne meine Liebe hat das Leben ohnehin jeden Sinn verloren." Rainald öffnete plötzlich die Augen wieder und griff nach Everts Hand. „Bleib bei mir, bis es vorbei ist."

Evert holte tief Luft und Tränen rollten über seine Wangen.

„Natürlich werde ich das", versprach er. Als Rainalds Atem etwas ruhiger wurde, zog er den Schemel wieder heran und setzte sich, ohne Rainalds Hand loszulassen. Gero setzte sich auf der anderen Seite hin und nahm den sehr viel kleineren Caspar in seinen Arm. Der Junge weinte ungehemmt und Evert wünschte im Stillen, dass er das auch könnte.

Draußen wurde es langsam dunkel und die übrigen

Ritter kehrten erschöpft in das Lager zurück. Es hatte Gott sei Dank nur wenige Verletzte gegeben und alle waren imstande, zum Lager zurückzukehren. Heute hatten sie nicht das Jakobstor angegriffen, sondern waren dazu übergegangen, mit Pfeilen Feuer auf den Palisadenzaun zu schießen, der an der Rückseite die unfertige Stadtmauer ergänzte.

Geschäftig liefen die Knappen hin und her, um die Pferde und ihre Herren zu versorgen, und einige der Ritter des Grafen von Berg kamen ins Zelt, um nach Rainald zu sehen.

„Evert, komm zum Feuer, du musst etwas essen, ich bleibe mit Gero und Caspar so lange hier", bot einer der Freunde ihm an.

Evert schüttelte nur stumm den Kopf.

„Gut, dann werde ich dir etwas bringen", beschloss er und verließ das Zelt. Nach einiger Zeit kamen zwei der Ritter mit Essen und Met für Evert und die Knappen zurück.

„Danke, stellt es dort ab, ich werde später essen." Evert stand auf, nahm den Metbecher und trank ihn in einem Zug leer. Essen konnte er jetzt auf keinen Fall. Schon der Gedanke daran drehte ihm den Magen um. Auf dem niedrigen Tisch stand noch die Kanne mit dem Kräutertee, den Gero zuvor zubereitet hatte. Er füllte den Becher und ging wieder zu Rainald hinüber. Der war inzwischen weiß wie die Zeltwand und atmete nur noch ganz flach. Er hatte aber die Augen geöffnet und sah Evert still an. Er hatte mit dem Leben abgeschlossen und wartete in stiller Resignation nur noch auf das Ende, das war deutlich zu erkennen. Evert nickte zu der unausgesprochenen Feststellung, obwohl es ihm das Herz herausriss. Er würde bis zur letzten Minute für seinen Freund da sein, ihm seine eigene Verzweiflung aber nicht zeigen.

Der hielt den Becher an Rainalds Lippen und gierig trank sein Freund den Tee aus.

„Mehr", flüsterte er kaum hörbar. Evert füllte den Becher noch zwei Mal, bis sein Freund den Kopf zur Seite drehte und die Augen schloss. Sein Atem ging jetzt wieder in kurzen, angestrengten Stößen und die Farbe seiner Lippen veränderte sich von blass zu einem seltsam hellen Blau. Unruhig fuhren seine Hände über die Decke, bis Evert sie griff und festhielt. Plötzlich krampfte ein Hustenanfall Rainalds Brustkorb zusammen und sein Mund füllte sich mit frischem, rotem Blut. Pfeifend holte er wieder Luft und starrte Evert mit weit aufgerissenen Augen an. Seine Finger krampften sich um Everts Hände und bei jedem angestrengten Keuchen kam blutiger Schaum über seine Lippen. In einem neuen Hustenkrampf krümmte er sich und versuchte verzweifelt, zu atmen. Er bog den Kopf nach hinten, rang pfeifend nach Luft und brachte beim Ausatmen mehr blutigen Schaum hervor. Sein ganzer Körper begann krampfartig zu zittern. Dann erschlaffte er unvermittelt und sein Kopf kippte zur Seite.

Blicklos waren seine Augen auf die Zeltwand gerichtet.

Evert griff fest die Hände seines Freundes, und er wünsche sich, ihn doch noch im Leben festhalten zu können. Er starrte in Rainalds bewegungsloses Gesicht, dessen fahle Hautfarbe in hartem Kontrast zum frischen, hellroten Blut stand, das überall hingelangt war. Er hörte, wie Caspar aufschrie und dass Gero beruhigend auf ihn einredete, aber er selbst war wie betäubt, unfähig zu sprechen oder sich zu bewegen. Erst nach endlosen Minuten löste er zitternd eine Hand, legte sie über Rainalds Augen und schloss seine Lider. Wie im Traum zog er die Decken hinter dem Rücken seines Freundes heraus und legte den leblosen Körper flach auf die Liege. Er wischte sorgfältig alles Blut von Rainalds Gesicht und Händen. Dann nahm er die schmutzige Decke weg und breitete ein sauberes Laken über Beine und Brust. Schließlich griff er Rainalds Schwert mit der aufwändig verzierten ledernen Schwertscheide, legte es auf Rainalds Mitte und faltete die Hände seines Freundes um den Griff. Nachdem er das getan hatte, blieb er starr neben dem toten Körper stehen und stille Tränen liefen über sein Gesicht.

Auch in dieser Nacht quälte ihn derselbe Albtraum, der ihn in den vergangenen sieben Jahren so oft verfolgt hatte.

Hilflos und starr sah er zu, wie sein Ritter gegen eine Übermacht um sein Leben kämpfte. Wieder wurde das Schwert in dessen Brust gestoßen und mit einem letzten

Aufschrei brach er zusammen, während Evert wenige
Schritte weiter am Boden lag, unfähig aufzustehen und
seinen Herrn zu retten. Der Ritter stöhnte Everts Namen
und richtete sich halb wieder auf. Es war Rainalds blut-
verschmiertes Gesicht, das sich zu ihm umwandte und
Evert spürte tief in seinem Herzen die stumme Anklage,
die in Rainalds Blick lag. Dann hustete er Blut hervor und
sein Blick brach.

Evert krümmte sich zusammen, als er glaubte, wieder
die Hufe des Pferdes zu spüren, das ihn niedertrampelte.
Obwohl er selbst auch dieses Mal überlebt hatte, konnte er
den besten Freund, den er je gehabt hatte, nicht retten. Er
hatte wieder versagt.

Ein Geräusch hatte ihn aufgeweckt und als er sich auf der
Pritsche umdrehte, fiel sein Blick auf Caspar. Nun war er
für den Jungen verantwortlich, würde der Ritter sein, zu
dem er aufsah. Gero hatte für ihn die Aufgaben eines
Knappen übernommen, aber da er ein Leibeigener war
und nicht aus einem Adelshaus stammte, bekam er nicht
die dazu gehörige Ausbildung, um später einmal zum
Ritter geschlagen zu werden. Da Evert nun aber selbst
Land und Titel innehatte, durfte er auch einen adeligen
Jungen ausbilden. Konnte er das wirklich? War er als
Lehrmeister geeignet, konnte ein Vorbild sein, nachdem er
selbst seinen Ritter so schändlich im Stich gelassen hatte?

Insas Worte klangen plötzlich wieder in seinem Kopf:

„Euer Selbstbild hat offenbar Schaden genommen, als Euch diese schlimmen Dinge geschehen sind, aber Ihr seid ein guter und ein wertvoller Mensch." Sie hatte ihn so ganz anders gesehen, als er sich selbst, und er hatte erkennen müssen, dass die recht hatte. Zu lange hatte er sich mit der Schuld belastet, seinem Ritter nicht gut gedient zu haben. War es nun an der Zeit, das hinter sich zu lassen? Konnte er an seinen eigenen Wert glauben und daran, dass er ein Vorbild für einen Knappen sein könnte? Er sah noch einmal zu Caspar hinüber, dann schloss er die Augen, schickte ein Stoßgebet zum Himmel und fasste einen Entschluss.

Insa saß mit ihrem Vater und Thies in der Küche, während Lenne sich um die Wäsche kümmerte. Frerich und Gosbert saßen Gott sei Dank noch im Hungerturm, und Heinrich war mit dem Heerführer und den anderen Rittern in einer wichtigen Besprechung. So hatten die drei endlich Gelegenheit, beim Abendessen ungestört zu reden.

„Die Fußleute der Staufer werden immer dreister", beschwerte sich Bas.

„Ich verstehe das irgendwie", wandte Thies ein. „Die Männer leiden schon seit mehr als einer Woche Hunger. Der Befehlshaber hat die Essensausgabe so stark rationiert, dass es nur zwei Mal am Tag eine sehr dünne Suppe und eine kleine Ecke Brot gibt. Die Schützen aus der Stadt haben noch mehr zu essen, aber die Männer, die für diesen Philipp kämpfen, können einem schon leidtun."

Insa sah die Männer an, hörte aber nur schweigend weiter zu. Ihre Gedanken waren wie immer bei Evert, und sie fragte sich, ob die Situation draußen vor der Stadt wohl ähnlich schlimm war.

Bas schüttelte zu den Aussagen von Thies den Kopf „Als Bürger der Stadt kann man sich auf den Straßen nicht mehr sicher fühlen. Aber es wird alles noch schlimmer, das sage ich euch." Er sah von einem zum anderen, als wolle er ihnen ein Geheimnis verraten. „Da Walram von Limburg ja immer noch verletzt ist, habe ich schon mehrere Tage als Schreiber in seiner Kommandostube verbracht und Erschreckendes erfahren. Es ist nämlich so, dass die Vorratskammern jetzt völlig leer sind. Seit gestern haben die Männer im Lager nur noch Tee und verdünnten Wein bekommen, nichts zu essen. Gar nichts, könnt ihr euch das vorstellen?"

Thies schüttelte den Kopf „Himmel, wie soll das weitergehen? Die Ritter in den privaten Häusern hier rund um den Markt werden ja immer noch von ihren Gastgebern verpflegt, so wie Heinrich ja auch. Aber wenn sich das herumspricht, werden die hungrigen Fußleute uns überfallen, und ich denke nicht, dass die Ritter uns beschützen werden. Vielleicht nehmen sie uns die restlichen Vorräte auch noch weg. Dann werden wir alle hungern. Was denkst du, Vater, wird es dazu kommen?"

„Wir sollten auf jeden Fall die unteren Fenster des Hauses verbarrikadieren und niemandem mehr die Tür öffnen", beschloss Bas.

Insa unterbrach ihren Vater. „Ich habe gehört, dass zwei unserer Nachbarn in den letzten Tagen ihre letzten Vorräte zu Wucherpreisen verkauft haben. Jetzt haben sie auch nichts mehr, und die Ritter, die bei ihnen wohnen, ebenso wenig."

Bas nickte. „Nicht nur zwei, es gibt schon mehr Bürgerhäuser, deren Keller leer gefegt sind. Bei dieser Besprechung, bei der Heinrich jetzt ist, geht es darum, wie ich erfahren habe."

Insas Kinn zitterte, sie hatte das Gefühl, ihr ganzer Körper zitterte. Gegen die Besatzer würden auch Barrikaden an den Fenstern nicht viel helfen.

„Was werden Herzog Walram und seine Männer jetzt tun? Ich habe solche Angst, dass sie uns einfach alles wegnehmen."

Thies legte eine Hand auf Insas Arm. „Sei ruhig, Schwesterherz, vielleicht ist dieser ganze Albtraum auch schnell vorbei. Die Belagerungstruppen von König Otto greifen die Mauern und Tore schon seit vorgestern nicht mehr an. Sie beschränkten sich darauf, Brandpfeile auf die hölzernen Palisaden zu schießen, die auf der Rückseite der Stadt die Mauer ersetzen."

Insa suchte verzweifelt nach dem Hoffnungsschimmer in seinen Aussagen. „Können wir denn erwarten, dass sie demnächst durchbrechen? Ich kann mir andererseits auch gut vorstellen, dass die Männer von König Philipp bald meutern und die Waffen niederlegen. Hunger macht Widerstand gegen die Obrigkeit, das sieht man in der Geschichte überall."

Bas schüttelte wieder den Kopf. „Das kann alles noch dauern. Wir müssen uns um heute und morgen kümmern. Die Bogenschützen mussten gestern bis zum Einbruch der Dunkelheit auf der Mauer ausharren. Der Befehlshaber lässt sie sonst in den Hungerturm werfen, und der ist wahrlich schon gut gefüllt. Gestern Abend sind die Männer dann vom Hunger getrieben durch die Straßen der Stadt gezogen. Teils bettelnd, teils mit Gewalt haben sie versucht, etwas Essbares zu ergattern."

Thies ballte die Fäuste auf dem Tisch. „Das wird heute auch nicht anders sein, und wir haben nur noch zwei Stunden Zeit, bis sie ihre Stellungen verlassen dürfen. Wir können uns nur noch wehren, indem wir uns einschließen. Viele Aachener haben sich bewaffnet und es hat schon gestern Abend auf beiden Seiten einige Tote gegeben."

Es klopfte an der Haustür und das Gespräch verstummte. Alle drei sahen angespannt zur Küchentür und Insa hörte, wie Lenne öffnete. Der Stimme nach war es Heinrich und Insa fiel ein Stein vom Herzen. Sie wollte ihm trotzdem auf keinen Fall begegnen.

„Ich gehe in die Nähstube", erklärte sie und Bas und Thies nickten mit grimmigen Mienen. Insa griff hastig eine Schale der Graupensuppe und ein Stück Brot und floh aus der Küche, noch ehe Heinrich seinen Schwertgürtel abgelegt hatte und in den Flur getreten war.

Nachdem sie gegessen hatte, arbeitete sie noch weiter, bis sie zu müde war. Bas und Thies hatten inzwischen alle Fenster im Erdgeschoss mit Brettern zugenagelt, aber Insa fühlte sich dadurch nicht wirklich sicherer. Es erschien ihr eher, als wäre sie jetzt in einem Kerker eingeschlossen, und sie war froh, dass sie oben in ihrem Zimmer noch auf die Straße hinaussehen konnte.

Statt sich umzuziehen, stand sie am Fenster und ihre Gedanken kehrten wieder zu Evert zurück. Würde er kommen? Würden die Welfen wirklich die Stadt einnehmen, wie Thies vorhersagte? Und wenn nicht? Was würde noch alles geschehen, wie viele Menschen müssten noch sterben, ehe dieser ganze Streit entschieden wäre? Natürlich hatte sie Angst um ihr eigenes Leben, aber fast mehr noch um ihren Vater und Bruder. Sie konnte im Haus bleiben und wäre dort hoffentlich einigermaßen sicher, während die beiden jeden Tag hinaus mussten, um gegen den Feind und im schlimmsten Fall sogar gegen die Staufer zu kämpfen.

Sie beobachtete vom Fenster aus einen jungen, schmächtigen Kerl, fast noch ein Kind, der vor der Schenke in ein Gerangel verwickelt wurde. Irgendwann löste sich der Junge aus dem Knäuel der streitenden Männer und humpelte eilig ein kurzes Stück die Straße hinab. Hemd und Hose bestanden nur aus fadenscheinigen Fetzen, die ihm auch deutlich zu klein waren. War er ein Stadtbewohner? Der Kleidung nach einer der ärmsten Schicht von Tagelöhnern und Leibeigenen. Offenbar war er am Bein verletzt, denn jeder Schritt schien ihm schwerer zu fallen. Schließlich blieb er vor ihrem Haus stehen und lehnte am Türrahmen, als könne er kaum noch stehen. Insa hörte, wie er gegen die Tür klopfte und unter Schluchzen um etwas zu Essen flehte.

Sie wusste, dass ihr Herz zu weich war und dass sie nicht alle hungrigen Leute in der Stadt verpflegen konnte, aber die verzweifelte Stimme dieses Knaben riss ihr Herz entzwei. Sie hielt es nicht mehr aus, lief nach unten und nahm aus der Küche das Stück Brot, das vom Abendessen übrig geblieben war, eilte zur Haustür, öffnete einen Spalt und reichte es heraus.

Ungläubig starrte der Junge sie an. „Seid gesegnet, meine Dame", flüsterte er ergriffen. „Das ist mehr Brot, als ich in der ganzen letzten Woche bekommen habe." Er fiel vor ihr auf die Knie und bedankte sich noch einmal überschwänglich, aber Insa konnte den Anblick des zerlumpten und ausgemergelten Burschen nicht länger ertragen. Sie schloss die Tür eilig wieder und ging nach oben, um aus dem Fenster ihrer Kammer auf die Straße zu sehen.

Der Bursche setzte sich auf der gegenüberliegenden Straßenseite auf die Stufen eines Hauseingangs und begann gierig das Brot hinunter zu schlingen.

Plötzlich ertönte ein Ruf. „Der da hat was!"

Zwei große und kräftige Kerle in der Kleidung der Fußleute von Philipp kamen aus einer Gasse quer über den Platz gelaufen. Einer zückte ein Messer und hielt es dem Burschen an den Hals.

„Gib her!", herrschte der Zweite ihn an.

„Nein." Der Junge hielt das Brot so fest in seiner Hand, als ob sein Leben davon abhinge. In dem Moment zischte die Klinge nach vorn, der Mann mit dem Messer griff nach dem Brotstück und beide rannten los. Blut spritzte über das Pflaster und mit weit aufgerissenen Augen fasste der Bursche an seinen Hals. Er keuchte noch zwei Mal und kippte dann ohnmächtig nach hinten, während das Blut weiter in rhythmischen Stößen aus seinem Körper quoll. Nach wenigen Augenblicken hatte sich auf dem Pflaster eine große Lache gebildet und das Fließen ebbte zu einem schwachen Rinnsal ab. Sein Herz hatte aufgehört zu schlagen.

Insa hatte von ihrem Fenster im ersten Stock die Tat ganz genau erkennen können. Wie erstarrt stand sie da und sah auf den toten Körper in der riesigen Blutlache herunter.

„Ich habe ihn umgebracht", flüsterte sie immer wieder vor sich hin und konnte nicht glauben, was sie gerade mit eigenen Augen gesehen hatte. Weinend stürzte sie nach nebenan in Thies Zimmer. Der sah sie nur kurz fragend an, zog sie dann aber ohne Worte in seine Arme. Unfähig über das Geschehene zu sprechen, schluchzte sie an seiner Brust und konnte sich sehr lange nicht beruhigen.

11 Keine Vorschriften mehr

Zwei Tage später stand Evert morgens vor seinem Zelt und sah etwas, das er niemals erwartet hätte. Aus Richtung der Stadt kam ein Trupp von fünf Reitern mit Knappen, die Wappenstangen vor ihnen hertrugen. Erkennbar an seinem Wappen ritt in der Mitte und etwas vor den anderen der Herzog Walram von Limburg, der Befehlshaber der Truppen in Aachen. Vor ihm ging ein weiterer Knappe, der an einer Stange das weiße Tuch führte, das Verhandlungsbereitschaft anzeigte. Der ganze Trupp blieb abwartend auf halber Strecke zwischen der Stadt und dem Lager stehen. Es war offensichtlich, dass über die Kapitulation verhandelt werden sollte.

Evert hatte schon von derartigen Verhandlungen gehört, es aber noch nie selbst erlebt. Die Anspannung, die sich in dieser Situation über allem ausbreitete, war kaum zu ertragen. Schließlich stellte es für den Herzog ein großes Risiko dar, sich aus der Stadt herauszuwagen. Auch das weiße Tuch schützte ihn nicht vor einem Angriff. Es wäre nicht das erste Mal, dass trotz dieses deutlichen Signals die Unterhändler einfach ermordet wurden. Evert hoffte, dass es nicht dazu kommen würde. Vielleicht half die Tatsache, dass Walram persönlich erschienen war.

Evert sah sich zu König Ottos Zelt um, vor dem sich eilig die ranghöchsten Befehlshaber versammelten. Schon wenige Minuten später erschien König Otto selbst, stieg auf sein imposantes schwarzes Ross und brach mit vier weiteren Reitern vom Lager auf, um Herzog Walram zu treffen. Sie trugen alle komplette Rüstungen und Schwerter an der Seite. Auch ihre Knappen gingen zu Fuß vor den Rittern her und trugen die Wimpelstangen der jeweiligen Häuser, wie sie es normalerweise nur bei der ersten Präsentation am Beginn eines Turniers taten. König Otto brachte sein Pferd mehrere Meter vor Herzog Walram zum Stehen. Beide blieben im Sattel sitzen, Evert konnte jedoch erkennen, dass sie miteinander sprachen. Die Ritter hinter den beiden Anführern saßen still wie Statuen auf ihren Pferden. Nur einige der Knappen traten von einem Fuß auf den anderen und verrieten damit die schier unmenschliche Anspannung.

Alle übrigen Ritter, Knappen und Fußleute Ottos versammelten sich voll gerüstet und bewaffnet an der Grenze des Lagers und erwarteten den Ausgang der Gespräche. Die Leute im Lager waren ebenso angespannt wie die Verhandlungsparteien, auch wenn ihnen von den Unterhändlern keine unmittelbare Gefahr drohte. Zuerst war es nur ein leises Raunen gewesen, aber immer mehr Männer redeten nun aufeinander ein und begannen, sich darüber zu streiten, wie die Verhandlungen wohl ausgehen würden. Sie konnten die Worte des Königs bis zum Lager ohnehin nicht hören, dazu waren die beiden Parteien zu weit entfernt.

Es kam Evert vor wie eine Ewigkeit, wahrscheinlich war aber nicht einmal eine Stunde vergangen, ehe beide Parteien sich wieder zurückzogen. König Otto stellte sich mit seinem Pferd vor den versammelten Männern auf und jeweils zwei der Ritter flankierten ihn. Seine Miene verriet nichts und gespannte Stille senkte sich über das Lager, nur unterbrochen durch das Schnauben der Pferde.

Erst als die Leute absolut still waren, breitete sich ein breites Grinsen auf Ottos Zügen aus, er zog sein Schwert, streckte es in den Himmel und brüllte:

„Aachen gehört uns! Wir haben gesiegt. Nunquam retrorsumn! Niemals zurück!"

Ein Sturm von Gebrüll erhob sich, als alle den Wahlspruch der Welfen wieder und wieder zurückriefen. Evert und die übrigen Ritter zogen ihre Schwerter, reckten sie ebenfalls in den Himmel und klopften anschließend so laut wie nur möglich auf ihre Schilde. Auch alle anderen

Waffen wurden auf die eine oder andere Art verwendet, einen Höllenlärm zu machen, und wer keine Waffe trug, brüllte aus vollem Hals, um der Siegesfreude Ausdruck zu geben.

Aber der König war noch nicht fertig. Nachdem der Lärm sich etwas gelegt hatte, hob er die Hand und Schweigen legte sich wieder über das Lager.

„Die Staufer haben drei Stunden, um sich auf unseren Einmarsch vorzubereiten und sich auf dem Marktplatz zu versammeln. Alle Truppen in der Stadt sollten freies Geleit bekommen. Sie werden die Waffen niederlegen, und wir sammeln Schwert und Schild, Pfeil und Speer ein. Niemand darf auch nur ein Messer behalten, das länger als eine Handspanne ist. Danach geleiten wir sie aus der Stadt. Auch die Ritter und Würdenträger werden entwaffnet, sie sind allerdings verpflichtet zu bleiben, um der Krönung beizuwohnen."

Wieder brandete Jubel auf, aber Otto hob noch einmal die Hand. „Ich danke euch allen für Eure Treue und Euren Mut. Ich werde jeden Einzelnen belohnen." Er machte eine dramatische Pause und alle warteten gespannt, was er noch zu sagen hatte. „Übermorgen wird es eine Krönung geben!", brüllte er zum Schluss.

„Es lebe der König", riefen alle Männer aus vollem Hals und Otto verneigte sich vor seinen Leuten, ehe er zu seinem Zelt zurück ritt.

Alle Ritter und Fußsoldaten Ottos machten sich bereit,

um voll gerüstet vor das Tor zu ziehen. Auch Evert ging mit Gero und Caspar zurück zum Lager, um sich fertig zu machen. Die Freude über den Sieg und die Aufregung angesichts des Einzugs in die Stadt ebbten ab, während er sich im Zelt umsah. Dies hier war noch vor Kurzem auch für seinen Freund Rainald ein Ort der Ruhe und ein kleines Stückchen Zuhause, im Wahnsinn der wochenlangen Kämpfe gewesen. Mit schwerem Herzen stand er vor der Ausrüstung und dem Wappenschild seines Freundes, das er heute in die belagerte Stadt tragen wollte.

Gero und Caspar warteten neben ihm auf Anweisungen. Schließlich nickte Evert ihnen zu und Gero begann, ihm die Unterrüstung anzulegen, während Caspar all die Gegenstände seines ehemaligen Herrn in die Hand nahm und wieder ablegte, als wolle er sich einzeln von ihnen verabschieden. Dem dick wattierten Gambeson folgten Kettenhemd, Kettenhaube, Handschuhe und Schwertgürtel. So gerüstet stand Evert noch einen Augenblick schweigend da, ehe er nach draußen trat, wo Caspar sich gerade auch von Rainalds Pferd Fulk verabschiedete.

Dies war für die meisten von Ottos Männern ein Tag großer Freude, auch wenn sie alle Freunde und Kameraden verloren hatten, aber Evert konnte das Glück über den Sieg nicht wirklich spüren. Seine Gedanken waren bei Rainald und mit jedem Moment wurde ihm mehr bewusst, wie sehr ihn der Verlust seines besten, seines einzigen wirklichen Freundes traf. Er hatte noch Aufgaben zu erfüllen, würde Rainalds Eltern erklären müssen, dass ihr Sohn nicht zurückkehren würde. Er würde seinem Vater, dem Freiherrn von Hövel, das Schwert des gefallenen Sohnes zurückgeben und ihm die letzte Entscheidung über dessen Verbleib überlassen.

Auch Caspars Vater würde er unterrichten müssen und ein anderer Ritter würde den Jungen als Knappe aufnehmen müssen. Er sah die beiden Burschen an, die nun nebeneinander bei Fulk standen, und fasste einen Entschluss.

„Gero, du weißt, dass ich jetzt als Ritter einen richtigen Knappen ausbilden kann."

Der Junge wurde blass und starrte ihn mit offenem Mund an, dann schluckte er hart.

„Ihr wollt mich nicht mehr?", stieß er mit der hohen Stimme eines Kindes hervor, obwohl er den Stimmbruch eigentlich längst hinter sich hatte.

„Doch, natürlich." Evert holte tief Luft. „So sollte das nicht klingen, Gero, ganz im Gegenteil. Du wirst immer bei mir bleiben." Es gab etwas sehr Wichtiges, das der Junge noch nicht wusste. Er musste es ihm einfach hier im Zeltlager sagen, obwohl er eigentlich einen ganz anderen Rahmen geplant hatte.

„Du erinnerst dich an den Tag, als der Graf mich zum Ritter geschlagen hat. Er bot mir ein Geschenk an. Ich durfte etwas auswählen und ich habe dich gewählt. Du gehörst jetzt nicht mehr zum Grafen, sondern zu mir, und wenn du alt genug bist, wirst du kein Leibeigener mehr, sondern ein freier Mann sein. Niemand kann uns mehr trennen, Junge."

Gero stolperte nach vorn und fiel Evert um den Hals. „Aber warum habt Ihr mir das nicht gesagt?", keuchte er.

„Ich wollte warten, bis wir gemeinsam nach Düssel reiten und dir dort erklären, dass dies nun auch dein Zuhause ist. Ich hatte mir den Moment feierlich und bedeutungsvoll ausgemalt, aber nun muss ich es dir hier so kurz vor dem Abritt sagen. Wir werden die Feier nachholen, versprochen."

Gero nickte nur und Freudentränen kullerten an seinen Wangen herab. Er war mit seinen vierzehn Jahren eben immer noch ein Kind, auch wenn er darauf bestand, schon erwachsen zu sein, und seit seinem Stimmbruch auch meistens so klang.

„Ein Knappe könnte viel von dir lernen", fuhr Evert fort, um auf den Grund des Gesprächs zurückzukommen.

Gero trat einen Schritt zurück und atmete tief durch. Er straffte sich und gab sich offensichtlich Mühe, wie ein Mann zu wirken, als er Evert ernst ansah. „Ihr werdet also einen Knappen nehmen", stellte er fest und Evert hörte, wie er sich Mühe gab, die hohen Töne aus seiner Stimme zu verbannen.

„Ich werde Caspars Vater fragen, ob er einverstanden ist. Ich trage keinen großen Namen, aber ich mag Caspar und ich möchte damit auch Rainalds Andenken ehren.

Was denkst du, Gero?"

„Ihr fragt mich?" Gero riss ungläubig die Augen auf.

„Ja, ich frage dich nach deiner Meinung. Du hast doch eine, oder?"

„Ich … ja, ich denke … ja, er wäre gut", stotterte er.

„Herr Evert." Caspar trat einen Schritt vor und stand vor ihm, gespannt wie ein Bogen mit angelegtem Pfeil. „Wirklich?"

Evert lächelte, als der Junge ihn mit großen Augen ansah.

„Ja, wirklich, wenn dein Vater einverstanden ist", bestätigte Evert. „Er hat natürlich das letzte Wort."

„Natürlich wird er das. Es wäre meiner Familie eine Ehre. Ihr seid ein sehr respektabler Ritter. Ihr seid von den Toten zurückgekehrt, sogar schon zwei Mal. Ihr bildet all die Fußkämpfer des Grafen aus und Ihr seid der allerbeste Reiter in der ganzen Grafschaft", zählte Caspar mit Bewunderung in der Stimme auf. Seine Augen leuchteten, als wäre es das größte Geschenk, Everts Knappe zu werden.

Evert fühlte sich geschmeichelt, dass der Junge so viel von ihm hielt, und sofort erinnerten ihn die Worte an Insa, die ganz Ähnliches über ihn gesagt hatte. Ihre gute Meinung von ihm hatte Evert ja überhaupt erst auf den Gedanken gebracht, dass er Caspar als Knappen nehmen könnte. Und heute würde er sie wiedersehen.

„Ich danke dir", antwortete er Caspar. „Wir werden

sehen, was er sagt. Bis dahin bleibst du bei mir, denn das war ja auch Rainalds letzter Wunsch."

Das Feuer in den Augen des Jungen erlosch bei der Erwähnung wieder und er senkte den Kopf. „Ja, Herr."

„Wir werden ihn nie vergessen, Caspar. Du wirst ebenfalls ein respektabler Ritter werden und ihm damit Ehre machen, wie es sein letzter Auftrag an dich war", erinnerte Evert ihn.

„Ja, Herr", gab der Junge mit einem matten Nicken zurück. Er tat Evert leid, aber seine Trauer konnte er ihm nicht nehmen. Mit dem Verlust musste jeder von ihnen allein zurechtkommen.

Inzwischen waren alle Männer auf dem zentralen Platz des Lagers versammelt und es war an der Zeit, die Stadt zu übernehmen. Mit einem Nicken zu den beiden Knappen saß Evert auf und Gero reichte ihm den Schild an. Gero ging an seiner rechten Seite, während Caspar das Wappen Rainalds vor ihm hertrug. Evert hatte in der kurzen Zeit nach seinem Ritterschlag noch kein eigenes Wappen und natürlich auch weder Tuch noch Schild anfertigen lassen, und so war es nur recht, hinter dem Banner seines besten Freundes in die Stadt zu reiten. Evert fand die anderen Ritter des Grafen von Berg und reihte sich mit ihnen hinter seinem König ein.

Endlich war es so weit. Tatsächlich nahmen sie nun die Stadt ein und tatsächlich würde er Insa wiedersehen. Trotz des Schmerzes über Rainalds Tod breitete sich Vorfreude in ihm aus, die jedoch durch eine ungute Vorahnung getrübt wurde. Ging es Insa gut? Hatten die drei staufischen Ritter sie anständig behandelt und waren Bas oder Thies unverletzt? Oder hatte sie ihre Meinung geändert und nicht auf ihn gewartet? Hatte dieser Heinrich ihr inzwischen einen Antrag gemacht? Dass er viel von ihr hielt, hatte Evert aus den Gesprächen herausgehört. Würde er zu spät kommen, oder warum plagte ihn jetzt diese innere Spannung? Plötzlich stand Frerichs vor Wut verzogenes Gesicht wieder vor ihm, und da war auch noch ein dritter Ritter im Haus gewesen, an dessen Namen er sich nicht erinnerte. Was konnte in der Zwischenzeit alles geschehen sein? Er würde es erfahren, wenn er Insa wiedersah, es hatte keinen Sinn, sich jetzt deswegen den Kopf zu zermartern. Er richtete den Blick nach vorn und versuchte die Vorfreude auf das Wiedersehen wieder hervorzuholen, aber je näher sie der Stadt kamen, desto unruhiger wurde er.

Kurz vor der Mauer hielt König Otto an und ließ seine schwer gerüsteten Ritter zum Tor voranreiten, um für den Fall gewappnet zu sein, dass die Staufer einen Hinterhalt planten. Das schwere Holztor wurde ihnen aber geöffnet wie verabredet und die Ritter mit ihrem König in der Mitte zogen die Jakobstraße hinauf zum Marktplatz.

Evert ritt direkt hinter seinem Lehensherrn Graf Adolf von Berg und dessen Hauptmann Diederich von Altena. Nachdem die feindlichen Truppen aus der Stadt eskortiert wären, wollte er direkt zum Haus des Tuchhändlers reiten, um Insa wiederzusehen. Bei dem Gedanken an ihr wunderbares Lächeln zog eine Welle aus Wärme in sein Herz. Die Krönungsfeier war schon für übermorgen angesetzt. Würde Insa ihn vielleicht zu den Feierlichkeiten begleiten? Sein Herz schlug bis zum Hals bei dem Gedanken, wie er ihr diese Frage stellen sollte und was sie wohl antworten würde. Niemals hatte er damit gerechnet, dass es ihm so schnell möglich sein würde, sein Versprechen einzulösen, und doch bedrückte ihn immer noch das nagende Gefühl, er käme zu spät.

Während er in seine Gedanken versunken zwischen den anderen Männern des Grafen ritt, waren sie am Markt angekommen. Die gegnerischen Truppen waren dort bereits versammelt und Evert sah sich um. Die staufischen Fußsoldaten waren ausgemergelt und hohlwangig wie Bettler. Sie standen und saßen vor Erschöpfung und Hunger völlig entkräftet zusammen und boten ein Bild des Jammers. Viele von ihnen sahen nicht danach aus, als ob sie noch einen langen Tagesmarsch ohne Verpflegung überstehen würden.

Während die Berittenen die Fußleute einkreisten und zusammenhielten, hatten Ottos Knappen und Fußleute die Aufgabe, den Männern alle Waffen abzunehmen und in der Mitte des Platzes am Brunnen abzulegen. Auch Gero und Caspar kamen der Aufgabe nach, während Evert mit den anderen immer wieder um die Staufer herumritt und sie enger zusammentrieb. Gruppen von Ottos Rittern durchstreiften die Stadt, um auch die letzten Staufer zum Marktplatz zu treiben, und es dauerte nicht lange, bis alle Kämpfer entwaffnet waren. Die Edelleute unter der Führung von Walram von Limburg standen in voller Rüstung, aber ohne ihre Waffen und Pferde vor dem Haus des Bürgermeisters und nur wenige hielten sich aufrecht und würdevoll, wie es einem Ritter gebührte. Evert durchsuchte mit seinem Blick die Reihen der Staufer, konnte aber nur Heinrich erkennen. Gosbert und Frerich fehlten. Er wandte sich den Häusern rund um den Platz zu und fand über die Köpfe der Fußleute hinweg schnell das Tuchhändlerhaus. Die Tür war verschlossen und die unteren Fensterläden mit Brettern zugenagelt, doch im oberen Stock meinte er, eine Bewegung am Fenster zu sehen. Sein Herz machte einen Hüpfer. Nicht mehr lange und er würde wieder vor ihr stehen.

Heinrich war ins Haus gekommen, als Insa und Lenne beim Mittagessen saßen. Seit er gegen Evert ausgetauscht worden war, wohnte er weiterhin bei ihnen, ließ sich aber eigentlich nur zum Essen und zum Schlafen blicken und wechselte kaum ein Wort mit der Familie. Darüber, dass es in diesem Haus noch genügend Nahrungsmittel gab, hatte er sich offensichtlich ausgeschwiegen, denn außer ihm hatte sie nie jemand von den Rittern oder Fußleuten behelligt.

„Die Welfen werden in die Stadt einziehen, in zwei Stunden. Wir haben kapituliert", erklärte er ohne Umschweife, dann ging er in sein Zimmer, ohne sich etwas vom Essen zu nehmen und ließ Insa und Lenne sprachlos in der Küche zurück.

„Ich muss Vater Bescheid geben, und Thies. Herrgott, wo soll ich sie nur finden? Vater ist in der Kommandostube, aber Thies, wo kann er sein?"

„Seid ruhig Mefrouw", antwortete Lenne. „Ich werde gehen. Ihr bleibt hier und beobachtet, was dieser Heinrich macht. Ich traue ihm nicht, habe ich noch nie. Vielleicht versucht er, uns zu bestehlen. Ach was, Insa, am besten schließt Ihr Euch im Nähzimmer ein. Soll er nehmen, was er will, Hauptsache Euch geschieht nichts." Nach diesem Wortschwall verschwand die alte Köchin, noch ehe Insa irgendeine Antwort geben konnte.

Wie betäubt saß sie am Tisch, das Essen hatte sie völlig vergessen, während die Gedanken in ihrem Kopf herumsprangen wie wilde Kaninchen im Frühling. Waren ihr Vater und Thies sicher? Würden die Welfen nun die Häuser plündern und an den Bürgern Rache nehmen, die so viele von ihnen auf dem Gewissen hatten? Würde Evert mit den Welfen in die Stadt kommen und wenn ja, was würde er tun?

Hastig räumte sie das Essen weg, spülte die beiden Schalen ab und eilte in ihre Nähstube. Hier fühlte sie sich immer am sichersten und hier waren ihr die Erinnerungen an die schönen Stunden mit Evert am nächsten. Wenn doch nur jemand da wäre, so lange Thies und Bas nicht im Haus waren, dann würde sie sich viel sicherer fühlen.

Plötzlich öffnete sich die Tür zur Nähstube. Heinrich stand im Rahmen, trat aber nicht ein. Erschrocken sprang Insa auf und legte ihre Näharbeit zu Seite.

Er blieb im Türrahmen stehen und sah sie wortlos an. Dann seufzte er tief und blickte zu Boden.

„Ihr fürchtet Euch noch immer vor mir", stellte er mit belegter Stimme fest.

Insa schwieg und starrte ihn an. Plötzlich beugte er ein Knie zu Boden und senkte den Kopf. „Es tut mir sehr leid, wie alles gekommen ist. Ich wünschte, wir hätten uns unter anderen Umständen getroffen." So viel ehrlicher Kummer lag in seiner Stimme, das Insa unwillkürlich einen Schritt nach vorn machte und ihre Hand auf seine Schulter legte. Ein Beben durchzog seinen Körper und für einen Moment schloss er die Augen. Dann nahm er mit einer zögerlichen Bewegung ihre Hand, hielt sie behutsam in seiner und sah zu Insa hoch. „Ich bedauere sehr, dass ich in keiner Position bin, Euch einen Antrag zu machen. Ihr würdet ihn ohnehin ablehnen, da unsere Bekanntschaft unter keinem guten Stern stand. Seid aber sicher, dass ich Euch nie vergessen werde." Er hielt inne, als fehlten ihm die Worte, dann schüttelte er noch einmal bedauernd den Kopf. „Ich danke Euch für Eure Gastfreundschaft und für Eure Gesellschaft." Mit einem Ruck stand er auf, drehte sich um und verließ, ohne sich noch einmal umzublicken, das Haus.

Insas Herz flatterte gegen ihre Rippen wie ein eingesperrter Vogel gegen die Gitterstäbe seines Käfigs. Sprachlos stand sie da, unfähig, Heinrichs Worte zu verarbeiten.

Bas kam endlich nach Hause und Insa lief in den Flur. „Vater, ist alles in Ordnung? Wo ist Thies, wo ist Lenne?", fragte sie atemlos.

„Es ist schon gut, mein Kind. Lenne ist bei ihrer Schwester geblieben und Thies ist im Gildehaus. Die Vorsteher der Schützengilden sammeln die Pfeile, Bögen, Speere und alles anderen ein und schließen es in ihre Waffenkammern ein. Ich wollte nur kurz nach dir sehen und muss gleich zum Gildehaus, um zu helfen." Er verengte die Augen und presste die Lippen zusammen, ehe er fortfuhr. „Niemand darf mehr mit irgendeiner Art Waffe in der Stadt angetroffen werden, aber wir können uns von Ottos Männern ja nicht alles abnehmen lassen. Die Stadt wäre ja völlig ungeschützt. Sie haben beschlossen, dass alle Sachen der Stadtwehr in den Gildehäusern eingeschlossen und dort von welfischen Rittern bewacht werden sollen. Die Waffen der Staufer wollen sie auch dorthin bringen. Ich muss los, mein Mädchen. Bleib auf jeden Fall im Haus, bis einer von uns wiederkommt. Mach dir keine Sorgen." Er drückte sie noch ein letztes Mal und eilte dann direkt wieder hinaus.

Insa schloss die Haustür hinter ihm ab, rannte nach oben und stellte sich an das kleine Fenster ihrer Kammer. Da ihr Haus schräg gegenüber vom Rathaus an den Markt grenzte, versammelten sich die Besatzer der Stadt fast direkt vor ihrer Tür. Sie war jetzt ganz allein zu Hause und sie hatte riesige Angst, wenn sie an die grauenhafte Szene vom vorletzten Abend zurückdachte. Die Fensterläden in der unteren Etage wären leicht aufzubrechen, wenn man es darauf anlegte, und selbst die schwere Eichentür würde einem Trupp hungriger Männer nicht lange standhalten. So viele von ihnen trafen sich nun auf dem Platz. Sie alle waren schrecklich mager und sahen aus, als wären sie halb verrückt vor Hunger.

Sie konnte ganz hinten auf der Straße schon die Gruppe welfischer Ritter sehen, die vom Jakobstor in die Stadt zogen. Natürlich würde Evert mit ihnen reiten, aber wie lange konnte es dauern, bis er Gelegenheit fand, zu ihr zurückzukommen?

Es dauerte nicht lange, bis die Ritter auf dem Marktplatz angekommen waren und begannen, die staufischen Truppen einzukreisen. Sie trugen ihre Rüstungen und Kettenhauben und darüber oft noch Helme, die tief in die Stirn reichten und einen langen Metallstreifen, der den Nasenrücken bedeckte und sie völlig unkenntlich machte.

Dadurch sahen sie bis auf ihre Schilde und Wappenröcke alle fast gleich aus. Jetzt wurde ihr plötzlich klar, warum diese Kleidungsstücke über der Rüstung getragen wurden. Sie hatte bisher geglaubt, es wäre Protzerei und Standesdünkel, dass alle Ritter riesengroß das Wappen ihrer Familie auf der Brust trugen.

Jetzt war ihr klar, dass man sie anders gar nicht unterscheiden könnte. Niemand wüsste, wem er gegenüberstand, wer Freund oder Feind war. Ihr fiel außerdem jetzt erst auf, dass sie gar nicht wusste, welches Wappen Evert führte. So konnte sie ihn unter all den Rittern unmöglich erkennen.

Er würde kommen, sie war ganz sicher. Einer der Reiter löste sich aus der Gruppe, doch Insa konnte nicht genau sehen, ob es Evert war.

Als es plötzlich unten klopfte, eilte sie, ohne nachzudenken hinunter und öffnete die Tür. Erschrocken taumelte sie zurück.

Vor ihr standen Frerich und Gosbert. Schmutzig und abgerissen, mit schmalen Wangen, struppigen Bärten und dunklen Augenringen füllten die beiden den Türrahmen und starrten sie mit bedrohlicher Entschlossenheit an. Frerich hob eine Hand zu ihrer Schulter und stieß sie grob in den Hausflur zurück. Dann drängte er sich zugleich mit Gosbert durch die Tür.

Insa stolperte nach hinten und blieb zitternd mit dem Rücken an der Wand stehen. Ein Messer blitzte in seiner

Hand auf und einen Wimpernschlag später spürte sie die Spitze an ihrer Kehle.

Voller Hass starrte er sie an. „Du Hexe, dir werde ich gleich dein Lebenslichtchen ausblasen."

„Zuerst wollen wir etwas zu essen", murrte Gosbert hinter ihm.

Wortlos packte Frerich daraufhin Insas Schulter und stieß sie in Richtung Küche. Einen Schritt taumelte sie vorwärts, dann fiel sie der Länge nach hin. Noch ehe sie sich wieder aufrichten konnte, packte Frerich sie von hinten und zog sie hoch. Als er am Nacken in den Stoff griff, schnürte der Kragen des Kleides ihr die Luft ab und sie keuchte hilflos auf. Ganz nah zog er ihren Kopf zu sich heran und zischte in ihr Ohr:

„Ich habe dich begehrt, habe gedacht, du wärst etwas Besonderes. Aber du hast mich in den Turm werfen lassen, du Schlampe. Jetzt kann dein Heinrich dich nicht mehr beschützen. Niemand wird dich beschützen. Niemand kann mir mehr verbieten, mir zu nehmen, was ich will." Er rieb sein raues, bärtiges Gesicht an ihrer Wange und holte tief Luft, als würde er ihren Geruch einatmen. „Und danach werde ich dir den Hals durchschneiden."

Mit stählernem Griff packte er ihre Taille und drückte seine Mitte fest gegen ihre Hüfte. Durch die Kleidung spürte sie seine Härte, als er sich mit einem heiseren Stöhnen an ihr rieb. Insas Herz wollte aus ihrer Brust fliehen und ihr wurde übel, doch im nächsten Augenblick stieß er sie wieder von sich. Sie krachte mit der Schulter gegen den Türrahmen und musste sich festhalten, um nicht wieder hinzufallen.

„Das wird warten können", keuchte Frerich, packte sie wieder und brüllte direkt in ihr Ohr: „Essen, sofort!". Insa riss unwillkürlich die Hände über den Kopf, aber er schlug sie nicht wie erwartet. Stattdessen grinste er nur und stieß sie in Richtung Kessel, in dem noch der Eintopf vom Mittagessen über der bis auf die Glut herunter-gebrannten Kochstelle hing.

Insa zitterte am ganzen Körper und die erste Schale fiel ihr aus der Hand, ehe sie sie füllen konnte. Mit einem trockenen Krachen zerbarst sie am Boden und sie starrte die Scherben wie gelähmt an.

„Nun mach schon." „Beeil dich", schnauzten Frerich und Gosbert zugleich und hastig füllte sie zwei Schalen, nahm zwei Kanten Brot aus dem Korb und stellte alles auf den Tisch.

„Und Met!", befahl Gosbert, während Frerich die Suppe bereits gierig verschlang. Insa nahm zwei Becher, aber Gosbert wedelte nur ungeduldig mit der Hand. „Die ganze Kanne".

Sie stellte den Männern also den Met und zwei Becher hin. Dann wich sie, so weit es möglich war, in die Ecke neben dem Ofen zurück.

Gierig stürzte Gosbert drei Becher Met hinunter, erst danach begann er zu essen. Inzwischen hatte Frerich seine

Schale bereits geleert. Er stand auf, packte hart Insas Arm und stieß ihr seine leere Suppenschale vor die Brust. „Mehr!"

Als sie sich zum Suppentopf herumdrehte, fasste er wieder mit beiden Händen um ihre Mitte und zog sie gegen seinen Körper. Er rieb sich gegen ihre Hüfte und stöhnte. Sein ganzer Körper war hart wie Stein, als er sich mit aller Kraft gegen sie presste. Insa war wie erstarrt und ihre Finger krampften sich um die Suppenschale. Sie durfte nicht darüber nachdenken, was Frerich mit ihr tun würde, aber namenlose Angst presste ihren Brustkorb zusammen.

„Nun mach schon, ich habe noch immer Hunger, und nicht nur auf dich. Ich will erst noch mehr Suppe."

Insa zwang sich dazu, die Kelle zu greifen und die Schale zu füllen, dann hielt sie ihm den Eintopf hin.

Mit einem anzüglichen Grinsen nahm er sie und setzte sich wieder. Insa sah kurz zur Tür, aber Frerich war viel zu nah und konnte sie jederzeit packen. Der große Tisch versperrte zusätzlich den direkten Weg zur Tür. Sie wich wieder in die Ecke zurück und drückte sich gegen die Wand. Sie zitterte noch schlimmer als zuvor.

Laut lachte er auf. „Hab ich dich erschreckt mein Vögelchen? Ein bisschen will ich die Vorfreude noch auskosten. Ich hab schon viel zu lange auf dich warten müssen." Seine Miene verfinsterte sich mit einem Schlag und seine Augen wurden schmal. „Wenn Heinrich nicht gewesen wäre, hätte ich dich schon längst genommen, aber jetzt wird seine Hochwohlgeboren mir keine Vorschriften mehr machen." Boshaft und roh klang sein Lachen, als er wieder zum Löffel griff, um weiter zu essen.

Nach wenigen Augenblicken hatte er auch die zweite Portion Suppe verschlungen, stand auf und trat einen Schritt auf sie zu. Mit gierigem Blick glitt er über ihren Körper, und obwohl er sie nicht berührte, fühlte sie, wie vor Angst und Ekel eine Gänsehaut über ihren Rücken kroch. Dann stellte er sich breitbeinig vor ihr auf und starrte in ihr Gesicht. Insa bebte noch immer am ganzen Körper, Ihr Herz raste und ihr war schwindelig, als hätte sie zu viel Met getrunken. Mit weit aufgerissenen Augen suchte sie verzweifelt eine Fluchtmöglichkeit. Offensichtlich erregte ihn ihre Angst, denn sein Atem beschleunigte sich zu einem triebhaften Keuchen.

„Mein Vögelchen, dein Herzchen flattert ja schon. Freust du dich so sehr auf mich?" Ganz langsam streckte er eine Hand nach ihr aus, während er schwer atmend ihre Reaktion beobachtete. Kurz bevor er sie berührte, brach sie aus ihrer Starre aus. Sie tauchte unter seinem Arm durch und versuchte, quer über den Tisch zur Tür zu gelangen. Darauf hatte er offenbar gewartet. Hart packte er sie und warf sie mit dem Gesicht nach vorn gegen die Wand. Er presste sich von hinten gegen ihren Körper und stöhnte laut in ihr Ohr. Dann schob er seine Hände an ihr hoch und krallte die Finger schmerzhaft in ihre Brüste. Mit einer Hand riss er an ihrem Kragen, bis der Stoff nachgab. Er zerrte den Fetzen über ihre Schulter herunter, fuhr mit der Zunge den Hals hinab und biss so hart und gierig in ihren Nacken, dass sie aufschrie. Laut lachte er auf und keuchte dann heiser in ihr Haar.

„Natürlich! Ich wusste doch, dass dir das gefällt."

12 Hoffnung auf eine Zukunft

Die Männer des Grafen von Berg ritten in einer engen Reihe nebeneinander und trieben die Staufer in Richtung Marktplatz vor sich her. Schon von Weitem sah Evert das Tuchhändlerhaus und sein Herz machte einen Sprung. Beinahe erwartete er, Insa in der Tür stehen zu sehen, aber natürlich war sie im Haus geblieben, wo sie sicher war. Mit so vielen bewaffneten Männern auf dem Markt konnte schon ein dummes Missverständnis zu einer gefährlichen Situation führen. Der Drang, zum Haus zu reiten wurde stärker, aber er hatte hier erst noch eine Aufgabe zu erfüllen und konnte nicht einfach so verschwinden.

Direkt neben Evert wandte einer der Männer sich plötzlich um, zwängte sich zwischen den Pferden durch und rannte die Straße hinunter. Evert wendete Fulk auf der

Stelle und setzte ihm nach. Schon nach wenigen Galopp-sprüngen war das Pferd neben dem kopflos fliehenden Kerl, er beugte sich zur Seite herunter, packte ihn am Kragen und hielt Fulk an. Der Fliehende hing hilflos in Everts Griff und grapschte mit beiden Händen nach seinem Kragen, als wolle er sich aus seiner Kleidung winden, um doch noch zu entkommen.

„Lasst mich! Bin nur Tagelöhner. Gehöre nicht zu denen", keuchte er mit einem fremdländisch klingenden Akzent und Evert bemerkte erst jetzt, dass es sich um einen älteren Mann handelte, der kaum mehr als Haut und Knochen war, noch viel dürrer und heruntergekommener als die übrigen Staufer.

„Du warst bei ihnen, du wirst mit ihnen die Stadt ver-lassen", gab Evert zurück.

„Nein, nein!" Der Mann versuchte Everts Hand zu greifen, hatte aber kaum Kraft, sich zu wehren. „Habe mich verdingt. In der Stadt keine Arbeit, kein Essen … seit Belagerung … Armenküche im Pfarrhaus geschlos-sen. Niemand … niemand etwas übrig … nicht einmal Almosen." Inzwischen hatte er jede Gegenwehr aufgege-ben und schien seine letzte Kraft zu brauchen, um Worte herauszupressen. „Haben gesagt, würden mir Essen geben, Platz zum Schlafen auch. Haben nicht getan. Pali-saden reparieren, schwere Arbeit, auf dem Boden schla-fen, hinter Zelten. Dünne Suppe gegeben, nur am Abend, immer Hunger, immer kalt in der Nacht. Aber keine Wahl.

Immerhin Suppe, besser als gar nichts. Bis vorgestern, dann nichts mehr. Nur Hunger, Arbeit, Schläge. So viele Schläge", japste er und seine mühsam hervorgestoßenen Worte wurden durch die fremdartige Aussprache immer unverständlicher. Der Mann hing schlaff in Everts Griff und er hatte den Eindruck, er würde auf der Stelle zusammenbrechen, wenn er ihn losließ. Fulk tänzelte ungeduldig und die übrigen Ritter waren bereits am anderen Ende des Platzes angekommen. Er musste eine Entscheidung treffen.

„Was wirst du tun, wenn du in der Stadt bleibst", herrschte er den Kerl an und schüttelte ihn ein wenig, um ihn aus seiner Lethargie zu holen.

„Ich bin Tagelöhner, werde arbeiten, keinen Ärger machen, ganz sicher", beteuerte er. Dann senkte er den Kopf und flüsterte beschämt. „Wenn keine Arbeit, dann wieder vor dem Dom sitzen. Almosen, Armenküche."

Evert zögerte einen Moment. Dieser abgerissene Bettler würde sicher keine Bedrohung darstellen und unter all den anderen hungrigen Staufern, die noch immer kräftiger waren als er, hätte er außerhalb der Stadt wohl kaum eine Chance, etwas zu Essen zu ergattern und zu überleben. Er ließ den Kragen des Mannes los und wie erwartet stürzte er der Länge nach auf das Pflaster.

„Der Herr segne Euch, edler Ritter", würgte er hervor, dann rappelte er sich auf und floh in eine schmale Seitengasse.

Evert hoffte, dass er das Richtige getan hatte, und wandte Fulk um. Er ließ die Augen über den jetzt leeren Platz schweifen und sein Blick blieb am Haus des Tuchhändlers hängen. Wieder packte ihn eine ungute Vorahnung, das Gefühl zu spät zu kommen. Fulk setzte sich in die Richtung in Bewegung, ohne dass Evert ihn bewusst angetrieben hatte. Aber er konnte jetzt noch nicht zu Insa gehen. Er hatte zuerst noch seine Pflichten dem Grafen und dem König gegenüber zu erfüllen.

Gerade wollte er das Pferd abwenden, da fiel ihm auf, dass die Tür einen Spalt offen stand. Mit so vielen Menschen auf dem Platz vor dem Haus würde Insa doch die Tür nicht offen stehen lassen. Als er vor wenigen Minuten bereits hier vorbeigekommen war, war sie noch geschlossen gewesen, da war er ganz sicher. Heiß schoss der Gedanke durch seinen Kopf, es könnte vielleicht jemand in das Haus eingedrungen sein. Ohne weiter nachzudenken, sprang er vom Pferd und stürmte die wenigen Schritte bis zur Tür. Mit gezogenem Schwert schob er sich leise heran und spähte durch den Spalt. Der Flur war leer, aber aus der Küche hörte er eine Männerstimme.

Frerich!

Diesen Ton würde er nie vergessen. Entschlossen trat er ein, durchquerte so leise wie möglich den Flur und spähte dann durch die offene Küchentür.

Noch hatte ihn niemand bemerkt. Gosbert saß mit dem Rücken zur Tür am Tisch. Frerich stand ebenfalls mit dem

Rücken zur Tür auf der anderen Seite des Raumes, neben der Feuerstelle. Er trug verdreckte Lumpen und wirkte deutlich hagerer als noch vor wenigen Tagen, als Evert ihn zuletzt gesehen hatte. Erst einen Wimpernschlag später erkannte er, dass Frerich Insa mit seinem Körper an die Wand presste und ihr irgendetwas zuflüsterte.

Everts Herz stolperte, aber sein Körper reagierte sofort, noch ehe er einen echten Plan gefasst hatte. Mit einer schnellen Bewegung glitt er hinter Gosbert, packte den Kerl bei den Haaren und hielt das Schwert an seinen Hals. Der wehrte sich kaum, hing nur schwer atmend in Everts Griff und fluchte lallend. Frerich bemerkte die Bewegung hinter seinem Rücken und wandte den Kopf um. Er riss die Augen auf, schloss seine Arme um Insa und drehte sich mit ihr zu Evert herum. Er hielt einen Dolch in der Hand und presste ihn nun so fest an ihre Kehle, dass Blut aus einem feinen Schnitt ihren Hals hinunter rann.

In Evert explodierte glühendrote Wut, die er so noch nie gespürt hatte. Dieser Verrückte bedrohte Insa, seine Insa. Er bebte vor unterdrückter Anspannung und Gosbert stöhnte auf, als Evert die Finger fester in seine Haare krallte.

Mit einer eindeutigen Bewegung seiner Hüfte stieß Frerich von hinten gegen Insa und lachte. „Da haben wir ja noch Gesellschaft bekommen. Der wird dir auch nicht mehr helfen können, mein Täubchen. Aber vielleicht möchte er ja zuschauen." Dann wandte er sich an Evert.

„So, der Welfe wieder. Also hab ich doch noch eine Gelegenheit, dich kalt zu machen." Ein eisiges Grinsen breitete sich auf Frerichs Gesicht aus.

Everts Blut kochte, als er Insas Tränen und das rote Rinnsal an ihrem Hals sah. Er holte tief Luft und versuchte, seine Stimme so ruhig wie möglich klingen zu lassen.

„Lass sie gehen, dann werde ich deinen Freund auch loslassen."

Frerich lachte wieder. „Unsinn. Seit einer Woche freue ich mich darauf, mir die kleine Schlampe zu nehmen und ihr danach den Hals durchzuschneiden, das wirst du mir jetzt nicht verderben." Er nickte in Gosberts Richtung und verzog verächtlich die Lippen. „Der Kerl da ist mir völlig gleich. Mit dem kannst du tun, was du willst."

Everts Atem stockte. Er musste Insa befreien, ganz egal, was er dafür tun müsste. Wie konnte er diesen Rohling nur dazu bringen, sie loszulassen? Ihm fiel nur eine Möglichkeit ein und er zögerte nicht einen Augenblick.

„Eigentlich willst du doch mich. Lass sie gehen und ich werde mein Schwert hinlegen. Dann kannst du mich töten, ich werde mich nicht wehren."

Insa starrte ihn entsetzt an. „Nein! Nein, tu das nicht, das ist Wahnsinn!", rief sie und begann, sich in Frerichs Arm zu winden.

Der brüllte erbost: „Halt still! Wenn du nicht aufhörst

zu zappeln, schneide ich dir noch ganz aus Versehen die Kehle durch."

Insa erstarrte augenblicklich, aber ihr hoffnungsloser Blick zerriss Evert das Herz. Er sah zwischen den beiden hin und her und nahm sehr langsam sein Schwert von Gosberts Hals fort. Der rappelte sich schwerfällig von seinem Stuhl hoch, umrundete den großen Tisch und stolperte zu Frerich hinüber. Es war offensichtlich, dass er von dem Met auf dem Tisch reichlich genossen hatte und sturzbetrunken war.

Evert stand nun mit dem angriffsbereit erhobenen Schwert in der Mitte der Küche und machte einen Schritt nach vorn.

„Was ist nun? Lass sie gehen und ich lege mein Schwert hin. Wenn nicht, seid ihr alle beide gleich tot."

„Nein, nicht. Bitte", flüsterte Insa, hielt sich aber in Frerichs Griff starr und unbeweglich.

Evert hielt inne. Was meinte sie damit? Bat sie ihn, Frerich zu verschonen, oder sollte er sein Schwert nicht niederlegen? Wenn sich eine andere Möglichkeit bot, würde er sie sofort ergreifen. Sein eigenes Überleben war ihm inzwischen nicht mehr gleichgültig, das war Vergangenheit. Nun hatte er Hoffnung auf eine Zukunft, eine Zukunft, in der er nicht mehr allein wäre. Er wollte diese Chance auf ein Leben mit einer Familie, einem Zuhause mit Insa an seiner Seite. Aber zuerst musste er sie vor diesem Monster retten. Wenn er sein Leben dafür opfern musste, war er bereit, diesen Preis zu zahlen.

Evert maß Gosbert mit einem kurzen Blick. Der große dunkelhaarige Kerl sah ebenso abgerissen und ausgezehrt aus wie Frerich und lehnte jetzt mit hängenden Schultern und gesenktem Kopf an der Wand, als würde er gleich dran heruntergleiten und einschlafen. Er stand zwar an Frerichs Seite, wäre dem aber sicherlich keine Hilfe mehr.

Frerich musste das auch klar geworden sein und wahrscheinlich erkannte er nun, dass er mit seinem Dolch gegen Everts Schwert keine Chance hatte, aber er hatte immer noch Insa.

„Gut, ich lass sie los, wenn du dein Schwert niederlegst." Frerich löste den Griff um Insas Brust ein wenig und sah ihn abwartend an.

Sehr langsam trat Evert einen halben Schritt vor und senkte sein Schwert. Dann legte er es auf den Tisch, behielt den Griff aber in der Hand.

Frerich starrte ihn an und die Spannung stieg bis ins Unerträgliche. Evert wartete, dass Frerich einen Fehler machen würde, den Dolch sinken ließe, aber nichts geschah. Sehr langsam löste er die Finger vom Schwertgriff und zog die Hand zurück.

„Einen Schritt nach hinten und hinknien", befahl Frerich.

Evert trat zurück, ohne den Blick von Frerich zu nehmen und sank neben der Tür auf die Knie.

Endlich nahm Frerich das Messer von Insas Hals und stieß sie von sich weg. In einer fließenden Bewegung stürzte er mit lang ausgestrecktem Arm an ihr vorbei zum Tisch. Frerich packte das Schwert und riss es an sich. Wieder erklang sein kaltes Lachen. Insa stolperte in die Ecke neben dem Ofen und presste sich an die Mauer.

„Jetzt bist du wehrlos Welfe und wenn ich dich erledigt habe, werde ich mich ganz in Ruhe um die Kleine kümmern."

Everts Blick flog zu Insa. „Lauf! Schnell!"

Sie schüttelte nur den Kopf und rührte sich nicht vom Fleck.

Frerich hob Everts Schwert zum Angriff und kam um den Tisch herum. In dem Augenblick sprang Insa nach vorn und stürzte sich auf seinen Schwertarm.

Mit einer geübten Bewegung drehte er sich zur Seite, wand seinen Arm aus ihrem Griff und stieß Insa zu Evert hinüber.

Dann grinste er breit. „Beide Turteltäubchen auf einen Streich. Es wird mir ein Vergnügen sein." Mit lautem Kampfgebrüll hob er das Schwert und ließ es kraftvoll herabsausen.

Evert umfasste Insa mit beiden Armen, drehte sich blitzschnell herum und brachte so seinen Körper zwischen sie und Frerich. Die Klinge prallte auf Everts verletzte Schulter nieder und glitt dann an seinem Kettenhemd den Rücken herab. Blitze aus Schmerz durchzuckten seinen

Kopf und für einen Moment gehorchte ihm sein Körper nicht mehr. Mit einem kehligen Ächzen sackte er zusammen.

Der fast ungebremste Schwung des Schwerthiebs brachte Frerich aus dem Gleichgewicht, er stolperte nach vorn und stürzte über einen Stuhl. Das Schwert fiel scheppernd aus seiner Hand.

Evert riss den Kopf hoch und sah die Waffe vor sich am Boden liegen. Er versuchte, danach zu greifen, doch der Schlag auf die Schulter hatte seinen ganzen Arm gefühllos und unbeweglich gemacht. Verzweifelt stemmte er sich hoch und versuchte, das Schwert mit der anderen Hand zu erreichen.

Inzwischen war Frerich wieder aufgesprungen und trat ihm mit voller Kraft in den Rücken.

Alle Luft entwich seinen Lungen und mit einem harten Keuchen stürzte er wieder nach vorn. Der Griff des Schwerts war plötzlich direkt unter seiner Hand. Er rollte sich, die Waffe vor seinen Körper ziehend, auf den Rücken.

Frerich warf sich zeitgleich mit vorgestreckten Armen auf ihn und wollte ihn offenbar würgen. Sein Mund öffnete sich zu einem Schrei, als sein Blick auf das Schwert fiel, das nun aufrecht zwischen ihnen stand. Er ruderte wild mit den Armen, konnte jedoch den Schwung seines Körpers nicht mehr bremsen und fiel haltlos nach vorn. Frerichs Hände landeten auf Everts Brustkorb und er versuchte, seinen Körper zur Seite zu drehen. Der Griff es Schwerts presste sich hart gegen Everts Rippen, als Frerich hinein stürzte. Er hielt das Schwert mit beiden Händen und aller verbliebenen Kraft aufrecht und die Klinge bohrte sich tief in Frerichs Bauch. Schließlich kippte Frerich zur Seite und landete polternd auf dem Holzboden.

Sofort ergriff er mit beiden Händen die Klinge und zerrte verzweifelt daran. Mit aller Kraft versuchte er, das Schwert aus seinem Bauch zu ziehen, und schließlich löste es sich mit einem Ruck. Frerich schrie auf, ein Schwall Blut trat aus der Wunde und das Schwert schepperte zu Boden. Er presste beide Hände auf seinen Bauch, aber das Blut quoll zwischen seinen Fingern hindurch und färbte Hände und Tunika in Sekunden rot. Er zog die Beine unter den Körper und versuchte aufzustehen, aber sie gaben sofort wieder unter ihm nach und mit erneutem Poltern sackte er zu Boden. Eine hellrote Blutlache breitete sich unter seinem Körper aus, sein Brustkorb krampfte sich mit einem letzten Ächzen noch einmal zusammen, dann erschlaffte sein Körper und blieb regungslos liegen.

Evert wandte sich ab und sah direkt in Gosberts Gesicht. Für einen Moment starrten die Männer sich an, während Everts Hand fahrig nach dem Schwert suchte. Dann torkelte Gosbert einen Schritt nach hinten, drehte sich um und stürzte durch die Tür nach draußen. Evert zog sich am Tisch hoch und wollte aufstehen, als sein Blick auf Insa fiel, die mit geschlossenen Augen neben ihm am Boden lag. Aus einer Wunde auf ihrer Stirn und dem Schnitt am Hals sickerte Blut. Mit einem Aufschrei fiel er neben ihr auf die Knie und packte ihre Schultern. Er starrte entsetzt in ihr blasses, vollkommen regloses Gesicht.

Sie atmete nicht.

Er riss seinen Handschuh herunter und suchte ihren Herzschlag, aber nichts regte sich.

„Insa, meine Insa, das darf nicht sein. Bitte, Herr, verschone meinen Engel. Du musst leben, Insa." Ohne auf den Schmerz in seiner Schulter zu achten, zog er ihren schlaffen Körper zu sich heran und drückte sie an sich. Seine Tränen fielen auf ihr Gesicht und verzweifelt rief er immer wieder ihren Namen, während er sie mit beiden Armen so fest er konnte, an seine Brust presste. Plötzlich machte sie einen pfeifenden Atemzug. Evert ließ seine Arme ein wenig lockerer und starrte sie einen Augenblick lang ungläubig an.

„Insa! Du lebst … oh mein Gott, du lebst", stammelte er, während er mit zitternden Fingern versuchte, das Blut von ihrer Stirn zu wischen. Nach einigen stockenden Atemzügen schlug sie die Augen auf. Dieses Mal waren es Tränen der Erleichterung, die über seine Wangen rollten, und überglücklich hielt er sie im Arm. Dann beugte er sich nach vorn und küsste zart ihre Wange.

„Meine Insa, ich bin so froh, dass du lebst, ich liebe dich so sehr."

Sie lächelte ihr wunderbares Lächeln und flüsterte: „Evert, du bist zu mir zurückgekommen."

Sein Herz hämmerte gegen seine Rippen wie ein Schmiedehammer und sein staubtrockener Hals brachte nur heisere Laute hervor.

„Ich möchte nie wieder von dir getrennt sein. Mein Leben ist kalt und leer ohne dich. Bitte Insa, verlass mich nicht, bleib für immer bei mir."

„Ja Evert, das will ich, ich liebe dich." Ein wildes Glücksgefühl erfasste ihn. Zart und vorsichtig küsste er ihre Lippen. Sie erwiderte seinen Kuss und mit dieser Berührung blieb die Zeit stehen. Zärtlich strich er durch ihr Haar und bedeckte ihr ganzes Gesicht mit Küssen. Sie schloss die Augen und presste Ihre Hand auf seine Brust. Es war die Stelle, an der ihre Hand schon so oft gelegen hatte, und er wusste, dass sie seinen wilden Herzschlag spüren konnte.

Evert war wieder da und er hatte sie gerettet. Ihr Blick glitt zu Frerichs reglosem Körper und Evert drehte sich mit ihr im Arm so weit herum, dass sie ihn nicht mehr sehen musste.

„Nein mein Engel, das ist kein schöner Anblick. Lass uns nach nebenan gehen", brummte er. Dann stand er auf, zog sie ebenfalls auf die Beine und legte einen Arm um sie. „Kannst du gehen? Ich würde dich herübertragen, aber meine Schulter …"

Insa hielt sich an Everts gesundem Arm fest und nickte wortlos. Ihr war schwindelig und sie fühlte sich, als wäre sie vom Pferd gestürzt, aber bis auf eine Wunde an der Stirn war sie offenbar unverletzt. Mit Evert als Stütze verließ sie die Küche, aber ehe sie ins Nähzimmer gelangten, flog die Haustür auf und krachte gegen die Wand. Beide blieben wie angewurzelt stehen, als zwei unbekannte Halbwüchsige ins Haus stürmten. Sie trugen ordentliche und saubere Kleidung und waren kräftig gebaut, so ganz anders als die ausgezehrten Knappen und Burschen der Staufer. Sie blieben einen Moment erschrocken im Türrahmen stehen und die Anspannung auf ihren Gesichtern wich deutlicher Erleichterung.

Evert seufzte auf. „Ah, ihr beiden seid da, das ist gut." Noch ehe er irgendetwas erklären konnte, sprudelte der größere von den beiden Buschen los:

„Herr, es geht Euch gut? Wir haben Fulk vor dem Haus gesehen. Was ist passiert? Niemand wusste, wo Ihr geblieben seid. Wir hatten gedacht … wir hatten … Herr, Ihr seid verletzt, das ganze Blut … ", stotterte der Bursche und fuhr sich mit fliegenden Händen durch die Haare.

„Insa, dies sind meine Knappen Gero und Caspar."

Evert nickte zu den beiden Burschen hinüber, so dass deutlich wurde, dass der ältere der beiden Gero war. „Dies ist Insa de Jong, die Frau, der ich mein Leben verdanke."

„Oh, wirklich? Ihr seid auch verletzt. Was … was ist passiert?", fragte Gero.

„Alle in die Nähstube", bestimmte Evert und die Jungen folgten ihnen, während Evert Insa weiterhin fest im Arm hielt. Sie war froh, dass sie sich endlich in den bequemen Lehnstuhl setzen konnte.

Evert sah sich die Verletzung auf Insas Stirn an und wandte sich zu Gero um. „Wir brauchen Wasser und ein Tuch. In der Küche – nein, geh nicht in die Küche." Noch ehe er den Satz beendet hatte, war der Junge losgelaufen und im nächsten Moment hörte Insa seinen erschrockenen Ausruf. Caspar folgte Gero und die beiden wechselten kurz ein paar geflüsterte Worte, dann kamen sie mit einem Krug Wasser und einem Lappen wieder zurück. Insa wollte aufstehen, doch Evert legte eine Hand auf ihre Schulter.

„Halt still. Jetzt ist es an der Zeit, die Plätze zu tauschen. Ich werde mich nun um deine Verletzung kümmern." Er lächelte und mit sanften Strichen wischte er das Blut von Stirn und Hals. Insa erklärte Gero, wo sie Heskes Wundtinktur und die Verbände aufbewahrte und Evert behandelte ihre beiden Schnitte damit. Erst danach setzte er sich auf die Liege, die immer noch in der Ecke stand und ließ sich von den beiden Jungen beim Ablegen von

Kettenhemd und Gambeson helfen. Die Wunde an seiner Schulter hatte sich wieder geöffnet und Gero verband seinen Herrn fachkundig.

„Danke, Junge. Geh jetzt und suche den Hauptmann von Altena. Sag ihm, dass wir hier einen Angriff der Staufer hatten."

Kaum war der Bursche verschwunden, wurde schon wieder die Haustür aufgerissen. Insa hörte die Stimme ihres Bruders und erhob sich mühsam von ihrem Hocker.

„Insa!", rief er aus vollem Hals. Sie hörte, wie er in die Küche lief und dort eine ganze Litanei heftiger Flüche ausstieß. „Insa, wo bist du?", brüllte er anschließend mit Panik in der Stimme. Noch ehe sie antworten konnte, stürmte er ins Nähzimmer. „Oh Himmel, ich habe das Schlimmste befürchtet", stöhnte er und zog sie in eine feste Umarmung. Dann hielt er sie an beiden Schultern eine Armlänge vor sich und ließ seinem Blick über sie gleiten. „Was ist passiert? Geht es dir gut?"

Sie nickte und warf einen Blick zu Evert, der schweigend dagesessen hatte. „Er hat mich vor Frerich gerettet, im letzten Augenblick."

Thies wandte sich um und starrte Evert an. „Ihr seid wieder da", stellte er fest. Dann ließ er sich auf die Kante des Tisches sinken und seine Schultern sanken herab. „Danke, Evert. Was genau ist passiert?"

Insa wollte gerade alles erklären, als die Stimme ihres Vaters im Flur ertönte. Thies rief ihn ebenfalls ins

Nähzimmer und Evert und Insa erklärten gemeinsam, wie es zu dem Blutbad in der Küche gekommen war.

Als sie geendet hatten, sah Bas von einem zum anderen und schnaufte. „Herr Evert, Ihr habt Euer Leben riskiert, um meine Tochter zu retten. Das werde ich Euch nie vergelten können. Wenn es etwas gibt, das ich Euch als Anerkennung geben oder für Euch tun kann, zögert nicht, es zu sagen." Thies nickte zu den Worten ihres Vaters und drückte Insas Hand.

Evert erhob sich von seiner Liege und stellte sich mit bedeutungsvoller Miene vor Bas auf. „Herr de Jong ...", begann er, aber der unterbrach ihn.

„Sebastjaan, Freunde nennen mich Bas und dazu zählt Ihr ganz sicher. Nach den Ereignissen sollten wir die Förmlichkeit beiseitelassen und uns familiär ansprechen, Evert." Insas Vater streckte eine Hand aus und sah ihn abwartend an.

„Gut, Bas", gab er zurück und griff die angebotene Hand. „Ich habe nicht mehr getan, als einen Verräter zu erledigen. Mein Leben gehört Insa, denn was sie für mich getan hat, war so viel mehr." Er hielt kurz inne, als suche er die passenden Worte. „Sie hat nicht nur meine Wunden behandelt und meine Seele vor den Klauen des Todes gerettet. Sie hat mir auch zurückgegeben, was ich schon vor vielen Jahren verloren hatte, Lebensmut, Glauben an mich selbst, Hoffnung auf eine Zukunft."

Insa schluckte angesichts der ernst vorgetragenen

Worte. Es hatte Evert an Zuversicht und Selbstvertrauen gefehlt, aber dass ihre Gespräche so schnell etwas daran geändert hatten, überraschte sie doch.

„Mein Leben war leer und bedeutungslos, bevor ich Insa getroffen habe, und es würde wieder leer und bedeutungslos sein, wenn ich ohne sie von hier fortgehen würde."

Bas nickte, denn er schien zu ahnen, worauf Everts Erklärung hinauslief. Auch Insa wurde zusehends aufgeregter. Sie knetete ihre Hände im Schoß und konnte kaum noch stillsitzen. Würde er es wirklich tun? Würde er ihren Vater …?

Ein hartes Klopfen an der Haustür dröhnte durch den Flur und Insa sprang auf.

Thies legte die Hand auf ihren Arm und erhob sich ebenfalls. „Ich gehe schon."

13 Für oder gegen die Staufer

Den Stimmen nach zu urteilen, traten mehrere Männer ein. Evert schob sich vor Insa und spannte die Schultern an. Thies kam in Begleitung von zwei vornehm gekleideten Rittern ins Nähzimmer zurück. Einer war ohne, einer mit Schwertgürtel, aber beide in voller Rüstung. Gero drückte sich hinter ihnen schüchtern in eine Ecke.

„Hauptmann", sagte Evert und verneigte sich vor dem bewaffneten Ritter.

„Heerführer", murmelte Bas im gleichen Moment und senkte ebenfalls das Haupt vor dem anderen Mann. Damit war Insa zwar klar, wer die beiden waren, aber was taten sie hier?

„Diederich, Graf von Altena, Hauptmann unter König Otto von Braunschweig", stellte der Erste sich vor. Dann wies er zu dem Mann neben sich „Walram, Staufer." Sein

Ton hätte nicht abfälliger sein können, und der Blick, mit dem er den unbewaffneten Ritter bedachte, sagte deutlich, was er von ihm hielt.

„Herzog von Limburg, Heerführer König Philips von Schwaben", gab der Mann mit finsterer Miene zurück und wirkte, als wollte er Diederich jeden Moment mit den Fäusten niederstrecken.

„Pah, König, ein Niemand ist dieser Schwabe. Aber das tut nichts zur Sache. Dies ist Evert von Düssel, einer meiner Männer", erklärte Diederich, ohne den anderen anzusehen. „Evert, berichtet!"

Walram wandte sich Evert zu und erstarrte. Sein Mund klappte auf und wieder zu, ohne dass er ein Wort hervorgebracht hätte, während Evert in wenigen Sätzen den Angriff und Tod Frerichs zusammenfasste.

„Ihr seid – Ihr heißt Evert? Das kann nicht sein. Wer seid Ihr wirklich?", fragte er ungläubig, als hätten Everts Worte und Frerichs Taten keine Bedeutung für ihn.

Alle starrten den Mann an, der nun einen Schritt auf Evert zu machte und ihn ansah, als hätte er in dessen Gesicht ein Geheimnis zu ergründen.

„Was meint Ihr damit, wer er ist?", fragte Diederich scharf und trat auf Walram zu, der ihn allerdings gar nicht beachtete.

„Evert von Düssel", wiederholte dieser mit rauer Stimme und einem verlorenen Gesichtsausdruck, den Insa noch nie an ihm gesehen hatte. „Kenne ich Euch?"

„Ah, ich – Ihr seht jemandem ähnlich. Es ist lange her – viele Jahre – er ist tot. Wir sind zusammen aufgewachsen, er war mein Freund. Er und sein Ritter Walther von Arnstein, reisten nach Köln. Sie sind alle tot." Walram war so blass geworden, als hätte er einen Geist gesehen.

Auch Evert wirkte mitgenommen und starrte den Heerführer ungläubig an. „Walther von Arnstein? Er war mein Ritter?", flüsterte Evert. „Der Name – ich weiß nicht. Kann das sein?"

Insa sah von einem zum anderen. Zu gern hätte sie Everts Hand genommen, denn er schwankte, als würde er gleich umkippen. Stattdessen starrte sie diesen Walram an, der selbst ebenfalls völlig entgeistert wirkte.

„Ja, aber ihn kannte ich nicht so gut. Sein Knappe Albert, Ihr seht ihm so ähnlich – Ihr seid sehr viel älter, aber es ist lange her. Seid Ihr es wirklich? Albert?", stieß Walram hervor und sah Evert an, als würde er erwarten, dass er ihn wiedererkannte.

„Sieben Jahre", murmelte Evert. „Mein Wappenrock trug einen Greif, Gueldern sagte man."

„Nein! Es war Arnstein, ein weißer Greif auf schwarzem Grund. Er war im Auftrag meines Vaters unterwegs zum Erzbischof, aber die Botschaft kam nie an. Es gab deswegen einen Angriff, bei dem viele ihr Leben verloren."

„Es tut mir leid." Evert senkte den Kopf und wirkte, als würde er gleich zusammenbrechen. Insa sah deutlich, dass er sich selbst für den Tod der ganzen Gruppe und die Folgen verantwortlich machte, wie er es schon in den letzten sieben Jahren getan hatte. Sie schüttelte schweigend den Kopf und schob sich etwas näher an ihn heran, wagte aber nicht, das Gespräch zu unterbrechen.

Walram trat noch einen Schritt vor und legte eine Hand auf seine Schulter. „Ich hätte nie erwartet, Euch lebend wiederzusehen, und ich freue mich wirklich, meinen Freund wiedergefunden zu haben. Ihr erkennt mich wirklich nicht?"

Evert stand noch immer mit gesenktem Kopf da. „Ich bin nicht sicher. Ich habe alle Erinnerungen verloren, aber Ihr erscheint mir – irgendwie vertraut."

Walram grinste und packte Evert an beiden Schultern, woraufhin dieser ein wenig zusammenzuckte. „Wir müssen uns neu kennenlernen. Ich würde Euch gern heute Abend ins Haus des Bürgermeisters einladen. Es gibt viel zu besprechen."

Diederich räusperte sich ungeduldig. „Da das ja nun endlich geklärt ist, sollten wir uns wieder den Fragen widmen, wegen denen wir hier sind. Der Leichnam muss aus dem Haus geschafft werden. Dieser Gosbert von Finkel oder Frink oder wie auch immer muss gefasst werden und Ihr werdet Eure Leute in Zukunft besser im Auge behalten." Er wies anklagend mit einem Finger auf Walram und seine Miene verriet Abscheu. „Meine Dame, die Herren de Jong, wir empfehlen uns. Evert, ihr kommt mit mir. Wir geleiten diesen Staufer wieder zu den andren." Er wandte sich wieder Walram zu und packte grob seinen Arm. „Er bleibt bis zur Krönung in Hausarrest wie alle Verräter", spie Diederich und zerrte Walram unsanft mit sich aus der Tür.

Evert drehte sich zu Insa um, und er wirkte, als wäre ein Sturm durch ihn hindurchgefahren. „Verzeih, ich muss meinem Hauptmann folgen." Dann sah er Bas an. „Mein Anliegen wird bis morgen warten müssen, fürchte ich." Damit wandte er sich zur Tür und verschwand. Gero und Caspar verabschiedeten sich eilig und folgten ihrem Herrn, so dass nur Insa, ihr Vater und ihr Bruder in der Nähstube zurückblieben. Sie sahen sich an und ohne ein Wort verließ Thies die Nähstube. Insa hörte seine Schritte bis in die Küche gehen, dann klappte die Tür zum Garten.

„Komm Kind, ich koche dir einen Tee", schlug Bas vor. Insa nickte nur und folgte ihm.

Das Haus des Bürgermeisters und die beiden direkten Nachbarn waren ausgewählt worden, um die fünfzehn staufischen Ritter bis zur Krönung zu beherbergen. Es war kein Gefängnis, zumindest äußerlich nicht, aber König Philipps Gefolgsleute standen unter Hausarrest. Nur in besonderen Fällen, wie in der Angelegenheit zwischen

Evert und Frerich, durfte der Heerführer das Gebäude unter schwerer Bewachung verlassen. Vor allen Türen standen König Ottos Wachen und auch Evert hatte seine Position vor dem Haus bezogen, in dem Walram wohnte.

Sein Hauptmann Diederich von Altena stolzierte in seiner unnachahmlich überheblichen Art über die Straße und hielt auf Evert zu. Er war nicht gerüstet, trug nur sein Schwert, eine Tunika und den Wappenrock, der vor Sauberkeit strahlte. Evert schwitzte in der Sommerhitze in seiner vollen Ausrüstung und fragte sich unvermittelt, wie Diederich bereits Zeit gefunden hatte, die Bäder der Stadt aufzusuchen und seine Kleidung waschen zu lassen. Natürlich musste Diederich als Hauptmann nicht Wache stehen und wahrscheinlich hatte er auch andere Annehmlichkeiten des Stadtlebens, namentlich die Kurtisanen, bereits genossen. Er war unter den Rittern von Berg bekannt dafür, dass er keine Gelegenheit ausließ, und Evert bedauerte insgeheim seine junge Ehefrau, die dies wahrscheinlich ebenso wusste wie jeder andere seiner Gefolgsleute. Evert wandte den Blick von Diederichs herausgeputztem Äußeren ab.

Was er selbst in den letzten Stunden im Haus des Tuchhändlers getan hatte, war wichtiger gewesen als baden und waschen, auch wenn Frerichs Blut seinen Wappenrock und seine Rüstung nur noch schmutziger gemacht hatte.

Sein Brustkorb dehnte sich beim Gedanken an Insa mit

all der Wärme und dem Glück darin. Insa liebte ihn, sie wollte ihn. Nie hatte er darauf hoffen dürfen, eine solche Liebe zu finden, doch in seiner dunkelsten Stunde hatte sie ihn ins Licht zurückgeholt und wollte nun tatsächlich an seiner Seite bleiben.

„Mach hier keinen Fehler, Knecht", unterbrach Diederich jäh Everts Erinnerungen. „Lass dich von dem Unsinn, den dieser Stauferdreck geredet hat, nicht beeinflussen."

Er nannte ihn schon seit jeher Knecht und nach wie vor weigerte er sich auch, das förmliche „Ihr" zu benutzen. Das hatte sich durch Everts neuen Status als Ritter und Lehensherr nicht geändert. Er hätte das Recht, sich den gebührenden Respekt zu verschaffen, aber an Diederichs ablehnender Haltung ihm gegenüber würde das nichts ändern. Außerdem war er so sehr von Liebe und Glück erfüllt, dass er für derart unbedeutende Dispute nichts übrig hatte. So sah er stur geradeaus, als hätte er die herablassenden Worte gar nicht gehört.

Diederich sah an Everts Rüstung herab und sein Blick fiel auf Rainalds Schwert. „Es steht dir nicht zu, das zu tragen, aber da du nun schon Wache stehst, ist es wohl besser, wenn du bewaffnet bist. Diesen Abschaum zu bewachen wirst du wohl hinbekommen? Oder bist du am Ende doch einer von denen? Du warst ja lange genug in der Stadt, nachdem du angeblich so schwer verletzt warst. Und jetzt hat dieser Limburger dich beinahe in die Familie aufgenommen."

Evert schwieg und Diederich trat noch einen Schritt näher heran.

„Wenn du jetzt auch zum Verräter an deinem König wirst, werde ich dir mit Freude das Fell über die Ohren ziehen. Ich warte nur darauf, denk gut darüber nach, zu welcher Seite du gehörst, während du hier herumstehst."

Evert nickte knapp, aber eine Frage hatte er schon länger stellen wollen und nun schien ihm der richtige Zeitpunkt zu sein. „Warum lässt der König die Staufer nicht einfach abziehen? Dann müssten wir uns nicht mehr mit ihnen herumschlagen."

Diederich verzog angeekelt seinen Mund. „Und wir müssten sie nicht durchfüttern. Sie haben ja hier wie eine Heuschreckenplage gewütet und für ein ordentliches Festmahl zur Feier morgen ist nichts mehr da." Er ließ seinen Blick über die Straße schweifen und grinste, als er einen Karren mit Getreidesäcken und drei fette Bullen sah, die vorbei geführt wurden. Offenbar hatten einige Bauern aus der Umgebung doch schon begonnen, sich um das Festmahl zu kümmern.

„Diese Verräter müssen die Krönung bezeugen, das ist wichtig", fuhr Diederich fort. „Es wird eine Wappenrolle von allen Anwesenden angefertigt und je mehr Fürsten und Grafen dort eingetragen sind, desto weniger kann die Rechtmäßigkeit der Krönung angefochten werden. Wer hier anwesend ist, zählt zumindest auf dem Pergament zu König Ottos Unterstützern."

„Selbst, wenn sie ihm gar nicht ihre Treue geschworen haben, gar nicht freiwillig hier sind?", hakte Evert ungläubig nach.

Diederich lachte, aber es schwang ein angriffslustiger Unterton mit. „Oh, sie werden ihre Treue schwören, jeder von diesen verdammten Verrätern wird vor König Otto sein Knie beugen, und wenn wir mit einem gezielten Tritt nachhelfen müssen." Seine Augen verengten sich und er schaffte es wieder einmal auf Evert herabzusehen, obwohl er deutlich kleiner war. „Was sollen diese dummen Fragen? Weißt du plötzlich nicht mehr, auf wessen Seite du stehst? Auch du wirst Treue schwören, dafür sorge ich gern persönlich." Er zog behände einen Dolch und presste die Spitze gegen Everts Kehle direkt unter seinem Kinn, wo die Halskrause seiner Kettenhaube ihn nicht schützte. Evert straffte sich und seine Hand fuhr zum Schwert, er blieb dennoch an seinem Platz und wich nicht zurück. Einen Wimpernschlag später war der Dolch wieder verschwunden. Diederich rümpfte die Nase und spuckte vor Evert auf den Boden, woraufhin er nun doch einen Schritt nach hinten trat. „Ein dreckiger Knecht wie du sollte gar nicht in den Dom gelassen werden. Ich habe nie verstanden, was der Graf an dir findet, aber nun trägst du ja sogar einen Namen und führst ein eigenes Wappen. Es wird unten auf der Wappenrolle stehen, ganz unten, dort, wo du hingehörst." Damit wandte er sich ab und ging die Straße hinunter.

Evert war erleichtert, als er endlich verschwunden war. Er verfluchte den Umstand, dass dieser Mann hier in Aachen sein Kommandant war und er sich seinen Befehlen beugen musste. Diederich war ganz sicher nicht der ehrenhafte Ritter, für den er sich selbst hielt, aber so lange sie hier waren, würde er dessen Missachtung einfach ertragen müssen.

Eine Stunde später wurde Evert von einem anderen Ritter abgelöst und betrat das Haus, das er zuvor bewacht hatte. Begrüßt wurde er von Walram, dem Mann, der mehr von seiner Vergangenheit wusste als er selbst. Eine Angestellte des Hauses brachte zwei Becher Met und zwei Teller mit Brot und Käse und verschwand dann wieder.

Walram nahm einen Schluck Met und sah Evert durchdringend an. „Albert, ich fasse es noch nicht ganz, dass du lebendig vor mir sitzt. Was ist damals geschehen?"

Evert seufzte und erzählte noch einmal alles, was er von seiner Vergangenheit wusste. „Ich erinnere mich nicht an irgendetwas, das vor dem Angriff war. Nur dass wir nach Köln ritten und dass ich meinen Ritter nicht verteidigen konnte. Alles andere ist verloren", schloss er die Geschichte ab. „Ihr kennt mich also? Ihr wisst, wer ich war und wo ich herkomme?"

Walram nickte. „Ich werde dir alles sagen, was ich über dich weiß. Wo soll ich beginnen? Vielleicht bei deiner Herkunft." Er lehnte sich zurück und kaute an einem Stück Käse, während er weitersprach. „Dein Vater war Heinrich von Guelder. Er starb, als du zehn Jahre alt warst und als Page bei uns gedient hast, also damit meine ich in der Burg Limburg. Dein Bruder Otto hat alles geerbt und hat dich weiterhin bei meinem Vater in Limburg gelassen."

„Bruder? Ich habe einen Bruder", stotterte Evert. Dass sein Vater tot war, hatte er erwartet. Alle aus seiner Familie waren tot, aus irgendeinem Grund hatte er das immer angenommen. Einen lebenden Bruder zu haben, erschien ihm unbegreiflich.

„Ja und drei Schwestern. Agnes, Adelheid und Margaretha. Otto ist zwanzig Jahre älter als du und deine Schwestern liegen irgendwo dazwischen. Insgesamt hatte deine Mutter zwölf Kinder und man sagt, dein Vater hatte noch einige mehr. Du verstehst, was ich meine." Walram grinste anzüglich und wackelte mit den Augenbrauen. „Die meisten deiner Geschwister starben im ersten Jahr, soweit ich gehört habe. Das kommt ja leider häufig vor, wenn die Mutter kränklich ist und nach der Geburt zu schnell wieder in guter Hoffnung. In solchen Fällen sollten die Männer sich besser kontrollieren, um der Frau nach einer Geburt eine gewisse Zeit zu geben." Walram runzelte die Stirn und seufzte dann. „Es steht mir nicht zu, deinen Vater zu kritisieren, meiner ist nicht besser. Seine zweite Frau verstarb vor zwei Monaten, nachdem sie zum fünften Mal nacheinander das Kind in ihrem Bauch verloren hat." Er schwieg einen Moment und nahm einen großen Schluck Met.

„Es tut mir leid. Standet ihr euch nahe?", fragte Evert.

„In Wahrheit kannte ich sie kaum. Sie war sehr jung und ... ach, lass uns nicht über meine Familie sprechen. Es geht ja hier um deine Geschwister. Also vier von den offiziellen Nachkommen deines Vaters leben noch. Und du natürlich, damit seid ihr jetzt wieder fünf."

„Ein Bruder also und drei Schwestern? Und meine Mutter?" Er konnte das alles kaum fassen. Eine Familie, jetzt, nach all den Jahren.

„Deine Mutter war zehn Jahre jünger als dein Vater, aber immerhin auch schon vierundvierzig, als sie dich empfing. Niemand hat überhaupt mit einem lebenden Kind gerechnet, da sie seit vielen Jahren lungenkrank war und zuvor ja schon mehrere Kinder verloren hatte. Sie ereilte schließlich das gleiche Schicksal wie meine Stiefmutter, sie starb bei deiner Geburt." Er hielt kurz inne und sah Evert an, aber der starrte nur auf den Boden und antwortete nicht.

Walram fuhr fort. „Du hast ja zum großen Erstaunen aller überlebt, du warst eben schon damals ein echter Kämpfer. Ich habe das alles natürlich erst erfahren, nachdem du verschwunden warst. Alle waren sicher, du wärst bei dem Überfall auch getötet worden, aber sie haben deinen Leichnam nicht bei den anderen gefunden und ich habe lange nach dir gesucht."

Evert nickte, aber er musste all die neuen Erkenntnisse in seinen Gedanken ordnen, ehe er etwas sagen konnte. Walrams Satz „Niemand hat mit einem lebenden Kind gerechnet", brannte in seinem Herzen. Er war also nicht zwei, sondern schon drei Mal dem Tod nur knapp entkommen. Ein Wunder, dass sich in seinem Leben offenbar wiederholte. Was er ganz zum Schluss gesagt hatte, klang ebenfalls erstaunlich. „Ihr habt nach mir gesucht?"

Walram schüttelte den Kopf, setzte seinen Metbecher ab und nahm ein weiteres Stück Brot. „Ich bitte dich, lass endlich diese gestelzte Anrede weg. Auch wenn du dich nicht erinnerst, wir waren Freunde, sind praktisch zusammen aufgewachsen. Auf jeden Fall haben wir viel Unsinn zusammen ausgeheckt, schon seit unserer Knappenzeit. Es liegen nur drei Jahre zwischen uns." Er lachte laut auf. „Ich war immer ein Stück größer als du, aber du warst kräftig und geschickt, vor allem mit den Fäusten. Wenn es Ärger gab, hast du immer zu mir gehalten und ich war sehr froh, dich nicht als Gegner zu haben. Du hattest einen wirklich harten Schlag."

Evert nahm auch einen großen Schluck Met. Seine Gedanken rasten und er fühlte sich wie zerrissen und neu zusammengesetzt. Er sollte mit dem Heerführer König Philipps befreundet gewesen sein. Heute stand er leider auf der anderen Seite. Das Leben hielt seltsame Wendungen bereit.

„Ihr seid – du bist drei Jahre älter und warst froh, dass

ich dich verteidigt habe? Ich kann mir das schwer vorstellen. Und heute – deine Position, deine Stellung ..."

Walram wischte seine Worte mit einer Handbewegung beiseite. „Verdanke ich nur meinem Vater. Natürlich habe ich fleißig gelernt und gut gekämpft, aber ich habe auch verloren. Ich war mit meinem Vater im Heiligen Land, und auch dort standen wir oft auf verlorenem Posten. Sieh dich um, was habe ich für meinen König geleistet?" Er stöhnte auf. „Ich bin kein guter Anführer, aber das bleibt unter uns. Sag niemandem, dass ich das zugegeben habe."

„Du vertraust mir noch immer?"

„Natürlich. Ich weiß, welche Sorte Mensch du bist, und das ändert sich nicht. Auch wenn dein Kopf einen Schlag abbekommen hat, bist du immer noch mein Freund."

Evert schluckte und starrte gedankenverloren in seinen Becher. „Ich danke dir. Ich weiß aber nicht, ob ich das verdiene. Alle, die damals bei uns waren, sind tot. Die Depesche hat ihr Ziel nicht erreicht und wie du sagtest, hatte das schlimme Konsequenzen."

Walram lehnte sich vor und legte eine Hand auf seinen Arm. „Ihr wart fünf Männer, und du warst noch nicht einmal zum Ritter geschlagen, Albert. Es ist nicht deine Schuld. Überall geschehen solche Dinge, Überfälle, Streit und Krieg, immer wieder. Als Ritter ist es unsere Aufgabe, für unsere Familien und unsere Herren zu kämpfen, aber auch Niederlagen gehören dazu. Du hast überlebt, das ist mehr als genug."

Er starrte auf Walrams Hand. „Wie konnte ich all das vergessen, meine Familie, dich, alles? Ich war ein Leibeigener, bis der Graf mich vor wenigen Wochen zum freien Mann und zum Ritter erhoben hat. All das nur, weil ich mich nicht einmal an meinen Namen erinnern konnte. Albert – er klingt so fremd."

„Ich kann dich Evert nennen, wenn dir das lieber ist, aber das klingt für mich sehr fremd. Unsere Freundschaft bleibt bestehen, ganz gleich, wie du heißt. Wie war noch dein neuer Stammname?"

„Von Düssel, aber das ist auch für mich neu. Ich habe das Gut noch nicht einmal gesehen, ehe wir hierher geritten sind. Es liegt in der Grafschaft Berg, östlich von hier, auf der anderen Seite des Rheins. Ich gehöre zu den Männern des Grafen von Berg und der zu König Otto. Du stehst auf der anderen Seite." Er biss von dem Brotkanten ab, schmeckte aber kaum, was er aß. „Nun habe ich endlich eine Familie, eine Vergangenheit, einen Freund und bin für euch alle der Gegner. Was soll nun aus dieser Sache werden?"

„Albert – Evert, du kennst dich offenbar in der Politik noch nicht aus. Für die Staufer – gegen die Staufer. Mein Vater ist nicht dafür bekannt, auf der Verliererseite zu stehen und um das sicherzustellen, wechselt er die Loyalität häufiger als seine Wäsche. König Otto hat hier gesiegt, ich werde ihm stellvertretend für unser Herzogtum übermorgen die Treue schwören. Damit ist diese Feindschafts-sache zwischen uns auch erledigt. Ich weiß zwar nicht, ob Ottos Sieg von Dauer sein wird und was mein Vater weiter plant, aber darüber machen wir uns Gedanken, wenn es so weit ist."

Evert verstand zwar, was Walram sagte, aber sein Herz konnte dem nicht folgen. Er stand mitten zwischen den Kriegsparteien, mit einem Fuß auf jeder Seite der Linie. Was bedeutete das nun für ihn selbst, seine Treue zum Grafen von Berg und König Otto? Er konnte natürlich nicht zugleich dem Grafen von Berg dienen und auf seinem neuen Rittergut Düssel eine Zukunft aufbauen und an der Seite seines alten Freundes stehen, wie er es als Junge offenbar getan hatte. Würde der Graf ihm das Gut wieder wegnehmen, da seine Herkunft ihn nun zum Gegner machte? Durch die Enthüllung seiner Vergangen-heit schien plötzlich die ganze Zukunft auf dem Spiel zu stehen. Die Zukunft mit Insa, die er sich bereits in so leuchtenden Farben ausgemalt hatte.

„Ich weiß nicht, was ich tun soll, wohin ich gehöre."

Walram nickte, lehnte sich zurück und nahm noch einen Schluck Met. Dann sah er Evert prüfend an. „Wenn du das willst, kann ich meinen Vater bitten, dir einen Platz unter seinen Rittern und vielleicht sogar ein Lehen in unserer Grafschaft zu geben. Dann stündest du immer auf unserer Seite, ganz gleich, wie die Politik sich wendet. Denk darüber nach."

14 Dem Schicksal stellen

Es war schon spät am Abend, als es wieder an der Tür klopfte und Thies stand auf, um zu öffnen. Insa hörte Everts Stimme im Flur. Voller Freude sprang sie auf und lief ihm entgegen. Mitten im Flur blieb sie stehen, als sie seine Kleidung sah. Er trug das Hemd und die Hose, die Thies ihm gegeben hatte. Das Schwert hing an seiner Seite, aber von Kettenhemd und Wappenrock war nichts zu sehen.

„Was ist passiert?", frage sie aufgeregt. „Hat dir jemand die Rüstung gestohlen?" Noch immer waren viele Staufer in der Stadt und auch die Bürger hegten eine verständliche Abneigung gegen die Belagerer. Insa konnte sich nicht vorstellen, dass es für Evert sicher wäre, in normaler Straßenkleidung herumzulaufen.

Evert lächelte. „Ich hoffe nicht, dass die Wäscherin

sie stehlen will. Ich war im Badehaus und dies ist das Einzige, was nach der Zeit im Feldlager noch einigermaßen sauber war." Hinter Evert traten jetzt auch seine beiden Knappen ein und der eine reckte seine Nase nach dem Duft, der aus der Küche kam.

„Kommt alle herein", sagte Insa mit einem Lachen. „Lenne hat frisches Brot gebacken. Ihr seid sicher hungrig."

Die beiden Burschen nickten eifrig, drängten sich an Evert vorbei und Thies folgte ihnen. Evert war jedoch stehengeblieben und sah sie einfach nur an, als wäre sie eine Erscheinung.

„Was ist, habe ich noch Teig in den Haaren?", fragte sie nervös.

Evert schüttelte den Kopf, aber sein Blick ließ sie nicht los. „Ich kann noch immer nicht glauben, was du zu mir gesagt hast. Du warst nach Frerichs Angriff sicher geschockt und nicht ganz bei dir. Ich würde es verstehen und du musst dich nicht an dein Wort gebunden fühlen, mein Engel." Seine Stimme war immer leiser geworden, und die letzten Worte hatte er nur noch geflüstert. Er senkte den Blick zu Boden.

„Wovon redest du? An welche Worte nicht gebunden?" Insa trat einen Schritt auf ihn zu und hatte plötzlich das Verlangen, nach seiner Hand zu greifen. Er sah so verloren und traurig aus, aber sie verstand nicht, was er meinte.

„Dass du mich willst. Dass du mich liebst. Der Angriff von diesem Frerich – du wärst beinahe gestorben. Du hast das sicher nur aus Dankbarkeit …"

„Nein!" Insa schlang ihre Arme im ihn und drückte sich fest an seine breite Brust. „Das habe ich nicht nur aus Dankbarkeit gesagt. Ich liebe dich wirklich, auch wenn ich nicht weiß, wie das in so kurzer Zeit passieren konnte. Ich will bei dir bleiben, mit dir überall hingehen, wo dein Lehensherr dich braucht und immer dort sein, wo du bist. Es ist mir gleich, ob dieses Düssel eine Burg oder nur ein Bauernhof ist, ich will …"

Sie redete schon wieder viel zu viel, aber Evert verschluckte all die weiteren Worte mit einem zärtlichen Kuss, legte seine starken Arme um sie und hielt sie fest.

„Insa, Dinge haben sich geändert. Meine Vergangenheit … es ist alles nicht mehr so einfach. Ich muss mit deinem Vater sprechen", brachte er atemlos hervor, als ihre Lippen sich wieder trennten.

Sie nickte und legte ihren Kopf auf seine Schulter. In seinen Armen fühlte sie sich sicher und geborgen, ganz gleich, was da draußen passierte.

Schließlich löste sie sich widerstrebend von ihm und gemeinsam gingen sie in die Küche. Bas, Thies und die beiden Knappen saßen am Tisch. Thies hatte ihnen bereits einen Teller von dem frischen Brot und etwas Käse und Räucherschinken gegeben. Er sah auf, nickte zu Evert und bereitete einen dritten Teller vor. Insa wusste, dass sie sich glücklich schätzen konnten, noch immer genug Nahrungsmittel zu haben. Roggen, Käse und Schinken lagerten im Keller und der kleine Garten hinter dem Haus brachte dank Lennes guter Pflege immer noch Gemüse auf den Tisch.

Evert nahm dankbar den Teller und wandte sich zu Bas. „Herr de Jong ..."

Insas Vater schüttelte den Kopf und Evert grinste, aber er korrigierte sich nicht. „... heute Vormittag ist viel geschehen und ich bin eigentlich froh, dass wir unterbrochen wurden. So hatten wir Zeit, über alles nachzudenken." Sein Blick glitt zu Insa und all die Liebe und Verehrung, die darin lag, ließ sie beinahe schmelzen. „Eurer Tochter verdanke ich mein Leben. Darüber hinaus hat ihre Stärke, ihre Güte und ihr ganzes Wesen mein Herz gefangen genommen. Mit meinem Lehen kann ich ihr ein Zuhause und ein gutes Auskommen sichern."

Evert schluckte hart und starrte einen Moment vor sich hin, als wäre er tief in Erinnerungen versunken. Dann fuhr er mit ernster Miene fort. „Nach den Vorkommnissen des Tages war ich nicht mehr sicher, was mein Lehensherr davon denkt. Ich hatte, ehe ich herkam, ein kurzes Gespräch mit dem Grafen, und er hat mir versichert, dass ich in seinen Diensten bleiben kann, wenn ich das will, und dann auch Düssel behalte." Er stockte und sah zu Boden, als fände er nicht die richtigen Worte. „Eigentlich bin ich ... bisher war ich ... ich bin offenbar der jüngere

Bruder des Grafen von Guelder. Aus Limburg habe ich nun ebenfalls das Angebot einer Position im Gefolge des Grafen. Ich bin nicht mehr so sicher, welches der richtige Weg ist." Er holte tief Luft und schob die Schultern zurück. „Wie auch immer meine Zukunft aussehen wird, ich kann Eurer Tochter ein gutes Zuhause bieten und möchte Euch daher in aller Form darum bitten, mir ihre Hand zum Ehebund zu geben." Sein Blick flog zu ihr und zitternd atmete er wieder aus. „Wenn sie mich trotz dieser Unsicherheit denn noch will", schloss er.

Einen Moment lang war es in der Küche geradezu unheimlich still. Niemand sagte etwas, niemand aß mehr oder bewegte auch nur die Füße unter dem Tisch. Gebannt sahen alle auf Bas.

Der legte den Kopf ein wenig schräg, wie er es immer tat, wenn er über ein schwieriges Problem nachdachte. Dann schaute er Insa fragend an. Ihr hastiges Nicken genügte offensichtlich, denn seine nachdenkliche Miene verzog sich zu einem schmalen Lächeln.

„Evert von Düssel, ich habe Euch ein wenig kennengelernt und sehe, dass Ihr ein guter Mann und ehrenwerter Ritter seid. Ich verstehe, dass Eure Zukunft derzeit ungewiss ist, aber das ist sie eigentlich immer. Ihr werdet die richtige Entscheidung treffen. Ich bin bereit, Euch die Hand meiner Tochter zum Ehebund zu geben, wenn sie einverstanden ist."

Alle Blicke flogen zu Insa, aber sie brachte keine

Worte hervor. Sie nickte nur noch einmal und knetete aufgeregt die Hände im Schoß. Noch immer starrten Evert, Bas, Thies und auch die Jungen sie an und alle warteten offenbar auf eine deutlichere Antwort. „Ja, ich will", presste sie schließlich hervor.

Everts Gesicht war noch einen Moment zuvor angespannt und besorgt gewesen, als hätte er tatsächlich befürchtet, dass sie sich noch anders entscheiden würde. Nun schenkte er ihr ein strahlendes Lächeln und griff ihre Hände. „Insa, du machst mich sehr glücklich", raunte er und klang dabei ein wenig heiser.

Thies und die Jungen sprangen auf, um ihnen beiden zu gratulieren, und Bas verließ die Küche, um kurz darauf mit einem Glaskrug und den dazugehörigen Gläsern zurückzukommen. Er schenkte für alle etwas von seinem Kirschbrand ein, den er für besondere Anlässe bereithielt. Gemeinsam hoben sie die kleinen, rot verzierten Gläser.

„Auf eine glückliche Hochzeit", sagte Bas und alle wiederholten den Trinkspruch, ehe sie den Brand hinunterkippten. Der scharfe Alkohol brannte wie erwartet in Insas Hals und Tränen traten in ihre Augen, aber um nichts in der Welt hätte sie den Kirschbrand zu dieser Gelegenheit ablehnen können. Sie stellte anschließend noch eine Kanne Met auf den Tisch und Thies holte auch Lenne vom Haus ihrer Schwester wieder herüber, um mit ihnen die Verlobung zu feiern.

Evert wandte sich nach einiger Zeit Insas Vater zu.

„Herr de Jong, ich fürchte, ich muss aufbrechen. Auch wenn wir nun verlobt sind, ist es nicht schicklich, dass ich hier im Haus bleibe".

Energisch schüttelte Bas den Kopf. „Also erst einmal sollte mein Schwiegersohn mich jetzt wirklich nicht mehr so förmlich ansprechen. Du weißt, ich heiße Bas. Als Schwiegersohn kannst du mich natürlich auch Fader nennen, wenn du das möchtest."

Evert starrte ihn mit großen Augen an. „Fader? Das ist Flämisch? Ich … Ich habe noch nie … seit ich mich erinnere zumindest … es ist mir eine Ehre."

Bas nickte, dann fuhr er fort. „Bis jetzt haben drei Ritter in diesem Haus gewohnt und was die Schicklichkeit angeht, wissen wir ja, wozu das geführt hat. Ich würde mich tatsächlich wohler fühlen, wenn du hierbleiben würdest. Deine Knappen natürlich auch. Wir haben genug freie Zimmer für euch alle."

Insa lehnte sich gegen Everts Seite. „Ja bitte, Evert. Ich würde mich auch viel sicherer fühlen."

Er nickte. „Danke Bas – Fader, danke für alles. Gero, Caspar, wo sind eigentlich unsere, ich meine Rainalds Sachen und was habt ihr mit Fulk gemacht?"

„Das Zelt mit den Betten und dem Tisch steht noch im Lager", antwortete Gero. „Aber alles andere haben wir sicherheitshalber hergeschleppt. Die Bündel sind in einem Schuppen. Wir haben dem Besitzer zwei Brote versprochen, wenn er gut auf alles aufpasst."

Insa lachte. „Das war sehr schlau. Brot ist hier im Augenblick das wichtigste Handelsgut. Warte, ich gebe euch etwas, dann könnt ihr eure Schulden gleich bezahlen. Wir haben hier auch einen Schuppen, in dem wir alles unterbringen können." Sie stand auf, schlug zwei Brote in ein Tuch und gab sie Gero.

„Holt alles her", wies Evert die Jungen an. „Baut auch das Zelt ab, ehe es von ganz allein verschwindet. Der König wird die Wachen aus dem Feldlager sicher bald abziehen, und was dann noch da steht, wird schnell Beine bekommen."

Während die Burschen unterwegs waren und Lenne wieder nach Hause ging, blieben Thies, Bas, Evert und Insa noch in der Küche sitzen und planten die nächsten Tage.

„Insa, ich werde bei der Krönungsfeier im Dom sein und König Otto meine Treue schwören. Würdest du mir die Freude machen, mich zu begleiten?"

„Oh ja. Ganz sicher werden die normalen Bürger nicht alle im Dom Platz haben, aber ich würde so gern dabei sein." Sie bebte vor Aufregung, auch wenn es noch zwei Tage dauern würde. „Ach herrje, ich brauche ein passendes Kleid. Und du, Evert, ach, du wirst natürlich deine Rüstung tragen und deinen Wappenrock."

„Den habe ich nicht mehr, ich besaß nur einen mit dem Wappen meines Grafen, und den haben sie mir ja auf dem Schlachtfeld abgenommen. Heute früh trug ich das

Zeichen meines verstorbenen Freundes auf dem Rock und dem Schild." Er presste kurz die Lippen zusammen und seine Augen verdunkelten sich. Dann fuhr er leise fort. „Zur Krönung müsste es schon mein Wappen sein, eigentlich. Von Düssel ist jetzt mein Name, auch wenn sich das vielleicht irgendwann noch ändern sollte, wäre das jetzt mein Zeichen für die Krönung. Soweit ich weiß, ist Düssel zum ersten Mal ein Rittersitz und hat noch gar kein eigenes Wappen. Ich habe keine Ahnung, woher ich so etwas in zwei Tagen ...“

„Aber Evert, das Nähen kann ich doch erledigen. Du musst mir nur erklären, wie es aussehen muss, welche Farben und so weiter. Ich werde das schaffen, mach dir keine Sorgen.“, beruhigte Insa ihn.

„Aber das ist ja das Problem. Ich habe keine Ahnung, wie man ein neues Wappen festlegt. Es gehört zur Grafschaft Berg und sollte den bergischen Löwen tragen, denke ich. Er ist rot auf weißem Grund, mit blauer Krone. Aber wie soll es sich unterscheiden? Man muss etwas hinzufügen, ein Element, das es deutlich von allen anderen Häusern mit dem Löwen unterscheidet.“

Insa holte ihre Schiefertafel und die Kreide, mit der sie die Schnitte und Muster für die Kleidung skizzierte. Dann grübelten sie gemeinsam die halbe Nacht über das zukünftige Familienwappen. Evert würde alle Vorschläge am Morgen dem Herold des Königs zeigen. Wenn er seine Zustimmung gab, konnte sie mit dem Nähen beginnen.

Die Krönungsfeier würde vielleicht nicht ganz so prunkvoll ausfallen, wie man das dem Anlass nach erwarten könnte. Zumindest dachte Insa sich das. Es war nach der Übernahme der Stadt ja nicht viel Zeit für die Vorbereitungen geblieben. Die Händler, die in der letzten Zeit die Stadt nicht hatten betreten können, waren in der Zwischenzeit aber offensichtlich sehr geschäftig gewesen. Mit erstaunlicher Geschwindigkeit waren reichlich Lebensmittel für eine große Festtafel herbeigeschafft worden.

Von Evert hatte sie schon gehört, dass die Truppen König Ottos hoch erfreut über den Komfort der Badehäuser waren. Auch richtige Betten und die Möglichkeit, ihre Kleidung zu reinigen, war für die Männer nach drei Wochen im Feldlager wie purer Luxus. Adelige und Bürger waren nun auf Hochglanz poliert und fieberten den Feierlichkeiten des Abends entgegen.

Insa begleitete Evert bereits als seine Verlobte zur Krönungsfeier. Es hatte sich schon herumgesprochen und alle Ritter des Grafen von Berg gratulierten Evert und Insa überschwänglich, als sich die verschiedenen Gruppen vor dem Dom trafen. Der Münsterplatz, auf dem zuvor die Staufer gelagert hatten, war freigeräumt worden, aber es waren so viele Menschen zusammengekommen, dass der Platz allein nicht ausreichte. Die Ritter von König Otto standen entsprechend ihrer Grafschaften in Gruppen zusammen. Sie warteten direkt vor dem Portal des Domes auf Einlass, als auch der Graf zu Berg persönlich dazu kam. Auch er gratulierte Evert und Insa, dann stellte er sich vor Evert hin und sah ihn bedeutungsvoll an.

„Evert von Düssel", begann Graf Adolf von Berg feierlich. „Mir kam zu Ohren, dass Ihr mit Walram von Limburg ein Stück Eurer Vergangenheit gefunden habt. Wenn ich recht informiert bin, will er Eure Hochzeit ausrichten."

„Jawohl Herr", antwortete Evert mit einer Verbeugung. „Die Burg Limburg ist nur eine halbe Tagesreise von hier entfernt und ich könnte den Ort wiedersehen, an dem ich einen großen Teil meiner Jugend verbracht habe. Natürlich nur, wenn Ihr einverstanden seid."

„Einverstanden? Pah, Ihr seid mein Gefolgsmann, aber nicht mein Besitz, Evert. Ich habe außerdem erfahren, dass Ihr vom Grafen von Limburg eingeladen wurdet, dortzubleiben."

Insa spürte, wie Evert sich an ihrer Seite versteifte und den Atem anhielt, aber der Graf lächelte und wirkte nach wie vor freundlich.

„Herr, ich entschuldige mich, dass ich Euch das nicht selbst gesagt habe. Aber ich weiß nicht … ich habe mich noch nicht entschieden …", brachte Evert stockend vor.

„Es ist gut. Ich bin froh, dass Ihr Eure Vergangenheit wiederentdeckt habt und eine Hochzeit in Limburg wird sicher ein großes Ereignis sein. Trotzdem hoffe ich, dass Ihr in meine Grafschaft zurückkehrt und Düssel in

Anspruch nehmt. Ich schätze Euch sehr und würde Euch nur ungern verlieren."

„Danke, Herr." Evert verbeugte sich steif und auch Insa machte einen Knicks, wagte aber nicht, das Gespräch zu unterbrechen.

„Der Rückweg von Limburg allein wäre zu gefährlich für nur einen Ritter, wenn Ihr Eure Braut und deren Mitgift beschützen müsst."

„Ich hatte gehofft, von Walram Unterstützung zu bekommen", wandte Evert ein, aber der Graf wischte seine Bemerkung mit einer Handbewegung fort.

„Diederich von Altena und sein Knappe sollen Euch begleiten", bestimmte er.

„Nein, auf keinen Fall!", erklang eine erboste Stimme hinter Insa.

Sie wandte sich um und sah einen prächtig ausstaffierten Ritter, der mit überheblichem Gesichtsausdruck zu Evert blickte. Sie erinnerte sich daran, dass dieser Mann mit Herzog Walram zusammen in ihrem Haus gewesen war, und auch daran, wie er den wesentlich höhergestellten Walram behandelt hatte. Auf die Gesellschaft dieses Mannes war sie wirklich nicht erpicht.

Er wandte sich direkt dem Grafen zu. „Herr, verzeiht meine Worte, aber ich möchte Euch bitten. Ich habe Familie, die mich zurückerwartet, meine junge Ehefrau …" Er ließ das Ende des Satzes offen und verbeugte sich tief.

„Das ist wirklich nicht nötig, Herr", wandte jetzt auch

Evert ein und sein Blick sagte klar und deutlich, dass er lieber allein reisen würde, als diesen Diederich mitzunehmen.

„Nun gut. Ich dachte, die Reise zur Burg Limburg und die dortige Feier wäre eine geeignete Belohnung für treue Dienste. Aber wenn Ihr lieber zu Eurer *Ehefrau* zurückkehrt, dann soll es so sein." Der Graf betonte mit einem Seitenblick zu Diederich das Wort Ehefrau auf ganz seltsame Weise, was Insa zeigte, dass hierzu einiges ungesagt blieb. Er wandte sich wieder an Evert. „Die beiden Knappen werden Euch begleiten, außerdem gebe ich Euch fünf Fußsoldaten mit. Das sollte für die Sicherheit der Dame genügen, denke ich. Natürlich muss es auch ein Hochzeitsgeschenk geben. In Anbetracht der Umstände wäre ein Wagen mit Pferd für Eure Habe und ein Reitpferd für die Dame wohl das Praktischste."

Insa holte erschrocken Luft. So ein großzügiges Geschenk hätte sie niemals erwartet. Auch Everts Miene verriet Erstaunen.

„Vielen Dank, Herr. Das ist sehr großzügig." Evert verbeugte sich noch einmal, und noch ehe Insa sich ebenfalls bedanken konnte, wandte der Graf sich um und ging in den Dom.

„Ihm liegt anscheinend wirklich viel an dir", flüsterte Insa Evert zu und dieser nickte. „Er will wohl sicherstellen, dass du zurückkommst."

„Ja, das hatte ich nicht erwartet, aber es ist ein gutes

Gefühl. Ich verdanke dem Grafen viel und war ohnehin geneigt, in seinem Dienst zu bleiben", gab Evert ebenso flüsternd zurück.

Die große Kirche war so vollgepackt, dass man nicht hätte umfallen können, selbst wenn man ohnmächtig geworden wäre. Für die Adeligen gab es Sitzplätze im mittleren Kirchenschiff, alle übrigen Bänke waren jedoch hinausgeräumt worden, um Platz für mehr Menschen zu machen. Die Krönung selbst war langatmig und mit vielen bedeutungsvollen Reden gespickt. Danach trat ein kleines Mädchen, sie konnte höchstens acht oder neun Jahre alt sein, an den Altar heran. Das Kind trug das Kleid einer Braut und Insa fragte sich, was das zu bedeuten hätte. Im nächsten Moment stellte sich der König neben das Mädchen und der Priester gab die Verlobung der beiden bekannt.

Insa holte geschockt Luft. „Wirklich, der König heiratet ein Kind? Wusstest du das?", fragte sie Evert.

Der nickte zu ihrer großen Überraschung. „Das ist Maria von Brabant und heute verloben sie sich nur. Ihr Onkel hat sie hergebracht, während ihr Vater im Heiligen Land ist", raunte Evert. „Es ist nicht ungewöhnlich, dass die Mädchen schon als Kind verheiratet werden. Meist geht es um Macht und um die Verbindung zweier Familien. Es ist alles nur Politik."

Insa schüttelte den Kopf und versuchte sich vorzustellen, wie es gewesen wäre, als kleines Mädchen verheiratet zu werden. Sie war plötzlich wieder sehr froh darüber, nur eine einfache Händlerstochter zu sein. Und natürlich auch, dass sie Evert gefunden hatte.

Es schloss sich eine lange Zeremonie an, in der jeder anwesende Ritter vortreten musste, um dann mit lauter Stimme König Otto Gefolgschaft zu schwören. Nach den Männern, die der König mit in die Stadt gebracht hatte, waren auch die Ritter an der Reihe, die zuvor gegen ihn gekämpft hatten und manch einer von ihnen brachte den Schwur nur zwischen zusammengebissenen Zähnen hervor.

Nachdem Heinrich von Waldburg seinen Eid abgelegt hatte, trat er zu Insa und Evert. „Verehrte Frau de Jong, ich hörte, Ihr habt Euch verlobt."

Insa nickte nur, denn sie wusste nicht, was sie sagen sollte. Heinrich hatte seine Gefühle für sie bei seinem Abschied vor zwei Tagen deutlich gemacht. „Das haben wir", sagte Evert an ihrer Stelle und sah Heinrich aus schmalen Augen feindselig an.

„Ich gratuliere Euch, Insa, und Euch ebenfalls, Evert. Ihr müsst ein glücklicher Mann sein.", stellte er fest. Es musste ihm schwerfallen, einem anderen Mann zur Verlobung zu gratulieren. Er stieg in Insas Achtung, da er das über sich brachte.

„Ich bedauere nach wie vor, dass unsere Begegnung unter keinem guten Stern stand, aber ich bin froh, dass Ihr einen ehrenhaften Ritter gewählt habt. Ich wünsche Euch eine gesegnete und glückliche Zukunft." Mit einer tiefen Verbeugung verabschiedete Heinrich sich schließlich und kehrte zu seinen Leuten zurück.

Insa und Evert mussten noch eine weitere Stunde warten, bis er endlich an der Reihe war. Wie die übrigen Ritter legte er den Schwur ab und kurz darauf war die lange Zeremonie schließlich beendet.

Bei der ausgelassenen Feier nach der Krönung wollten alle mit den beiden anstoßen. Die Ritter des Grafen stellten immer wieder lachend fest, dass der König und Evert sich quasi gemeinsam verlobt hatten, dass Insa aber ganz bestimmt die schönere Braut wäre. Beide verabschiedeten sich schon bald von den Feiernden und liefen Hand in Hand durch die schwach beleuchteten Straßen der Stadt. Als es kühler wurde, lenkten sie ihre Schritte zum Tuchhändlerhaus, Insa schloss die Tür auf und gemeinsam traten sie in den Flur. Dort küsste Evert sie leidenschaftlich und hielt sie fest in seine Arme geschmiegt.

"Insa, ich bin so glücklich", seufzte er und streichelte zart ihr schmales Gesicht.

"Ich auch. Evert, ich liebe dich", antwortete sie und gab ihm einen so leidenschaftlichen Kuss, dass ihr danach beinahe schwindelig war und er sie gar nicht wieder loslassen wollte.

Evert trat am Morgen aus dem Haus des Tuchhändlers und ein wehmütiges Gefühl ergriff ihn. Der Weg zwischen Aachen und Düssel war lang, und es war unwahrscheinlich, dass er oder Insa je zurückkehren würden. Nun reisten sie allerdings erst einmal nach Limburg und die Aussicht, einen Teil seiner Vergangenheit wiederzuentdecken, erfüllte ihn zugleich mit Anspannung und Vorfreude.

Der Wagen des Grafen war bereits mit Insas persönlichen Dingen, ihren Nähsachen und allerlei Stoffen beladen, die sie von ihrem Vater geschenkt bekommen hatten. Die Fußsoldaten würden sich darin abwechseln, ihn zu fahren und beschäftigten sich im Augenblick damit, die Ladung zu sichern. Das Pferd, das Insa vom Grafen erhalten hatte, stand neben Fulk und die beiden Knappen hielten die Tiere am Zügel.

Der Morgen war klar und frisch, aber es versprach ein ebenso heißer Tag zu werden wie in den vergangenen Wochen. Sie hatten deshalb beschlossen, früh aufzubrechen, um in der Hitze des Tages eine längere Rast machen zu können.

Viele Freunde, Nachbarn und Bekannte waren vor dem Haus zusammengekommen, um sich von Insa zu verabschieden und ihr eine gute Reise zu wünschen. Sie ging herum, schüttelte Hände und nahm die kleinen Abschiedsgeschenke von jedem mit einem glücklichen Lächeln entgegen.

Evert hatte erwartet, dass es ihr schwerfallen würde,

ihr bisheriges Leben hinter sich zu lassen, aber sie strahlte eine Freude und Aufregung aus, die sich auf ihn übertrug und sein Herz leicht machte. Nur beim Abschied von ihrem Vater und ihrem Bruder sah Evert ein paar Tränen über Insas Wangen laufen. Beide versprachen noch einmal, sie bald in ihrem neuen Zuhause zu besuchen.

Mit Walram und drei Rittern, die sie nach Limburg begleiteten, würden sie sich vor dem Tor treffen. Also ritt Evert neben Insa die Jakobstraße hinab, während der Wagen mit den Fußleuten und Knappen ihnen folgte.

Als er das Jakobstor durchritt, befiel ihn ein seltsam melancholisches Gefühl, und sein Blick wanderte seitlich zum Graben. Er lenkte sein Pferd einige Schritte von der Straße fort und hielt kurz vor der Mauer an.

Insa folgte ihm und sah fragend herüber. Er betrachtete den Weg, den Graben und das Tor, dann starrte er an der Stadtmauer hoch und sein Atem beschleunigte sich.

„Hier war es." Wie ein Albtraum stiegen die Bilder und Gefühle wieder in ihm auf. Genau hier hatte er gelegen und war unter dem Gewicht des toten Körpers fast erstickt, während die Lanzenspitze in seiner Schulter steckte und sich bei jedem keuchenden Atemzug tiefer in sein Fleisch gebohrt hatte. Die Erinnerung an die Qualen seines unendlich langsamen Sterbens zog erneut sein Herz zusammen. Und doch stand er jetzt hier und lebte. Einen Moment schloss er die Augen und schluckte schwer. Insa war ganz nah zu ihm herüber geritten und streckte ihren

Arm nach ihm aus. Fest schlossen sich Everts Finger um die Hand, die ihn ins Leben zurückgeholt hatte. Ihre Blicke trafen sich und das Gefühl von tiefer Liebe verdrängte den Schmerz aus seinem Herzen.

„Das ist Vergangenheit. Lass uns ein neues Leben beginnen", sagte Insa und lächelte ihr Engelslächeln.

Evert seufzte. „Ja. Ein neues Leben, das du mir geschenkt hast. Ich hatte nichts, als ich nach Aachen kam. Keine Vergangenheit, keine Familie und keine Aussicht auf Glück. Du hast mir eine Zukunft geschenkt, von der ich nie gewagt habe zu träumen. So lange du bei mir bist, werde ich glücklich sein und ich werde alles tun, um dir dieses Glück hundertfach zurückzugeben."

„Wir werden unsere Zukunft gemeinsam erschaffen und unsere eigene Familie gründen, Evert. Ich werde an deiner Seite sein, bis zu meinem letzten Atemzug", antwortete Insa. Dann wendeten sie ihre Pferde und ritten zum Weg zurück, der sich vor ihnen durch die Felder wand. Evert wusste, dass sie sich gemeinsam dem Schicksal stellen würden, und er war glücklich wie nie zuvor.

15 An deiner Seite

Evert trat zusammen mit Insa und seinem Freund Walram in den großen Saal der Burg. Tatsächlich waren während der kurzen Reise von Aachen hierher viele Stücke seiner Erinnerung zurückgekehrt, auch das Gefühl der tiefen Freundschaft, die ihn mit Walram verband. Nach ihrer Ankunft hatten sie zuerst Gelegenheit bekommen, den Staub der Reise abzuwaschen und sich umzukleiden, aber nun wollte Walrams Vater Heinrich von Limburg die Gäste begrüßen. Daher hatten sie sich in der Halle versammelt.

Es war ein Festmahl aufgetragen worden und wieder fiel für Evert ein Erinnerungsstück an seinen Platz. Wann immer jemand von einer Reise oder einer Auseinandersetzung zurückkehrte, wurde hier gefeiert. Der Herzog hatte es keineswegs als gegeben angenommen, dass seine

Söhne und Gefolgsleute unbeschadet nach Hause zurückgekommen waren, daher war dies jedes Mal Grund genug für ein Fest gewesen. Auch wenn Evert damals mit seinem Ritter Walther von Arnstein hierher zurückgekommen war, waren sie auf diese Art begrüßt worden.

Heinrich saß am Kopfende der langen Tafel und unterhielt sich mit drei anderen Männern. Als er die kleine Gruppe eintreten sah, erhob er sich aber sofort und kam auf sie zu.

„Walram, du bist zurückgekehrt!" Heinrich trat auf seinen Sohn zu, umarmte ihn herzlich und klopfte mehrmals auf seinen Rücken.

Evert bemühte sich, starr geradeaus zu sehen, obwohl plötzlich ein unerklärlicher Druck auf seiner Brust lastete. Wieder wurde ihm bewusst, wie sehr er sich immer gewünscht hatte, zu einem Zuhause zurückzukehren und auf eine solche Art begrüßt zu werden.

Heinrich entließ seinen Sohn aus der Umarmung, hielt ihn an beiden Schultern vor sich und sah mit einem Lächeln an ihm herunter. Dann nickte er zufrieden und fuhr fort: „Ich habe deine Berichte erhalten. Über den Ausgang des Thronstreits sprechen wir später. Jetzt ist erst einmal Zeit zum Essen und Trinken."

„Jawohl, mein Herzog." Walram beugte das Haupt in einer Geste des Respekts. Dann sah er auf und ein breites Grinsen breitete sich aus. „Vater, ich habe dir nicht alles geschrieben, eine Überraschung wollte ich dir persönlich überbringen." Er trat zur Seite, so dass Evert nun direkt vor Heinrich stand.

Er hatte den Mann, der quasi sein Ziehvater gewesen war, schon von Weitem wiedererkannt, aber nun so unmittelbar vor ihm zu stehen ließ seine Kehle eng werden, als Erinnerungen auf ihn einprasselten wie Hagelkörner.

Er beugte ein Knie zu Boden und senkte den Kopf. „Mein Herzog", würgte er mühsam hervor.

„Albert!", rief Heinrich voller Überraschung. „Steh auf! Du lebst. Welch eine Freude. Du bist ein Mann geworden."

Evert erhob sich, und als Heinrich ihn ebenfalls umarmte, hielt er geschockt einen Moment die Luft an.

„Und dies ist seine Verlobte, die Dame Insa de Jong aus Aachen", stellte Walram vor. Heinrich trat einen Schritt von Evert zurück und begrüßte Insa förmlich und überaus höflich.

„Kommt, setzt euch direkt zu mir. Ihr müsst mir beim Essen alles berichten", befahl Heinrich und ging zum Tisch voraus. Neben seinem Platz am Kopfende des Tisches war nur ein weiterer Stuhl für Walram frei. Aber auf Heinrichs kurze Anweisung hin wurden an seiner anderen Seite zwei weitere Plätze für Insa und Evert freigemacht. Evert saß schließlich Walram gegenüber mit Heinrich am Kopfende der Tafel und Insa an seiner anderen Seite. Die hohe Ehre, direkt neben dem Herzog zu speisen, machte ihn schon wieder beinahe sprachlos und er war froh, dass Walram und Insa den größten Teil der Konversation übernahmen.

Er wusste, dass Insa sich Sorgen gemacht hatte, ob sie in so vornehmer Gesellschaft angemessen auftreten könnte. Sie habe keine Erfahrung im Umgang mit hochgestellten Adeligen, hatte sie angeführt. Walram hatte nur gelacht, und ihr erklärt, dass sein Vater keine vornehme Gesellschaft war und es vorzog, wenn man mit ihm ganz geradeheraus und ohne förmliches Gehabe redete. Nun sah Evert mit Erstaunen, wie selbstsicher und redegewandt Insa sich mit dem Herzog und seinem Sohn unterhielt und war wieder einmal sehr stolz auf seine Verlobte.

Insa war zwar am ersten Abend in der Burg des Grafen noch sehr nervös gewesen, aber inzwischen hatte sie sich an das Leben hier beinahe gewöhnt. Die Untätigkeit hatte ihr in den vergangenen sechs Tagen zu schaffen gemacht, und sie sehnte sich sehr danach, wieder eine richtige Aufgabe zu haben. Ihr bestes Kleid hatte sie mit zusätzlichen Rüschen und Borten zu einem außergewöhnlichen Gewand für die Hochzeit geändert. Auch für Evert hatte sie eine Tunika mit edlen Borten versehen und passend zu seiner Hose eine breite Bauchbinde genäht, die er statt des

Schwertgürtels bei der Hochzeit tragen würde. Diese Arbeiten hatten sie allerdings nur wenige Tage beschäftigt, und die Zeit bis zur Hochzeit war ihr lang geworden.

Heute war es endlich so weit. Heute würde sie Evert die Hand zum Ehebund reichen und übermorgen wollten sie schließlich gemeinsam in ihre neue Heimat aufbrechen. Evert hatte nicht lange gebraucht, um sich für den Grafen von Berg und das Gut Düssel zu entscheiden. Dort würden sie sich ein neues Leben aufbauen.

Sie stand mitten in dem Zimmer, das sie in den vergangenen sechs Tagen bewohnt hatte, und drei junge Mägde waren damit beschäftigt, sie für den großen Augenblick präsentabel herzurichten. Noch nie zuvor hatte jemand ihr beim Ankleiden geholfen, wie es offenbar für die hohen Damen der Burg üblich war. Die Gräfin Adelheid hatte sie in den vergangenen Tagen nur flüchtig kennengelernt, da sie sehr zurückgezogen lebte und wie Insa gehört hatte, die meiste Zeit in der Kapelle der Burg verbrachte.

Die Kapelle war es auch, in der heute die Hochzeit stattfinden würde, und Nervosität breitete sich inzwischen in ihr aus. Sie war sich vollkommen sicher, dass dies der richtige Schritt war. Nicht einen Augenblick lang hatte sie gezögert, als Evert um ihre Hand angehalten hatte, und nicht einen Augenblick lang hatte sie das Gefühl, dies wäre die falsche Entscheidung gewesen.

Auch Everts Gefühle ihr gegenüber waren aufrichtig

und ernst. Sie musste nicht fürchten, dass er sich anders entscheiden und sie vor dem Altar stehen lassen würde. Seine Liebe und Verbundenheit sah sie in jedem Blick und jeder Geste, wenn sie mit ihm zusammen war.

Vielleicht war es die Tatsache, dass der Graf und alle Bewohner der Burg anwesend sein würden, oder die Angst vor dem, was danach kommen würde – am Abend, in der Nacht. Nein, Evert würde liebevoll und zärtlich sein. Auch wenn sie keine Mutter mehr hatte, die ihr vor der Hochzeit die Dinge erklären konnte, die im Ehebett geschahen, wusste sie im Groben, was sie zu erwarten hatte.

Insa seufzte und wünschte sich, Evert wäre da und könnte ihre Hand halten. Seine Stärke und Sicherheit beruhigten sie immer und bei ihm fühlte sie sich sicher und geborgen, ganz gleich, was geschah. Die Dienerin Judith, die ihr mit der aufwendigen Flechtfrisur geholfen hatte, trat einen Schritt zurück und hielt ihr den Handspiegel hin.

„Fertig, meine Dame." Sie war ein recht junges Mädchen und hatte seit Insas Ankunft als Kammermaid für sie zur Verfügung gestanden. Wie immer war sie auch jetzt scheu, traute sich nicht, Insa direkt anzusehen, und brachte kaum ein Wort hervor. Sehr routiniert und mit viel Gefühl hatte sie eine wundervolle Frisur gezaubert. Trotzdem sah sie Insa jetzt unsicher an, als erwartete sie gerügt zu werden.

„Es sieht fantastisch aus. Ich danke dir für deine Mühe."

Das Mädchen sah auf und ein ungläubiges Lächeln huschte über ihr Gesicht, als hätte sie gar nicht mit so einem Lob gerechnet. „Oh, meine Dame", flüsterte sie ehrfurchtsvoll. „Sie müssen mir nicht danken."

„Du bist sehr geschickt und immer fleißig", gab Insa mit einem Lächeln zurück, um sich von ihrer eigenen Nervosität abzulenken. „Du solltest auf jeden Fall öfter gelobt werden."

Judith wurde feuerrot und sank in einen tiefen Knicks. „Danke", hauchte sie.

Insa fuhr herum, als sie eine vertraute Stimme hörte. Einen Moment lang hatte sie geglaubt, ihren Bruder draußen in der Halle lachen zu hören, aber das war ja ganz unmöglich, er war in Aachen, nicht hier. Mit einem tiefen Seufzer drehte sie sich wieder zu Judith um. Worüber hatten sie gerade gesprochen? Insa schüttelte den Kopf, sie war zu aufgeregt, um sich auf irgendetwas zu konzentrieren.

„Sie sind fertig, meine Dame." Judith lächelte scheu und Insa wurde bewusst, dass sie in Gedanken versunken dagestanden hatte. Gerade wollte sie antworten, da öffnete sich die Tür.

Der Graf von Limburg trat ein und sah mit einem Lächeln an ihr herunter. „Sehr hübsch." Er selbst trug eine weinrote ärmellose Jacke über einem hellen Hemd mit

Kordelschnürung am Kragen. Die Enden der Kordeln und die Metallringe im Stoff schimmerten golden. Über dem edlen Samtstoff der Jacke trug er einen breiten Halsschmuck mit verschiedenen Wappenplatten, die mit mehreren Ketten zusammengehalten wurden und sich über seiner Brust ausbreiteten. Es wirkte ähnlich wie die Brustplate des Vorstehers der Schützengilde, nur dass diese Kette Wappenzeichen der limburgischen Familien zeigte, statt Namensplatten der ehemaligen Schützenvorsteher. Dunkle Ledermanschetten umschlossen seine gesamten Unterarme und waren mit goldfarbenen Nieten in verschlungenen Mustern besetzt. Der Graf sah fast wie ein König aus, so ganz anders als in seiner Alltagskleidung, die sich kaum von denen seiner Leute unterschied.

„Meine Dame, es ist mir eine Ehre, Euch zur Kapelle zu führen", sagte er mit einem breiten Lächeln und reichte seine Hand Insa entgegen.

Zitternd atmete sie ein und streckte den Rücken durch. „Ich danke Euch, hoher Herr", brachte sie mühsam hervor.

Sie sollte noch so viel mehr sagen, schließlich richtete der Graf auf seine Kosten und in seiner Burg eine wundervolle Hochzeit aus und nun würde er sie auch noch selbst zum Altar geleiten. Ihr Herz raste und unerwartete Emotionen drückten ihr die Kehle zu. Sie presste die Lippen aufeinander, denn sie traute ihrer Stimme nicht und nahm schließlich schweigend die Hand des Herzogs. Sie hob mit der anderen Hand das Kleid vorn an und richtete die Augen auf den Boden vor ihren Füßen, während der Herzog sie aus dem Raum, den langen Gang bis zur Treppe und dann hinunter in die große Halle führte. Von dort traten sie in einen weiteren Gang und Insa hörte bereits das Gemurmel der anwesenden Gäste. Schließlich traten sie in den Vorraum der Kapelle, der zum Bersten gefüllt war und der Herzog blieb unvermittelt stehen.

„Nun muss ich leider beiseitetreten", sagte er leise. Erwartungsvolles Schweigen legte sich über die Anwesenden und irritiert blickte Insa auf.

Vor ihr standen ihr Vater und ihr Bruder in festlicher Kleidung und beide mit feierlich ernstem Gesicht. Ein überrasschtes Japsen brach aus Insa hervor, beinahe klang es wie ein Schluchzen, und im nächsten Augenblick umarmte ihr Vater sie fest.

„Wie kann das sein?" Insa starrte Bas und Thies abwechselnd an und rang nach Luft, als wäre sie drei Treppenstiegen hinaufgelaufen.

„Um nichts in der Welt hätte ich diesen Tag verpassen wollen", gab Bas zu und Thies nickte zustimmend, während er sie ebenfalls umarmte. „Ich werde meine liebe Tochter heute selbst zum Altar führen, auch wenn der Graf meine Aufgabe gern übernommen hätte."

„Oh Vater, ich freue mich so sehr, dass du heute da bist.", keuchte Insa immer noch atemlos vor Überraschung.

„Können wir?", fragte Bas, während Thies den Platz an ihrer anderen Seite einnahm.

Insa nickte wortlos und holte noch einmal tief Luft. Dann legte ihr Vater ihre Hand auf seinen Unterarm und wandte sich dem Hauptraum der Kapelle zu.

Der Klang eines Chores erhob sich in dem Augenblick, als Insa und ihr Vater die Schwelle überschritten und vorn am Altar sah sie Evert und seinen Freund Walram stehen.

Beide standen kerzengerade und angespannt und waren natürlich ebenfalls in ihre festlichsten Gewänder gekleidet.

Evert trug eine breite Wappenkette mit drei Wappen und einen dunkelroten Umhang. Seine Stirn zierte ein goldener Reif, der beinahe wie eine schmale Krone aussah. Evert sah sie an und seine angespannte Miene wandelte sich innerhalb eines Herzschlags zu einem glücklichen und stolzen Ausdruck. Insa konnte sich nicht von ihrem wundervollen Ritter abwenden und sie nahm die übrigen Personen im vorderen Teil der Kirche kaum wahr.

Ihr Vater führte sie ganz nach vorn, bis sie Evert mit einer Armlänge Abstand gegenüberstand. Der Graf, der inzwischen neben dem Priester angekommen war, sagte einige Sätze, die Insa nicht verstand, da sie immer noch in Everts Anblick versunken war. Mehrmals musste sie mit Ja oder Nein antworten. Natürlich hatte sie zuvor diese Befragung mit Evert und dem Grafen besprochen, aber in diesem Moment hörte sie kaum zu und gab die Antworten immer erst, wenn die Pause zwischen den Worten sie daran erinnerte.

Schließlich nahm Bas ihre Hand von seinem Arm und trat nach vorn. „Ich gebe dir, Evert von Düssel, nun meine Tochter Insa de Jong. Du sollst für sie sorgen, sie ehren und wohl behandeln, ihr Schutz gewähren und in der Not zu ihr stehen. Im Gegenzug soll sie als deine Gemahlin dir in allen Belangen gehorchen und zu Diensten sein, dein Haus führen und den Erhalt deiner Linie sichern."

Bas reichte Insas Hand Evert und er nahm sie zwischen seine beiden.

„Ich, Evert von Düssel, nehme am heutigen Tage Insa de Jong aus der Hand ihres Vaters zu meiner Gemahlin. Ich gelobe vor dem Grafen zu Limburg, der heiligen Kirche und allen Anwesenden, dass ich sie ehren und schützen werde. Als Symbol meiner Verbindung gebe ich dir diesen Ring."

Damit streifte Evert ein breites goldenes Band über Insas Mittelfinger. Dann fuhr er fort. „Und als Symbol meines Schutzes gebe ich dir diesen Mantel." Er nahm den roten Umhang von seinen Schultern und legte ihn um ihre Schultern.

Der Priester sprach einige Sätze über den Segen der Kirche für die Ehe und schließlich beugte Evert sich vor, um sie zu küssen. Nur kurz berührten sich ihre Lippen, ehe er sich wieder aufrichtete. Insa schluckte hart und nickte mit einem scheuen Lächeln, als Evert sie fragend ansah. Der erste Teil der Zeremonie war geschafft.

Der Chor sang noch einmal und endlich durfte Evert sie aus der Kapelle führen. Ihr Vater, ihr Bruder, der Herzog, sein Sohn und die gesamte Belegschaft der Burg folgten ihnen jetzt bis zu dem Zimmer, in dem nun der zweite Teil der Eheschließung folgen würde. Evert führte sie an seiner Hand zum Bett, schlug die Laken zurück und wie es üblich war. Legte sie sich vollkommen angekleidet hinein. Er trat auf die andere Seite, legte den Goldreif und die schwere Wappenkette ab und schlüpfte ebenfalls unter die Decke. Erst danach verließen Insas Familie, der Herzog und sein Sohn den Raum und schlossen die Tür hinter sich.

Evert drehte sich auf die Seite, so dass er sie ansehen konnte. „Insa, meine Sonne, hab keine Angst. Wir werden den Vollzug der Ehe in unserem eigenen Tempo vornehmen. Ich würde dich niemals drängen, das weißt du, nicht wahr."

Insa nickte und endlich drehte sie sich auch zu Evert herum, so dass sie sich nun gegenüber lagen. „Ich weiß, mein Ritter, mein Ehemann. Aber einen richtigen Kuss wünsche ich mir von dir."

Sie waren sich so nahe, dass ihre Nasenspitzen sich beinahe berührten, und Evert hob nur ein wenig das Kinn, um ihre Lippen federleicht zu streifen.

Sie lachte leise. „Nein, ein richtiger Kuss." Dann legte sie ihre Hand in seinen Nacken und fuhr mit den Fingern in die weichen Haare. Sie küsste ihn zuerst zärtlich und weich, aber als er ihre Bewegungen erwiderte, wurde der Kuss tiefer, fordernder und so wundervoll, dass sie tief seufzte.

„Insa, welches Schicksal hat mir all dieses Glück nur geschenkt, hat mir dich geschenkt?"

Sie lächelte und umfasste sein Gesicht mit beiden Händen. „Du weißt doch, das Schicksal ist dir wohlgesonnen, weil du ein besonderer Mensch bist. Und ich bin sehr glücklich, dass es mich ausgewählt hat, an deiner Seite zu sein."

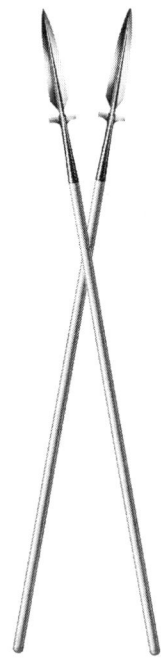

Liebe Leserin, lieber Leser,

Sie haben die Geschichte des verlorenen Ritters bis hierher gelesen und ich freue mich sehr, wenn sie Ihnen einige schöne Stunden geschenkt hat.

Ich bin immer gespannt auf Feedback! Besonders freue ich mich über eine Rezension auf Ihrer Lieblings-Buchplatform. Mit Rezensionen helfen Sie besonders den Indie-Autoren, bekannter zu werden, und auch den anderen Lesern, die Bücher zu finden, die sie begeistern.

Sie können mich auch direkt per Mail erreichen: info@hilgahoefkens.de. Ich lese alle Rezensionen und antworte auf jede Mail – versprochen.

Eine signierte Ausgabe aller meiner Bücher bekommen Sie direkt und versandkostenfrei auf meiner Webseite: www.hilgahoefkens.de.

Möchten Sie weiterlesen?

Hilga Höfkens und Helena Heart wohnen im selben Kopf. Mittelalter, Regency oder heute, Aachen, London oder Düsseldorf, geliebt wird immer und überall.

Blättern Sie weiter für einige meiner anderen Bücher.

Ein Feuer, ein Fluch, eine Intrige, ein zerstörtes Leben. Wird die Melodie der Flötenspielerin das Schicksal verändern können?

Leah ist fast noch ein Kind, als sie des bösen Blicks beschuldigt wird und gerichtet werden soll. Ihre Amme flieht mit dem Mädchen, bevor die Häscher sie erwischen können. Nach sieben Jahren der Flucht erreichen sie die  Grafschaft Gehrenburg und hier nimmt man sie freundlich auf. Niemals darf jedoch Leahs wahre Herkunft bekannt werden.

Um dem Trubel des Dorfes zu entfliehen, sucht sie oft Ruhe in der Natur. Sie nimmt ihre Flöte und folgt dem schmalen Pfad den Berg hinauf. Dort spielt sie in der Stille des Waldes ihre Melodien. Doch nicht nur die Bäume lauschen gebannt den Flötenklängen.

Ein rätselhafter Mann mit samtiger Stimme und vornehmer Sprache wird ihr regelmäßiger Zuhörer. Nur im Verborgenen lauscht er ihrer Flöte und tritt niemals aus dem Schatten der Bäume. Er lebt allein in der Ruine der Bergfeste hoch oben auf dem Pass. Kann dies der Kapuzenmann sein, den im Dorf alle fürchten?

Leah schöpft einen Verdacht: Vor Jahren, nach dem großen Brand, verschwand der Sohn des Grafen.

Eine Wintergeschichte voller Schnee, Kaminfeuer, Sturm und Liebe. Zwei vom Schicksal gezeichnete Menschen, denen die Liebe eine zweite Chance gibt.

Es ist ein regnerischer Dezemberabend, und Anna möchte nichts weiter, als es sich auf ihrem idyllischen Pferdehof gemütlich zu machen. Sie ist dabei, der Stadt zu entfliehen, da stolpert ein Fremder vor ihren Wagen. Anna eilt ihm zu Hilfe und wird von einem intensiven Déjà-vu übermannt. Gibt es etwas in ihrer Vergangenheit, woran sie sich nicht erinnern kann?

Dem einst unbezwingbaren Anwalt Mark hat ein Verkehrsunfall vor zwei Jahren allen Lebensmut geraubt. Als er erneut vor ein Auto stürzt, glaubt er, die Welt habe sich endgültig gegen ihn verschworen. Ein Blick in Annas lichtblaue Augen wühlt plötzlich tief vergrabene Erinnerungen auf. Woher kennt er sie? Was ist vor zwei Jahren wirklich geschehen? Er ist entschlossen, das Rätsel zu lösen.

Doch dann verschwindet sie und ihm bleibt nur die nebelhafte Erinnerung.

Das fulminante Finale der Trilogie – spannend und romantisch

Mart, Earl of Tremblay, verkehrt sowohl in Londons Adelskreisen als auch unter Kriminellen und in den Armenvierteln. Mithilfe mehrerer Namen und wirkungsvoller Verkleidungen bleibt der Spion Seiner Majestät unerkannt. Als Mart von  einem Anschlag auf den Prinzen erfährt, ist es fast zu spät. Im Alleingang rettet er das Kind, wird aber selbst gefangen genommen. Endlich kennt Mart den Anführer der Verräter, die den König stürzen wollen. Das Wissen wird ihm jedoch nichts mehr nützen, denn ihn erwartet ein grausamer Tod.

Lady Britannia trägt stets ein Lächeln auf den Lippen, obwohl sie mit großen Schwierigkeiten kämpft. Ihr Vater leidet an Demenz und die Gläubiger geben sich die Klinke in die Hand. Britannias Bruder kehrt nach langer Zeit vom Kontinent zurück, aber statt der erhofften Hilfe plant er eine Ehe für sie und die Irrenanstalt für ihren Vater. Wütend und ratlos wandert sie abends durch die Straßen Londons, als sie Stimmen aus einem unbewohnten Haus vernimmt. Jemand wird dort verhört und soll getötet werden. Es gilt, schnell zu handeln, und Lady Britannia ist die Einzige, die dem Unbekannten zur Flucht verhelfen könnte.

Abschließend

möchte ich mich bei all den Menschen bedanken, die mir bei der Umsetzung dieser Idee zu einer spannenden Story geholfen haben.

Auch in diesem Buch steckt viel Schreibzeit, die meine Familie mir schenkt und viel Recherche und Ideenknobeln, bei dem auch Freunde und Autorenkollegen gern geholfen haben. Bei der Recherche besonders hilfreich waren das Museum Schloss Burg, das Stadtarchiv Aachen und der Aachener Geschichtsverein.

Den größten Einfluss auf die Story hatten mein Mann und meine Testleser. Danke für eure konstruktive Kritik.

Vielen Dank auch an meine treuen Fans und alle neuen Leser, die es durch den Kauf der Bücher erst möglich machen, dass ich immer weiterschreiben kann.

Ich wünsche Ihnen, dass Sie stets eine ruhige und gemütliche Ecke und spannenden Buchnachschub für eine gute Lesezeit finden.